恋する昭和

芝木好子アンソロジー

山下多恵子編

未知谷

はじめに　編者より

　芝木好子は一九一四（大正三）年五月七日、東京に生まれた。二十七歳のとき、「青果の市」で芥川賞を受賞。以後六十五冊の著書を刊行し、数々の文学賞を受賞している。

「作家はどう生きようと、残るのは作品しかない。けれど、生きる、という裏打ちなしに小説は生まれない」（「野上彌生子先生を偲んで　見事な一生」『華やぐとき』〈読売新聞社〉一九八七年十月）という覚悟のもとに、七十七年の生を終える直前まで、第一線の作家であり続けた。

　昭和という時代を背景に、様々な境遇に生きる女性たちの苦悩や喜びを、共感を込めて描いた。特筆すべきは、「女の生きよう」（『紫の山』あとがき〈講談社〉一九八三年十月）をテーマとしながら、女性と関わる男性の姿も、丁寧に描いていることである。

　芝木好子は、男と女の物語を紡いだ作家、と言ってもいいであろう。すぐれたストーリーテラーであり、自らが造形し魂を吹き込んだ登場人物を縦横に動かし、ドラマチックに演出して、読者を飽きさせない。

　男が男であり、女が女であった時代――〈昭和〉の香り漂う芝木好子の小説世界を、しみじみと味わいたい。

本書の構成について

収録作品は、恋愛をテーマとした短篇にしぼった。

〈母と娘〉〈秘密〉〈歓楽街の女・その後〉〈傷ついた女・再生させる男〉〈作者の周辺〉の五つの項目に分け、各二篇を配した。一九五〇年代の作品が一篇、六〇年代が四篇、七〇年代が二篇、八〇年代が二篇、九〇年代が一篇となっている。

芝木好子の文学への夢をはぐくんだブロンテ姉妹についてのエッセイ「ブロンテ姉妹の世界」を、附録として添えた。

なお目次では、各章のタイトルに作品中の印象的な一節を付した。どこから読もうか迷ったときの、道しるべにしていただければ幸いである。

（編者）

恋する昭和　目次

恋する昭和

芝木好子アンソロジー

顔

登山電車で箱根の山の中へくると、空気が急に冷え冷えと澄んで感じられる。彫刻の森美術館へくるのは修子も堀江も初めてである。山々にかこまれた広大な芝生の傾斜地に彫刻が点在する。晴れた晩秋の日の午後で、入るとすぐロダンのバルザック像が立っていて、つぶれた顔に陽が差している。

気持の良い大気の下へきて修子は気分がほぐれた。堀江が彫刻の森の話をして、旧い友人がヘンリー・ムア賞に応募しているから見てやりたいと言ったのだった。彫刻家は昔から夢をたべて生きているような男で、造型の中へ自然も女も封じこめてゆくから、彼の創る女は彼の夢にたべられてどんどん細くなってゆくのだ、と話した。細いって、針金のようにかしら。顔はあるの。修子は聞きながら、想念のなかで女を変えてゆくのはすごいと思った。彼女も時折心を惹かれる男が現れると、自分の中にしまいこんで夢をたべる。彼女は女として美しいものがないのだから、現実に彼らとかかわって破れる前に、夢をたべてしまう。自分が造型家で、男の像を細く削って、無くなるまで削ってゆけたらどうだろうと思う。

箱根へ誘ってくれた堀江は間違いなく男性だから、彼女の夢の一部分を現実的に担ってくれていると言えるかもしれない。二、三度短い旅をしたが、男が女を誘う手続きを踏んでくれるからうれしかった。友人の彫刻を箱根まで見にこようという気持も悪くはない。二人は人気の少ない芝生の道へ入っていった。見上げるほど高い台の上に裸像があると思うと、抽象の海鳥や、アクリルの盤や、金属の柱が置かれている。十数本の曲った鉄棒がモーターで回転する彫刻には、流線の美しさがあった。

「抽象的な彫刻はよく分らないけど、表情があっておもしろいわ」

「彫刻もこれだけ悠大な背景を与えられると、生き生きするね」

堀江は言いながら、伸び伸びと歩く修子のダスターコートから出た細い肢を女っぽく感じた。裸婦の逞しいエロティックな姿態と、生きた女の情感とが重なりあう。修子は仕事をしている時活力があるが、女としての自信が稀薄で、二人でいるときも不安が顔をよぎるし、他の女性が割込んでくるとすぐ身を引いてしまう。初め堀江は彼女の勤め先へ発注した広告の仕事のことで一、二度会って、それはそれで済んでしまったが、あとも時折会うようになっていた。彼はからだの緊った、きびきびした、反応の早い女性が好きで、顔の美醜にはこだわらない。なにを言っても意味のない返事をするだけの女は退屈する。修子は時に険のある顔で目をひたと向けると、その目が剥き出るようだが、化粧や表情で隠そうとはしない。この夏初めて信州へ行った折、口紅をほんのり引くだけで、濃い化粧などで顔の目立つのを臆病なほどきらっているのに気付いた。彼がそのことを言うと、

「お化粧したら、お化けになるわ」

と自嘲するように呟いた。美人とは遠いが、そこまでコンプレックスを抱いていることに彼はおど

ろいた。

「今朝はきれいだよ」彼はそう言い、自分のために言っているのかもしれないと思った。修子は黙っていたが、次に会った時、眉を細く剃って、額のあたりをすっきりさせていた。彼はおやと思ったが、すぐ忘れた。

箱根へ誘ったのは、転勤のことを話さなければならない、と考えたのでもあった。上司からインドのカルカッタへ二年行ってこないか、と言われた。決れば二週間以内に出発することになる。中途半端なつきあいだったがそれはそれで仕方がない。箱根の旅が終りかもしれぬ、と思うと、時を惜しむ気持になった。

彼の友人の作品はあまり見映えのしない抽象的な男女の裸像であったが、修子はそこはかとない含羞を感じた。余計なものを洗い落して、精神だけで立っている男女像は互いをよびあっている。しかし堀江は、貧弱だな、と言った。大自然の中で男と女の向きあう像はどのみち強くなりようはないのだ。芝生をすぎて橋を渡ると、エミリオ・グレコの彫刻群のある広場へ出る。修子は「女の顔」の彫刻に目をとめた。グレコの女はなまなましいほど肉感を持った顔で、表情があり、血が通っている。しばらく目をあてたあと、横へまわってみた。すると顔の相が一変する。静まって、ふくよかな女の線が現れ、菩薩のような気品と優雅さがあった。彼女はいつの間にかこの顔に生きた身近かな女の顔を重ねていた。似ていると思う。しかしそばへきた男に言えば嘘になるだろう。君のお母さんに似てるって、ほんとか、とわらうだろう。修子は彼に母親のことなど話したことはなかった。

小学校の五年生の強烈な記憶が蘇ってくる。初夏のことで涼しい着物を着た美しい母と、父と一緒に鎌倉の伯父のところを訪ねた。木立の繁みの道を歩いて三人並んで伯父の家の門に立つと、庭先にいた伯父が出迎えながら、家族を見比べて言った。

「なんだ、観世音菩薩を守護する大鬼と小鬼の図じゃないか」

比喩は適切だったから、母の圭子は顔を赤らめてうつむき、父は苦笑した。父は大きな男で、ほっそりした妻のそばに立つと、いかつい、大きな目の意志的な顔が一層際立った。修子は父親似で目も鼻も目立ち、きっと目をみはると、目が飛び出てみえる。子供の頃金魚ちゃんと呼ばれたのは良い方で、喧嘩して、いいい、と口を横へ張ると、仁王の子ぉ、ブス、わぁすげえ、と男の子が囃した。彼女の母はやさしさに愁いの表情が添うと女らしくて、修子は母が自慢であったが、観世音菩薩と小鬼の比喩は胸を突き刺した。母と自分を意識してからは、母を避けることが抵抗になった。菩薩か、と修子はグレコの「女の顔」を仰いだ。並んで目をあてていた堀江が、

「これは女のエネルギーを蔵した顔だなあ。角度によって表情がどんどん変る」

言いながら廻って歩いた。修子は皮肉な気持を隠せなかった。

「横顔がうちの母に似ているのよ。母は私とちがってきれいなひとなの」

「きれいだが、生ぐさい顔だと思う」

「母はもっと静かよ。自分を際立たせるために私を生んだようなものよ」

堀江はおどろいた顔をした。彼女の父は日曜画家で、いそがしい建設会社勤めの合間に油絵を描く。人物画を描くときの女の顔は例外なく母の顔で、つややかに表現する。

修子はあるとき自分の顔がないのに気付いて父にせがんだ。父は「よし」といって間もなく描いて

くれたが、眉と目だけの顔であった。母のものとは違っていた。日常、母は肌の手入れを丹念にする。風呂上りに匂いのいいクリームを胸の下まですりこむ。修子の頬や首筋へもつけてくれることがあるが、父親似の顔をつくり替えることは出来ない。中学校の担任の教師は生《な》さぬ仲と信じていた。年頃になると、彼女は長い髪を顔にかかるほどなびかせるようになった。隠すのも化粧の一つであった。こんな苦心を彼女の母は見てみぬふりでいた。

「母がきれいにお化粧するでしょう。同じ白粉や口紅でなぞっても私には効果がないのよ。ある時から装おうことを捨てちゃった」

修子は風の出てきた夕暮近い森の芝生を歩きながら話した。時々立止って鉄壁の浮彫《レリーフ》や、塔のステンドグラスの造型世界を眺めた。彼女は自分の顔に目をやる堀江の視線をやり過した。化粧をしていないから、塗りの剝げる心配はなかった。

夕暮まで彫刻群を見て、自然の風景と造型したもののふしぎな調和を知る時間はたのしかった。人間の意志で創られた一個の彫刻は表現の自由を恣《ほしいまま》にしながら、風雪の中で孤愁をおびていた。彼女と堀江が離れて立つと、それも忽ち一個の像になって自然の中に溶けてゆく。人はなぜこせこせと美醜にこだわるのだろう、と修子は思った。

湖畔のホテルへ入って、夕食につくと葡萄酒が運ばれてきた。堀江は料理といえばステーキしか知らないように今夜もヒレステーキを註文する。修子が前菜を選んで、フォアグラを彼の皿にも取り分けると、彼はうまいとも言わずにたべる。複雑な味覚をたのしむより、まず満腹感を味わいたい。

「おいしくない？」と彼女は聞いた。

「いじりすぎた味はどうかな。ともかくこせついた料理をちょっぴりより、迫ってくるボリュームがいいな」

彼はかぐわしいソースのしたたる皿の肉に期待をそそられ、フォークを動かしはじめると、修子の視線は眼中になく一途に食欲の中へ没入してゆく。彼はたぶん見合をしたことはないだろう、と修子は想像するうち、久しぶりに笑いがこみあげてきた。

彼女は二年前、続けて二つの見合を不首尾にした。あとの縁談は父の友人の世話で、適齢期を過ぎようとする娘に焦りを抱いた父と母はその縁談を頼みにした。ホテルの一室で食事をするために向きあった青年は、上等の背広がよく似合う育ちの良い男にみえたが、つきそってきた母親は確かりした気性の、息子自慢のひとであった。青年は初め圭子と修子の区別がつかないようだった。真向いに掛けた修子に一言話すたびに隣りの圭子に視線を移し、話が途切れても目をおいていた。彼の母親が気にして息子に呼びかけては、修子へ話を取りついでゆく。修子はそのうちおもしろいゲームを見るように母親と息子を見比べていた。圭子は見られることに馴れていて、青年の視線にもたじろがずに、話題のなかへとけてゆく。声は涼しくて、娘を気にかける情も申分なかった。しかし娘と並んで語りあうことが罪深いとは気付いていない。気付いていてもどうにもならないことかもしれない。修子は会食の途中から虚しい立場にやりきれなくなってしまい、皮肉な目で青年の母親が息子の視線の前に立ちはだかろうとするのを眺めていた。

この見合は当然ながら調わなかった。双方がどんな体裁をつくろって破談に持込んだか修子は知らなかったが、ある夕方青年が修子の前に現れて、しばらくつきあってもよいと申出た。二人は街でお茶を飲んだ。

「君のお母さんは、なんと言っているのです」

彼は気がかりそうに聞いた。

「母ですか。母は私の気持次第でしょう」

修子はいい年をして少年っぽい甘えに漬っている男を適当にあしらいはじめた。

「あなたの確りしたお母様はお幾つなの」

「母なら、五十代の半ばと思う」

「うちの母もそれに近いわ。同じ年恰好の親同士のおつきあいは難かしいでしょうねえ」

彼女は真顔で言い、彼の母自慢を聞きながら、お互いの親の反目には勝てそうもないから、お別れするのも仕方ありませんね、といった。青年はたじろいで、急に不機嫌に、蔑むような目で見て、帰っていった。ひとりになると、修子は飾った表情の合間から目を剥き出していた。蔑む男の目が焼きついた。夜の駅の歩廊へ上ってゆくと、周りから光も音も消えてしまい、電車が風のように走りぬけるのを目の前にしていた。

縁談が毀れると、圭子は気にして娘に沖縄への旅を誘ったが、お母さんの引立て役になってもはじまらないわ、と修子は意地悪く言って、断わった。可愛い気がないと思うが、母親の顔をみると苛立ってくるものがある。あれからお蔭で見合をする手間がいらなくなった。ステーキを食べている男はこせこせしないのがよかった。先のことなど考えてもはじまらない。うまの合う男がいなければずっと一人でもよかったし、このあとも時々彼と会うかもしれなかった。男を深追いするほど重たい煩悩に引きずられるのだけは避けなければならないが、それも劣等感というやつだろうか。

その夜は、ふしぎな夜を迎えることになったが、修子は予期したわけではなかった。堀江は転勤のことを食事のあとに言わなければならないと思いながら、言いそびれたのだった。彼は言葉の代りに情を傾けて代弁した。夜が彼のためにあるばかりでなく、相手のためにもあるのでなければ今夜の意味がない。彫刻の森を歩いた良い日と、別れの前の思い出を共有するために、そうありたいと思ったから、彼はいつもより彼女を自由に奔放に駆り立てて、彼女の心を萎縮するコンプレックスを忘れさせようとした。彼が自分のためだけでなく、彼女の充足のためにやさしく手を貸したのは初めてであった。

彼女は自分のなかに人よりすばらしい部分があると自覚したことはなかったから、男へすまない気持を抱いていたが、その夜は忘れた。独り身でいる日々が長かったから、ふたりで共有する濃密な世界があるのにおどろかされた。これまでの二人と、今日の二人とは違っていたし、彼は今日の自分のために待っていてくれたのだ、と思わずにいられなかった。かりそめのこととしていた気持が、男によって変えられたのを感じた。それまで知らなかった感覚のめざめがそらおそろしくもあった。しばらくして、眠りについた。森の彫刻が眠るように闇の中にずんずん溶けていった。

旅のあとも修子から男を呼び出すということはない。待っている。時間が長いと、充足の余韻と、とぎれた空白の不安がまじりあってくる。こういう女らしい時間を私は人より遅く持ったのだろう、と修子は思った。おそまきながら濃い感情を持たせてくれた男に、今までより深い気持を抱かずにいいられない。

母が物問いたげに彼女を見る。朝の食事の前に髪にブラシをあてながら、修子は鏡の中の顔をじっと見ていた。若い女が魅されたように鏡に見入っている時は、その前になにかが起きた、と母親は感知しているのだ。週末を利用して箱根へあそびに行った修子に、何事かがあった。もう三十歳近い娘だから当然だが、相手は誰なのか気にすると落着かない。ブラシを当てている鏡の中をのぞくと、二つの顔が重なって、

「びっくりするじゃないの」

と修子は母を咎めた。顔のかたちが、変っているような気がして、見られたくなかった。

「修子はこの頃元気そうね。良い血色をしているわ」

「私なんか」

修子は秘密に触れられた気がして、そばを離れながら、母の直感におどろかされた。

五日目に堀江から電話がきて、ほっとした。いつも会う街中のレストランの灯が、眩しく感じられる。修子は伏せた目をあげて語りかけた。

「彫刻の森はよかったわ。大きな空の中に溶けてゆきそうなオブジェがあるでしょう。一本の木と同じように自然と調和していて、彫刻をあんなに気持よく受け入れたことはなかったわ」

「野外で彫刻群を見ると、広い空間を一様に支配して、超現実的な世界へ誘ってくれる力を持つんじゃないか」

「外国にも野外美術館はあって」

修子が訊ねると、堀江は知らないと言った。彼の脳裏にこれから転勤するインドの町が浮んだが、この五日間のあわただしさを彼女に知らせていなかった。なにも知らないで、二人の輪がせばまったと思っている彼女を見ると、早く話したほうが良いとあせりながらためらった。ボーイが註文を聞きにくると、

「今夜もステーキ?」と修子はからかったが、堀江は無意識に、そうしようかと言った。彼の日常がどうなっているのか、会社の独身寮に入っていることしか修子は知らないが、食べものや服装にこだわらない男を、気にしはじめている自分に気付いた。箱根の一夜が、それ以前の彼女より感情をこまやかにしていた。

堀江は食事をいつもほど旺盛にたべない。ふだんは空腹を充せばよいと思っているが、修子がそばで気を遣うとやはり贅沢な気分になるし、今夜の彼女はしっとりとしてみえる。あるときから彼の方も、彼女の方も、変ったというおどろきがあったが、しかし確かめる暇もなしに出発の時がやってきてしまった。早いうちにインドへ飛んだほうが無事だ、という思いもあった。食事にキャビヤが出ると、修子はなにも知らずに言った。

「父は仕事でよく旅行するでしょう。帰りは珍しい物を買いこむし、今でも母にお土産を持って帰るのよ」

「君には無しか」

「私はよろこびもしませんからね」

その年で土産を抱えて帰るのは、内緒でよからぬことをしている埋合せではないか、堀江はそうと

しか思えない。

「二、三日前に、急にインドのカルカッタ支店へ転勤が決った。二年間らしい」

堀江は言ってしまうと、インド行をはじめて実感した。修子はやわらいでいた顔をだんだんと凍らせながら、首を傾げた。カルカッタはインドの東部の商業都市だっけ、とぼんやり考えた。

「いつ、いらっしゃるの」そう聞いた。

「十日あとかな。今日航空会社へ申込んできた」

誰も文句のつけられない至上命令を彼はかざしていた。彼自身も良い条件とは思っていないが、動かせなかった。従って出かけるしかない。修子は激しい一撃を受けた気がした。ようやく行きあった男との縁だった。彼は逃げ出すために嘘をついているのではないか。動揺を隠すことは出来なかった。

「箱根へ行った時、分っていたのね」

「いや、誰か行きそうだとは思ったたし、上司に聞かれたことは聞かれた」

堀江は見えすいたごまかしを言った。彼女は打ちのめされた。自分でも思いがけないほど彼に傾いていたし、彼にとっても同じだとばかり思っていた。遅まきの幸せは一瞬だけ雲間に陽が差すようなものだった。二年という期間は別れを意味しているし、どうせなら箱根へゆくのを止めておけばよかったのだ。気まずい食事になって、沈んだ気分を引立てる暇もないうち、デザートになった。修子はぼんやりと紅茶を飲み、堀江はぽつりぽつりインドの仕事のことを喋った。

その晩はいつも食事のあとに寄るスタンドバーで陰気な酒を飲んだ。それから駅へ行って別れるのだが、堀江は別れそびれてついてきた。修子は感情を殺して、平気な顔を見せはじめたが、自虐的になっている。彼女の下車する駅を出ると、近くに大きな公園がある。

「ひとりで公園を抜けて帰るから、大丈夫よ」

としきりに言う。暗い公園の池の水際を歩いてゆくと、靴の先の枯葉が鳴る。にぶく光る夜の池の面をめぐりながら、早く切上げようと堀江は考えはじめた。まだ十日あるから今夜が終りというわけではない。公園をぬけた横道へくると、彼女の家があった。堀江は我に還ったように立止った。引返す気で、じゃ、と言うと、修子も立ったまま身体をよせて囁いた。

「寄っていらっしゃいよ。父は出張だし、母の顔を見ていったら。グレコの女に似ているから」

彼女は精一杯明るくふるまいながら、低い鉄門へ片手をかけた。堀江は振り切れなかった。彼女はベルを押してから、自分の鍵で扉をあけた。奥から圭子が出迎えて、式台に立った。母の目に男の夜の訪問がどううつるか、考えるひまもない。修子は堀江の名を呼んだ。外の闇から灯の下へきた男の出現に、圭子は目をあてている。娘が男友達を伴ってくることはあるが、ふいに現れた男の感じは尋常に見えなかった。

堀江はぬっと立っていた。こんな時うまく振舞うのはむずかしい。修子の母は色の白い、やさしい顔立で、頬の線がとりわけ美しい。すらりとした身体に梔子《くちなし》で染めた枯葉色の紬の着物を着て、秋のつわぶきの花のように楚々としているが、彼には寄りつきにくい。夫は旅行中で、娘の帰りを待つだけなのに身嗜みを崩していない。窮屈だろうな、と堀江は眺めた。修子は二人を引合せながら、誇らしげに母によりそっている。

「お上りなさいよ。母の淹れる珈琲はわりとおいしいから」

修子は玄関のわきの客間の扉をあけた。圭子も娘の客に興味を抱いて、少しもいやな顔を見せずに、どうぞと言う。客間へ通った堀江のために彼女はすぐ立っていった。修子はなにをもてなそうとするでもなく、向いあってソファに掛けている。なりゆきで夜更の訪問になってしまって落着かない堀江に目をあてながら、彼がインドへ行くのはなぜだろうと考え続けていた。自分をきらって離れてゆくためにそうした、という結論が彼女をすんなりと納得させた。奥から珈琲の香が漂ってくる。この家へくる人間は圭子に無関心でいられない。堀江と別れる前に、母のわきで生きてきた自分を見せようと思った。空の下で彫刻をみると一様にすばらしく見えると話合ったが、やはり一つ一つの彫刻は顔を持っているのだし、まして人間は致し方ないほど顔や肉体に支配されている。

「母、若いでしょう。見合の時、私と母を間違えた男がいたくらいよ。二人をしきりに比べるのが滑稽だったわ」

彼女はさばさばと喋っていたが、どこか悲哀がこもる。堀江は刃をつきつけられた気がしていた。彼女の母は、グレコの太陽の下の女の顔とは違っていたし、仏像などとも似ていなかった。きれいだが一度では覚えられないし、形通りの整った顔に興味もなかった。しかし修子はこだわっている。異様なくらいである。彼は女二人の家庭へきてみて、長い歳月の目にみえない葛藤を見せられた。母も娘もそれぞれ女を生きているのだから当然だろうが、女と女を相乗すると、性の匂いも、自我も、濃く深くなるのを知った。

圭子が珈琲を運んできた。彼女自身はいじわるくないのに、修子と並ぶと誇ったようにみえてしまう。堀江は時たま吸う煙草をおいて、珈琲をよばれた。圭子が、いかがかしら、と聞いた。彼は珈琲好きだが、珈琲でありさえすれば良いほうだった。修子は一口啜って顔を上げた。

「父が淹れると、もっとおいしいのよ。家で珈琲の淹れ方を知らないのは私だけ。私は無器用で役に立ちませんから」

「修子はスフレを上手に作りますのよ」

圭子は気を遣って言ったが、修子はさえぎった。

「堀江さんに私を褒めても無駄よ。もうすぐインドへ転勤なのだから。スフレ、知ってる?」

「知らないなあ」

堀江が正直に言うと、女たちは苦笑した。圭子は初めてきた男客が忽ちインドへ行ってしまうと聞いて、修子の気持を計っていた。堀江は十日あとにインドへ行くと告げながら、修子がこの家で孤独になってゆくのを見ると、動揺した。

彼は珈琲のカップをおくと、立上って挨拶した。引き際が早かったので修子は狼狽したが、引止めない。彼は玄関へ出ていった。圭子に礼を言うと、ろくに修子を見ずに門扉の外へ消えていった。圭子が先に客間へ戻りながら、

「暗くて不案内なのだから、途中まで送って差上げるとよかったのに」

と言った。修子は急に黙りこんでいる。彼女は手の内をすっかり母に見せてしまったのであった。

ソファに男の残したタバコの箱がある。タバコが半分ほど残っているのを見ると、圭子はすぐ言った。

「まだその辺を歩いてらっしゃるでしょう。届けておあげなさい」

タバコなどどうでもよいと言いかけたが、圭子が、早く、というと、修子は押されるように外へ出

た。外は風が立っている。公園のわきの暗い道を歩きながら、足許がずんずん沈んでゆく。箱根の一夜がなければよかったが、悔いても間にあわない。通い馴れた道を急いでゆくと、前方に堀江の後姿が見える。彼はふりむいた。感情が高ぶってゆき、修子は男へぶつかった。男が間違いなく自分を待っていて、彼女が間違いなく彼を追ってきたのを感じた。身体と感情が貝のように合わさったのは、一つのきっかけのようなものだった。突破口を見出さなければふんぎりはつかないのだ。堀江は良いとか悪いとか判断する前に、言葉が口から出ていた。一気に、しかし慎重に言った。

「すぐにとは言わないが、カルカッタへ来てくれないか。快適な暮しを約束出来るかどうか分らないが」

もやもやしたものが吹っ切れて、言葉に勢が増していった。

「そうするわ。でも、あなたはいいの」

彼女はインドのことは知らなかったが、男の言う通りにするだろうと思った。切羽詰って追いすがったとき、道がひらけたのであった。夜の時間はまだ続いていて、公園の曲り角へきていた。


人間の顔はある時から表情を変えるらしい。修子は仕事にも生活にも苛立つことがなくなって、おだやかになった。顔にも感情の起伏が少くなると、皮膚が荒れたり、色艶が悪くなったりしなくなる。

気がつくと母親の顔色が冴えなくなっていた。修子の急な婚約をめぐって、父親は難色を示して、感情的な対立になったが、圭子が間に立って、それはそれで結着がついたのだった。母親に比べて見劣りした娘がやっと男にめぐりあえたのを、修子の父はほっとしながらも、心底はいま少し高望みしていたのだった。「まあ、あんなところか」と納得するのを、修子は苦笑して聞いた。それは彼女が必死でつかんだ最後の幸せなのだった。

圭子は娘のおそまきの結婚の支度をするのをたのしみにしていたが、娘と買物に出ると、すぐ疲れた。装身具を一つ選ぶにも修子はいつになく母の意見を聞いたが、決めたあとで圭子は気落ちした顔をする。長い間親子三人で暮して、夫は留守勝であったから、娘に振り廻されながら過してきた。娘が縁遠いことも心配の種だったし、器量にこだわるひがみにも手を焼いた。今になって俄かに、

「お母さん、疲れやしなくて」

などと優しくされると、妙な気がする。

「修子も、現金ね」そう言った。

圭子は娘から皮肉を言われたり、あてこすられたりする時々のやりきれなさと、半面の女らしい誇りが、生甲斐だったのかもしれない。修子はいつの日も外から帰ってくると、母親の身なりをじっと見て、きれいにしているのを確かめたものだった。夫のために身綺麗にするのと同じように、娘のためにも綺麗にする。女らしい張合でもあった。人より長い年月を娘と暮して、二つの顔は絶えず向きあっていたのだった。きつい娘が遠くへゆくと思うと清々するはずだが、気が滅入ってくる。インドで堀江と二人きりで挙げる婚礼の式のために修子は白い靴を買った。圭子も一緒に見立てていたが、決めたあとで額を翳らせ、家へ帰っても口を利かなかった。

「お母さんて、鬱病にかかったようね」

修子はふしぎなとまどいを味わった。美しい、おだやかな母が娘の結婚を前に陰気に沈んでゆくの

を見るなど考えられなかった。このことを堀江に手紙で書いても、分ってくれるとは思えない。修子の父は建設会社の海外部の仕事で外地を往ったり来たりしていたが、今こそ母のそばにいてほしかった。

「仕事に熱心すぎるわ。少しは私達のそばに居てほしいわ。男はみんなこうなのね」

「お父さんはどこにいても、帰りはバンコックで休養するはずよ」

「バンコックに良いことがあるの」

「そうでしょう。今度聞いてごらんなさいよ」

いつもの豊かな表情が、重たく、にぶく、黝ずんで見える。

次に父が帰ってきた時、修子は疑い深い目を父に当てた。ある年月、菩薩を護る大鬼と子鬼であった家族は、月日のうちに変化してしまった。父の鞄には母への土産より修子のための物がよけいにあった。

「お母さんは近頃へんですよ。夜も眠れないらしいわ。病気でしょうか」

「女の年廻りのせいだろう。被害妄想があるようだ。女としての自信を失ってゆくのかもしれない」

と父は言った。

「なぜなの。お母さんほど女らしい完璧なひとはいないのに」

「ある年になると、不安で、疑い深くなってゆくようだ。女はあんなものかな。たぶん修子が日に日にきれいになってゆくせいさ」

父は冗談めかして言い、皮膚に艶やかさを増した娘を、今が開花の時期か、と眺めていた。

「インドからなにか言ってきたか」

「手紙がきたわ。初めての休暇にお友達に誘われてダージリンへ行ったのですって。早朝にタイガー・ヒルから仰いだ朝ぼらけのカンチェンジュンガの峻烈な美しさや、ヒマラヤの山々の崇高さに、感動したそうよ。私にも見せたかったのですって」

「今は、そういう時期なんだな。良いことばかり言う」

彼はおもしろそうに言った。

年の瀬が来て、父は多忙であったから、修子は母と連れ立って下町へ正月の飾りを買いに行った。こういう日本的なしきたりも当分お預けだろうと思いながら、注連《しめ》飾りや裏白を手にした。それから賑やかな通りの店で、小さな、掌にのるくらいの羽子板を買った。遠方へ持ってゆくつもりであった。

「彼はこういう物に興味はないらしいけど」

堀江の噂をすると、圭子は顔をそむけたが、雑踏の中でふいに呟いた。

「私はあの人は、ほんとうは信じられないのよ。インドくんだりへ連れてゆくのは無茶ですよ」

「彼のことなら、お母さんが私を追わしたのよ」

修子はわらって、母の肩をかばうように歩いていった。

暮も押し詰ってから圭子は風邪を引いて床についた。医者がきて、二、三日寝ていれば直るだろうといったが、圭子は不眠を訴えた。かかりつけの医者は、

「奥さんも御主人と一緒に、お嬢さんについてインドへ行ってきなさい。すっきりとするから」

そうすすめて帰っていった。

夕暮に修子は食事の支度をして、母の枕許へ運んでいった。夕闇の座敷に圭子は寝ている。急に頬がやつれて小さくなってみえ、目尻に皺がよっている。美しかった容貌にも老いが忍んできているのに、修子は胸を衝かれた。移ろう時が、顔を変えてしまう。長い劣等感から抜けられるかもしれないが、うれしくなかった。母はやはり菩薩であり、グレコの顔であってほしい。

その夜、修子はカルカッタの男へ向けて手紙を書いた。

──母が風邪を引いて、急に老けこんで、私を手放したがらないのです。インドの話をすると機嫌を悪くします。長く私の機嫌をとって暮してきた母の変化におどろきます。でも風邪が直れば、さっぱりとして、元のようにおだやかになるでしょう。父は気にもとめていませんし、私も母にやさしくしています。この手紙がつくころは新年を迎えていらっしゃるでしょう。私はこの頃女らしくなったそうですよ。父は時々私の顔を試すようにみて、お母さんの若い頃に似てきた、などと心にもないお愛想を言います。勿論信じていませんが。父も母も、娘と別れる心の準備をしているのでしょう。ではよいお年を迎えて下さい。あと一月ほどして、そちらへゆく日まで、私もグレコの女の顔にあやかるよう、生き生きとしていたいと心がけています。

修子

修子は自分の頬にしばらく手を当てていた。

女家族

1

土曜日の夕方で、いつもより勤め先の出版社を早く出た露子は、灯のついていない我が家のそばまできて、まだ母も妹も帰っていないと思った。小さな家で、玄関は通りより少し引込んでいて、狭い庭をめぐらした塀が片側にまわされている。郊外の住宅地によくある古びた構えの家であった。その玄関先に一人の男が立ってじっと家のなかを見ているのを、露子は眼にした。

「どなたですか」

呼び止めると、男ははっと振りむいた。オーバーの襟もとから学生服の覗く、まだ二十歳そこそこの、露子より年下の青年であった。ふいに呼ばれたので狼狽《ろうばい》しながら、露子の顔へ眼を当てた。背の高いわりに顔の小さい、まだ世馴れない学生に見えた。

「井出ですが、御用でしょうか」

彼女の訊ね方が丁寧《ていねい》だったので、学生はしげしげと露子を見ながら言った。

「井出民子さんのお宅ですね」

「そうです、母に御用でしょうか」

「お留守のようですね、さっきから往ったり来たりしました」

「母は夜になると思いますが」

「お花を教えている井出さんですね。お留守なら会わなくていいです」

「どなたでしょうか」

「あなたは、娘さんですか」

学生は怯《ひる》んだ風もなく、むしろ強い眼を向けたままだった。

「僕は篠沢の息子です、御存じでしょう」

「篠沢さんとおっしゃると、S会館の支配人の」

「そうです、父はここへ来るでしょう」

息子は言った。露子は一度だけS会館で挨拶したことがあるだけである。

「いえ、ここへは一度もいらっしゃいませんわ」

「隠しているのでしょう」

篠沢のひたむきな眼がそそがれると、露子はうろたえて顔に血が上ってきた。

「母はS会館のお仕事でお世話になっていますけど、どうして支配人さんがうちへいらっしゃるのですか」

疑わしげに露子の顔をみて、眉を顰《しか》めた青年をみると、露子の胸にも暗く応えるものがあった。一年前から母の民子はS会館の活け花の仕事を引受けて、活けこみだけでなく、従業員にも教えるようになった。支配人の篠沢の世話になるのは当然であろう。

「そのことなら、君のお母さんに聞いて下さい。先週の土曜日、君のお母さんは一晩留守にしませんか」

夕暮の薄暗い玄関先で、思い詰めたような若者の声を聞くと、露子のうろたえた頬から逆に血が引いていった。先週の土曜日は確かに民子は箱根宮の下のS会館ホテルへ、出張したはずであった。

「父もその日居所がわからなかった。聞いてみるといい。月に二度はきっとある。僕の母は苦しんでる。父が帰らないと、神経的に発作を起すんです」

「母に限って……」

露子は格子戸にくたくたと背をもたせた。

「篠沢さんがそうおっしゃるのですか」

「父は初めのうち否定したが、今は黙っています。二人で撮った丹前姿の写真が確かな証拠です」

家の前の通りを、近所の人が歩いてゆく。学生や子供も通るし、勤め帰りの男も足早にすぎてゆく。露子は家路に急ぐ人たちと自分とが、まったく無関係なのを感じた。この家だけが灯もともさず、真暗なのを感じた。

「父のスキャンダルが表沙汰になると、S会館を罷《や》めなければならない」

彼はそんなことを一本気に喋ったが、露子はもうよく聞いていなかった。妹の美千子が帰ってくる時間だが、この話を耳に入れてはならないと思った。

「丹前姿というのは、S会館の従業員の慰安会で写したものではないでしょうか」

「じゃあ、その写真を見せましょう、どんなポーズをしているか」

篠沢は気の立った声であった。

「僕はあなたのお母さんに会ってみます、そのつもりで来たのだから」

「母は女ですわ、母を責める前に、お父さんにおっしゃればいいでしょう。母は男の人をたぶらかすようなひとではありません」

露子のむきになった感情に、学生はたじろいだ。

「誰でも親はよく見えるんだなあ」

彼は今の今まで、一方的に父を騙《だま》した悪い女と思いこんでいたのだった。しかし露子と会って、いくらか誤解は解けていた。

「帰って、父に話す。君からも頼まれたといっていいね」

篠沢は威丈高《いたけだか》な口調をやめて、急に緊張をなくしたように、彼女からも母親を説得してほしいと頼んだ。

「君のお母さんの出方次第じゃないかな」

間もなく彼の黒い外套をまとった身体が夕闇の中に消えてゆくのを、露子は茫然と見送った。

灯のない家の中へ入ってゆくのは嫌なものだが、彼女は子供のころから馴れていた。十年前に父が亡くなってから、母は活け花で身を立てて、二人の娘を養ってきた。家元のいけばな教室の手伝いをして帰ってくると、夕食の時間を過ぎている。中学生の露子が御飯を炊いたり、惣菜を作った。小学生の美千子はお腹を空かしてむずかったが、露子はなんとかなだめておいた。母が帰ってきて三人で食卓を囲むのが、親子のたのしみであった。その調和は今持ち上っている露子の縁談で破られると思ったが、それよりも思いがけない事件で混乱しそうであった。

この一年、S会館の活け花を引受けて、民子の仕事の場がひろがるようになってから、母が生き生きとしてきたのは事実であった。仕事に張合いがあるせいか、顔の色艶もよく、ほっそりした身体に趣味の佳い服を着て、若返っていた。ある時、くすんだローズ色のジャージの服を買ってきたので美千子がよろこぶと、

「これは、私の」

と言って、着込んで出かけたが、四十七歳の民子に案外似合って、娘たちをあきれさせたこともあった。篠沢の噂は、親切な人として初めのうちは聞いた覚えがあるが、そう言えば今は母の口からは出なかった。月に二度箱根へ出向くのは、花の活けこみのはずであったし、一泊の母の仕事に疑いを持ったことはなかった。それでいて、露子は篠沢の息子の言葉を聞きながら、それを激しく否定することも出来なかった。この頃の母の女盛りの美しさは、折にふれてはっとするようななまめかしい眼差や、身体のこなしに、驚くほど感じていた。

「お母さんは、もう一度お嫁にいったらどう？」

美千子さえ本能的に女体の盛りを感知して、そう言ったくらいであった。

「この年で、貰ってくれる人があるものですか」

民子はわらっていた。

「あると思うわ。少し年上で我慢すれば」

「お爺さんのお世話は真平よ。それより一人で好きなことをしているほうが、お母さんずっと気楽だわ」

そう言ってはぐらかしたことを、露子は覚えている。篠沢氏は上流階級の出入りするS会館の支配人にふさわしい、きちんとした人に見えた。しかし母とのことを考えると、露子はやはり嫌悪を感じて、その関係が嘘であることを願わずにいられなかった。

その晩、民子が帰ってきたのは夕食のあとであった。いつものように明るい母をみると、露子は何も言う気になれなかった。お茶を淹《い》れてきた大学生の美千子が、母に小遣をねだるのを聞くと、露子はその暢気《のんき》さに、かっとなった。

「美千子、おやめなさい」

「まあ、大きな声」

民子も美千子もいつにない露子の声に、驚いた顔をした。

「明日は大事な日だから、早くお休みなさい」

民子は長女にそうすすめた。

「明日のこと、罷められないかしら」

「なにを言ってるの、今になって」

明日は露子は杉山治郎と初めてドライブにゆくので、感情がたかぶっているのだと民子は思って、そのほかのことは考えもしなかった。

その晩、露子は床の中で眼を瞑《つむ》ったが、夕暮の薄闇に立っていた学生の姿が、不吉な影のように消えなかった。あの男の言ったことはすべて一方的で、これという根拠のない話だったから、誤解かもしれないと思った。しかし母に訊ねることは怖ろしくて出来なかった。自分の手で、母の証しを見出したいと思うものの、どうしたらよいか解らなかった。明日のドライブなど、今の彼女とは無縁な、別の出来事に思われた。

2

杉山治郎は先頃、叔父の世話で見合をした相手であった。この縁談が持上ったとき、露子はそれほど気が進んでいなかった。相手は学者の家系で、見識を持った家だと聞いていたから、露子は不釣合を感じた。その上杉山治郎は三十三歳になっていて、彼女より十歳も年長であった。青年というよりも中年に近い男ではないかと、彼女は勤め先の妻子のある男性を見廻していた。長男なのになぜ結婚が遅れたのだろう、それに杉山家では彼女が片親育ちなのを気にしている、と聞いて、一層ためらいを覚えた。しかし世話をした叔父は杉山を褒《ほ》めて、彼はよそながら露子を見て気に入っているからと、話を進めたのであった。

「男のお友達が一人ふえると思えば、会ってみるのも悪くないでしょう」

民子もしきりに言ったが、こんな軽々しい言葉は以前の母からは聞いたこともなかったと露子は思った。

見合に出てみると、その場の雰囲気は思ったほど窮屈なものではなかった。杉山治郎は露子の叔父と同じ科学研究所に勤める男で、口数も多くなく、落着いていて、独身だけにどこか若々しさもある感じの佳い青年であった。露子は写真を見た時は気付かなかったが、会ってみると、たしかに彼と会ったことがあるのを思いだした。叔父のところへ彼女の勤める出版社で出す書物を、幾度か届けたことがある。一度叔父が留守で、代りに受けとってくれた人であった。若い女の異性に対するチカチカした感度は、一度きりでもはっきり受けとめて、忘れることはなかった。彼女の顔にその時のことが蘇ると、杉山の眼もそれに応えて目立たずに明るんだ。

露子はやたらに喋るさわがしい男は嫌いだったから、杉山の人柄に惹かれた。彼はドライブが好きで、休日になると郊外へ一人で出かけてゆく話をした。それは東京近郊の水郷であったり、武蔵野の奥であったりするらしく、話を聞くと行ってみたくなるのだった。なぜ友人や、若い娘を誘わないのかと思ったが、彼はそれを見越したように、

「一人だと、気が合わないということはありませんから」

とわらった。

「今度、井出さんをお誘いしたら」

杉山の母が言うと、叔父たちも口々にすすめて、明るい雰囲気の中で彼と露子は了解しあった。杉

山の両親は長年この独身息子に当惑していたとみえ、彼の気持の弾《はず》んだ様子にほっとして、心からうれしそうであった。見合の席は和やかなものになって、杉山の両親は民子の若々しさを褒めた。

「親子とは見えませんね、どうしても御姉妹です、ほんとにお若い」

民子と露子を見比べて、ほっそりと色白さを保った民子を不思議がるのだった。

「いえいえ、若いことはございません。主人に先立たれて、片親で娘たちを育てましたから、私の方はすっかりくたびれております」

民子は答えたが、この十年間活け花を教えながら、細々と生計をたててきたことは、胸に苦しい記憶として残っているに違いなかった。

「私などの年代の女は、良人に先立たれますと、もうどうして暮してよいか解りません。活け花といっても趣味で習った程度のものですが、それに縋《すが》って夢中で暮してきました。ほっと息をついたのは、この一、二年のことですの」

そういう話と、美しい民子とはそぐわないのだった。

「ほんとに私たち昔の女は、独立しようにもなにも出来ませんからね」

杉山の、母も相槌打つと、老年の杉山の父はすかさず、

「もっと感謝して、美味《うま》いものを食わせなさい」

と冗談をいって、人々を笑わせた。

その見合は上首尾に終って、片親きりの露子をとやかくいう空気はなかった。そればかりか次の休日には早くも二人はドライブに行くことになったのだった。このことを叔父に告げると、

「それはよかった。民子嫂《ねえ》さんも苦労して娘を育てた甲斐があった」

とよろこんでくれた。そのあとで彼は気になることを言った。

「それについて杉山さんでは少し前から井出家のことを調べているようだ。血筋についてやかましい家とみえる。その代り自分のほうのことも調べてもらって差支えない、ということだった」

「うちの血筋に、悪いことがあるでしょうか」

露子は血統というものを考えたことはなかった。

「そういうことはないさ。そりゃあ昔は男が放蕩《ほうとう》すると悪い病気になって、今のように直りもよくないから、悪い遺伝ということもあったが、井出には幸い頭のおかしいのも出なかった。心配ないよ。君のお父さんも事故がもとで亡くなったのだし」

その時露子はほっとした。

杉山治郎との関係に新しい事態が起きた、と感じたのは、日曜日の朝彼が迎えにきて、グレーの車に乗りこんだ時であった。見送りに玄関先へ出た民子と美千子は、笑顔で手を振った。それは新婚旅行に出る二人のように、たのしい光景であった。もし学生服の若者が昨夜現われなかったら、今ごろ露子はどんなに幸福だろうと思った。

晴れた日だが、風は冷たい。杉山は車のハンドルを握りながら、隣に掛けた露子へ寒くないかと訊いた。

「いいえ、ちっとも」

「よかったらこれから海を見に行きませんか」

「海って、どこへ」

「近いところで、横浜、小田原」

小田原と聞くと、露子はその先の箱根の山を思い描いた。

「今ごろ、山も静かでしょうね」

「箱根まで行ってかまいませんか。冬の山は佳いですよ」

目的が決まると、杉山はほどよいスピードで車を走らせた。箱根へゆくのは露子には幾年ぶりのことだが、母が月に二回宮の下へゆくので、遠いところと思わなかった。篠沢の息子が言ったように、そこが篠沢と民子の逢いびきの場所になっているか、それとも民子は活け花の仕事に一日を費しているか、行けば解るような気がした。露子には半信半疑のことで、知るのは不安でもあるが、このままでは落着かなかった。

車は横浜から、小田原へ向かって気持よく走った。杉山の母の用意した食べ物や飲み物ものせてあって、心尽しが感じられた。いつも一人でドライブしていた息子に同伴者の出来たのが、うれしいのだろう。

「初めて研究所で会った時、僕になんと言ったか覚えてる？」

「いいえ」

「恐れ入ります、この本重いんですの」

杉山の言うのに、露子は含羞《はにか》んだ。

「おかしいかしら」

「本はたった二冊なのに、済まなそうにしたから」

女の心遣いが彼には快くて、あとまで忘れなかった。一本の糸がそうして彼と娘を繋《つな》ぎとめたのであった。人間の出会いのおもしろさを杉山は口にした。一人で車を走らせている時と、二人の時とは気持が違う。一人の時は景色が彼の対話の相手だったが、今はほのかな香料を漂わせた体温のある女性がわきにいて、彼女との対話を通して景色が入ってくるのだった。

小田原の海を見たあと、車は箱根の山路にかかった。

「宮の下で昼食をしましょう」

杉山が声をかけた時、露子はきっかけがついたように、ずっと考え続けていたことを口にした。

「宮の下のS会館ホテルへ寄っても好いでしょうか」

「いいですとも、そこで食事をしましょうか」

「どんな処か知りませんが、母がお花で出入りをしているホテルですから」

「それはいいじゃありませんか」

杉山は気軽に同意して、宮の下までの登りを一気に走らせた。山は冬木立で、巡ってゆく道路に車の数も多くない。宮の下までくると、彼は土産物屋の前に車を停めて、S会館ホテルのありかをたずねた。

「S会館ホテル?　さあ、知りませんね」

若い女店員はそっけなく答えた。

「無いはずはないんです、御主人に聞いてくれませんか」

「そんなホテル、聞いたことないわあ」

女店員は同僚の一人に聞いたが、やはり知らなかった。露子の動揺した顔をみると、杉山は車を降りて、目の前の煙草を売る店へ歩いていった。煙草と釣銭をもらいながら、彼は売り子の老婆に同じことを訊ねた。

「S会館ホテル？　それはSホテルのことでしょう。あれなら一年近く前に閉鎖になりましたよ」

返事はあとから車を出ていった露子にも聴えた。

「閉鎖ですか。そのあとはどうなっています」

「しばらくして、隣の旅館に買い取られましたっけ」

「すると、今はない？」

「あるはずがないですよ」

老婆の答えに、杉山は露子を見た。

「そこはどの辺ですの」

露子は未練らしく訊ねた。

「この先の道路から坂下へそれる道があるでしょう、そっちですよ」

「行ってみますか」

杉山は言ったが、露子は首を振った。彼は近くのF屋ホテルへ食事のために車を廻した。彼女の表情が翳《かげ》ったのを、彼は見ていた。月に二度ずつ活けこみにきていたホテルが失くなっているのを露子は確かめた。母が来ているかどうかを知りたいと思ったが、まさかホテルそのものがないとは思ってもみなかった。篠沢の息子の気負いこんだ、非難をこめた表情が目先にちらついた。彼女の母は嘘をついて、箱根へ花を活けにくる代りに、土曜日の夜をべつの場所で過していたことになる。

食事の間、露子はあてどない眼をしていた。杉山の気を配ってくれる親切はわかる。彼は露子がなにか言い出せば、その相手をしようと待っていた。母の情事を口にする娘はいない。隠しておいても、いずれ身許調査をされれば解ることに違いないが、自分からは言えない。民子の身持ちがわかれば、当然縁談は破談になるだろう。すると今日のドライブが、二人の初めの終りということになる。露子はせめて終りの一日をたのしく過したい、それが杉山への好意のしるしだと思った。

「これから何処へゆきますの」

「芦ノ湖へ出ましょうか。十国峠越えも悪くありませんよ、このお天気なら富士山も見えるでしょう」

午後の箱根路を行くのに、彼は妙なことを言い出した。

「山の上の小涌谷をぬけてゆきますか、下の仙石原を通りますか、あなたが決めてください」

「仙石原をまわって下さい」

「そうしましょうか」

自分で言い出したくせに杉山はためらって、しかしすぐギアを入れた。露子は高い山路を登ってゆくより、谷底をめぐってゆくのを希むのは、気が滅入るせいかと思った。冬の山は枯れて、風が立つのか陽に光った雑木が揺れている。樹の間隠れに温泉郷が見えて、男と女がひっそり出合っても人目に立たない。山懐《やまふところ》の枯れたすすきの原を過ぎてゆくと、杉山の運転する車はスピードを落した。

「あの旅館だった」

山間《やまあい》に見える古風な宿を、彼は示した。車はのろのろ停って、杉山は露子のわきから窓越しに仰いでいる。なんのへんてつもない旅館の横長い建物が見える。

「あの宿で、七年前に従妹が心中したのです。左手に茶室風の部屋があるでしょう、そこでした。新婚というふれこみで泊って、その晩でした」

「死ななければならないわけがあったのですか」

「あったか、ないか、解りませんね。相手は僕の親友でした。僕が彼だとして、どうしたかと考えましたね、似たりよったりのことをしたでしょうね」

露子は杉山の顔に眼を当てた。

「お二人のこと、気がつかなかったのかしら」

「薄々知ってはいました、僕からは言えませんよ」

「従妹というのは、あなたの……」

「許嫁《いいなずけ》でした」

彼から少し身をずらせて、露子は旅館の別棟を眺めた。七年間杉山はこの道を通ったことはなかったのだろう。なぜそんな話を彼はするのか、妙な成りゆきの旅になったと彼女は思った。

「私がこの道を選んだのだから、そんなお話を聞く羽目になっても仕方がありませんわね」

「気を悪くしないで下さい、その部屋も一、二週間すればなにも知らない客が泊るのです、新婚向きの部屋ですから」

「気味が悪いわ」

追いつめられて死を選んだ若い男女のことを考えると、残された杉山が今までと全く違う感じで彼女の眼に写った。彼のこの七年は傷だらけだったろうと思った。車は仙石原の枯れた野原をあとにして、走り出した。

「思い出しました?」

露子は訊いてみた。

「いや、これで気がすみました。夢の中でこの道を通ることが幾度となくありましたからね。さっぱり忘れるために来てみるものですね。あなたを巻きぞえにして悪かった。しかしいずれ耳に入る話でしょうから」

「私はいやな気持でした」

「そうでしょうね」

杉山は苦笑したが、べつに悪びれた風もなく前方をみている。

「湖畔へ出たらお茶を飲んで、それから十国峠へ出ましょう。冬山は枯れ芝のようになだらかで、きれいですよ。きっと気に入りますよ」

車はスピードを出していた。気がつくと露子は心中した男女のことや、その遺体を見守っている杉山の暗い顔を思い泛《う》かべていた。折角初めてのドライブに、なぜ暗い記憶の場所へ連れてきたのかわからなかった。一とき、母のことは忘れていた。

3

土曜日の朝、露子は外出の支度をしている母に訊ねた。

「今日はおそいの?」

「そうよ、箱根へゆくから帰りませんよ」

「宮の下のS会館ホテル?」

露子がホテルの名を言うと、民子は顔をあげて娘をみた。そんなホテルは影も形もないと口にしたらどうなるか。年功を経た母はすぐ、そのホテルは名前が変って、今は何々旅館になっていますよ、というかもしれない。それとも母は本当にその旅館へ花を教えに行っているのだろうか。今となっても露子はまだそう思いたかった。

「箱根までゆくのはお疲れね」

「お母さんもそろそろくたびれたわ、箱根は往復がたいへんだから」

民子は外出の服を着終えて、娘に訊いた。

「あれから杉山さんにはお会いしないの」

「ええ」

「お電話もこない?」

「こないわ」

「きっと忙しいのでしょうよ」

言いながら民子は不安な顔をしたが、露子は黙っていた。杉山治郎から電話があって、話したいことがあると言ってきたが、露子は仕事にかこつけて断わった。母のことに決っていると思った。どうせそのことで破談になるなら、あまり深入りしないうちに別れたほうが良い。杉山のことを思うと、彼女は深いこだわりを感じた。どうして心中した許婚者の宿を見せたのか、薄気味悪いほど冬枯れた山の中のさみしい景色が眼に残って、怨《うら》めしかった。あとに残された杉山はみじめな男だと思うのだが、露子には死んだ男女より彼のほうに胸を搏《う》たれた。何も聞かなかった時の立派な杉山より、今の彼のほうが身近い人間であった。そんな彼とこれ以上会えば忘れられなくなるだろう。

母より先に露子は勤めに出ていった。民子が駅へ着いたのは二十分もあとである。電車がきて彼女が乗りこむと、それまでホームの売店のかげに隠れていた露子は、急いで別の箱に飛びこんだ。母のこれからの行動を見届けようと思った。隣の箱に立っている母の姿を見失わないようにした。電車が新宿駅にくると、民子は出口へ寄っていった。新宿駅の歩廊はいつも混んでいる。あとから降りた露子は、母が人込みをわけて階段口へゆく後ろ姿を追っていた。階段のところで母は一度ちらと振向いたが、すぐ降りていった。露子はぎくっとして、人のかげに隠れた。母は誰かの視線を感じたのかもしれない。

改札口を出ると、民子は真直ぐに駅の構内の人込みを分けて歩いていった。その先は名店街で、商店が賑やかに並んでいる。彼女の姿が角を曲ると、露子は足早に歩いた。両側から店の迫った狭い通りは人もまばらで、民子の姿は見えない。両側のどこかの店に入ったに違いないと、彼女は角の靴店のわきから窺った。買物をすませて出てきた母と、ぱったり顔を合せてはまずいと思った。店の並びはそこから先十軒ほどで、その先は横に出口への通路になっている。しばらくしても母の姿は現われないので、露子は気をつけながら歩いていった。両側の菓子店や寿司店や、どの店にも母の姿は見えなかった。露子ははっとして、あわてながら小走りに商店街の外れまで出ていった。

この通りを露子が追ってくるまでに通りぬけるには、母は走りぬけなければならないはずであった。すると娘のつけてきたのを彼女は感付いたのだろうか。露子は駅の通路から戸外へ抜ける階段口まで走っていった。そこは冷たい風が流れて、降りてくる人は肩をすぼめて寒そうだった。はしたないことをしたと彼女は悔いた。あとをつけてゆく位なら、面と向かって訊いたほうがよかったのだった。どの道母を辱しめることになってしまうのは避けられない。

外まで出て、駅のまわりを見廻したが、母のいるはずはなかった。露子は元きた道をぼんやり引返して、名店街の通りへきた。するとフルーツ・パーラーの前に民子が立っているのだった。

「露子」

と名を呼んで、こちらを見ている。露子は驚きのあまり、釘づけになった。

「お母さん、どこにいらしたの」

「このお店で果物を買っていましたよ。そのついでに奥の電話を借りている時、あんたが前を急ぎ足で通りすぎていったのよ」

「私、気がつかなかったわ」

「よほどぼんくらね、探偵にはなれないわ」

民子はにこりともせずに言って、歩き出していた。露子はそのあとにつきながら、母が怒るのも無理はないと思った。

「ここでまいてしまおうかと思った。お母さんをつけてどうするの」

民子は首を垂れた娘をつれて、構内の喫茶店へ入っていった。彼女は電車に乗る時から娘があとをつけてくるのに気付いていた。昔は人の眼が気にかからなかったが、この一年ほどは、いつも周囲の視線に気を配っている自分を感じていた。注意深く、それでいて周囲のなにものにも負けまいとする激しさがあった。

「お母さんはこれから箱根へ行くのよ」

「宮の下にS会館ホテルはなくなっていました」

「それでも、やっぱりお花を活けにゆくんですよ」

民子はきびしい顔をしていた。露子は気圧《けお》されながら、懸命に抗《あらが》った。

「この間、篠沢さんの息子という学生が来たんです」

「そうらしいわね」

「お母さん知ってるんですか」

「来たらしい話は聞きましたよ。でも露子がなにも言わないから、助かっていたのよ」

「私はひどいことを言われました」

「一方的な話を聞いても、解らないのよ」

民子は給仕に紅茶を注文した。硝子扉の外は構内を急ぐ人の顔がたえず流れていた。その顔は親子とは無縁の人たちであった。

「露子が先にお嫁にいって、あと二、三年もしないうちに美千子もきっと良い人をみつけて結婚するでしょうね。そのあと、お母さんはどうして暮したらいいと思う。仕事をして、なるべく若く、たのしそうに暮してもらいたいと思うでしょう。女一人の生き方はこれでたいへん難しいわ。私が死んだ時、お母さんは二人の娘を育てて、なんのよろこびもなく一生を終ったと思うのは、露子にも美千子にも辛いことではないかしら。うちのお母さんには、なんだか好きな人があったらしい、きっとたのしいこともあったに違いない、と思ってもらうようになりたかった」

民子はそう言って、溜息をついた。露子はまだ母が死ぬことや、母の女らしい幸福について、一度も考えたことはなかったのに気付いた。

「誰にも迷惑をかけずに生きてゆくのは、難しいものよ。人とかかわりを持つと、たのしいことと苦しいことが一緒にやってくるものなのよ。露子にも今に解るでしょう。杉山さんとおつきあいをしても、きっとそうですよ」

母の言う通りだと露子は思った。彼女は思いきって母に告げた。

「杉山さんでは、うちのことを調べているそうです。叔父様にお聞きにならない?」

「おや、そう、なにを調べるの」

民子はさすがに驚いた顔になった。運ばれた紅茶に二人は手をつけるのを忘れた。

「なぜそのことを私に言わなかったの。露子は自分のことに関して何か言うのがきらいな質《たち》ね」

「調べて悪ければ、やめればいいんです」

「そうもゆかないわ。良い御縁だし、お母さんはどうしても纏《まと》めたいと思ってました。露子は杉山さんが嫌いじゃないでしょう」

娘の顔を正面から見た。露子の頬は赧《あか》らんだが、反抗する気持もあった。

「今なら、まだどうにでもなります。調べられて断わられるくらいなら、こちらからお断わりしてもかまわないのです」

「それはお母さんに対する面当《つらあ》てみたいね」

民子は苦笑した。露子は母の情事にいたたまれない不快感を抱いていたが、今こうして女らしい、落着いた母をみていると、一概に責める気になれなかった。しかし杉山を失うことは、やはり辛いことであった。彼が過去の不幸な秘密を打明けたために、ショックを受けたのは事実だが、彼は自分の不幸を露子に分けて、二人は一つ過去を持ってしまったのだった。彼女は杉山をもう他人と思えない、身近なひとに感じてしまった。すると露子は口先とは別に、やはり目の前の母に、なんとしても男と別れてもらわなければならない気がした。民子は紅茶を手にしていた。

「どうりで、思い当ったわ。杉山さんのお母様から妙な手紙をもらったのよ」

「まあ、なんて?」

露子は初耳だった。

「御丁寧な手紙で、二人の交際をよろこんでいる御挨拶のあと、私のことに触れているのね。つまりまだ若いのだからぜひ再婚をしてはどうか、と熱心にすすめて下さっているのよ」

「相手があるのですか」

「候補者のこと？　そんなのあるものですか」

民子は皮肉に笑った。

「ただ再婚をすすめるだけ。つまり、れっきとした人と結婚してくれということでしょうね」

話すうちに、民子の顔は翳っていった。硝子の外の、たえまなく往きかう人の流れにぼんやり眼をやったが、気がついて時計をみた。

「おや、もう十分しかないわ」

民子が身動きすると、露子はぎょっとして、母を凝視した。

「どこへいらっしゃるの。やっぱり箱根へ行くつもり？」

「出かけなければ」

「今日は罷《や》めてくださらない」

「今日きっぱり罷めるわけにはゆかないのよ、解ってちょうだい」

立上ると、勘定をすまして、扉の外へ出ていった。一度振りかえったと思うと、民子は敏捷な身のこなしで、人ごみの中へ消えていった。

4

男に会いにゆく母を見た日から、露子は気が沈んでいた。娘の力では引止められなかった以上、もうすべては駄目だと思った。箱根での母と男の情事を想像すると、苦しい気がした。杉山の従妹とその恋人は恋のために自殺したが、母と篠沢はしたたかに生きるだろうと思うと、吐き気がした。露子は自分の家へ帰るのが嫌になっていた。家の前にあの篠沢の息子が立っていて、激しく非難されるような気がした。しかし帰らぬわけにもゆかなかったから、なるべく民子と顔を合せないようにして、物も言わず寝床へ入った。すると女家族で身をよせあって暮していた頃のことが、懐かしく思われてならなかった。

ある夕方、勤めを終えて会社を出た露子は、向かいの角に見覚えのあるグレーの車が停っているのを見た。運転台からこちらを見ているのは杉山治郎であった。反対の方向へ歩き出そうか、と一瞬迷ったが、彼女の足はしぜんと車のほうへ向かっていた。杉山は扉をあけ、彼女は黙ってその隣に掛けた。約束でもしたようであった。車は彼女の家へ向かうのと反対に、都心へ向かって走りだしていた。

「しばらくでした」

杉山は言った。考えるとこの前のドライブから二週間しかたっていないのに、ひどく長い間会わなかった気がしている。その間忘れようとつとめたのに、こうして会うと、胸がしめつけられるほど露子は彼が懐かしかった。たとえ結婚は駄目になっても、友人として母のことや自分の悩みを彼に聞いてほしい気がした。

「もう私のこと、忘れていらっしゃると思いました」

「そうですか、そうなってもかまいませんか」

杉山はそっけない返事をした。

「僕もこれで忙がしかったのです」

「そうでしょうねえ」

露子は溜息をついた。愛想づかしをされているような気がした。もし彼が縁談を断わるのなら、こんなかたちで来なくても良いのにと思った。しかしわざわざ来たところをみると、まだ希みはあるのだろうかと考えずにいられなかった。

「この間、お話があるとおっしゃいましたわね」

「それはあなたのお母さんのことでしたが、もうそのことは、済みました」

露子は顔色の変るのを感じた。夜の街を走っている車の窓から、飛び降りたい気がした。彼は何もかも調べ上げたとみえる。露子は破れかぶれになっていた。

「お宅では、母のことをなんと言っていらっしゃいます」

「若いといっていますよ」

杉山ははぐらかした言い方をして、ハンドルを持ったまま前方を見ていた。

「母のことにはもう触れないで下さい、私にとっては一人きりの親です」

「あなたの方で触れたのですよ」

車は都心を少しはずれた、高台の大きなホテルの前で停った。彼はそこの八階にある食堂へ彼女をつれていった。露子はホテルの立派な食堂へくると、足が竦《すく》んだが、杉山は窓際のテーブルへさっさと歩いていった。こうして見ると十歳年長の男は、物馴れた紳士に見えた。硝子窓からは夜の街の灯が美しかった。二人の前に飲みものが運ばれてきたが、露子は手にとる気もしなかった。彼の方は悠々とグラスを手にしていた。

「あなたのお母さんはお幾つです」

「母のことはどうかおっしゃらないでください」

「実に若いですね。きれいだし、確《しっ》かりしているし、それに気持の好い方だ。二十年若ければ、お嫁にもらいたい位です」

露子は皮肉を感じた。

「母に伝えます」

「そう言ってください。言うのを忘れましたからね」

「母にお会いになったわけではないでしょう」

「会いましたよ、二、三日前に」

杉山はおどろいている露子を、からかうように見た。彼と民子が会ったのは、民子から呼び出しがあったからであった。杉山家では彼女と篠沢のことは身許調査で知ってしまった。箱根のドライブのあとであったから、杉山にもほぼ見当がついて、露子がそれまで母の秘密を知らなかったことも解った。杉山家としては、杉山治郎の意志が堅いので、先ゆきのことを憂慮していた。民子の方から研究所の杉山を呼び出したのは、彼にも好都合であった。研究所の建つ、ある大学の構内の池のそばで、二人は話した。

「杉山さんは露子を貰ってくださいますか」

民子は会うなり、そう訊いた。

「そのつもりです、僕らは結婚の約束をしたも同然ですから」

彼は答えた。民子はわらいながら、

「どんなお約束？　露子は肩に手をかけても、びっくりして身を引く娘ですわ」

「お母さんの認識不足ですよ。今どきの娘は接吻くらいさせます」

杉山も負けずに言い返した。

「僕の過去のいろいろ芳《かんば》しくないことを、全部話して理解してもらいました。お聞きでしょうか」

「いいえ、露子はなにも話しませんよ。なんて子だろう。あなたは見かけによらず放蕩者か、女性のことで失敗をなさった方ですね」

「そうです、そうです、さすがに勘が良いですね」

彼は言った。

「僕はすぐ親に告げ口しないひとが好きなのです」

「露子はあなたを愛していますわ。そのくせ口では破談になってもよいようなことを言っていますの」

「なぜですか」

「杉山家からお断わりがあると思っているのです」

杉山はそれまでの冗談めいた言葉のやりとりから、真顔になった。

「僕の母がお手紙を差上げたらしいのですが、そのことに関してでしょうか」

「まあそうですわ。つまり本人でなく、母親に関してのことが問題なのでしょう」

民子は自分のことを、落着いて言った。

「そのことでしたら、露子さんは箱根宮の下でかなりショックを受けていました」

「私が二人の子供を夢中で育てていた頃のほうが、幸福だとお思いですか」

彼女は杉山に問うた。この時ほど民子を一人の女性としてしみじみ眺めたことは、彼にはなかった。良人を失った女性の挫折した人生を、彼は見た気がした。彼の深刻な表情を見て、民子は眼をやわらげた。

「心配なさらないでよろしいんです。私のことは、もうすみました」

「すんだ？」

「箱根へゆくこともなくなりました。そういう成りゆきになったのです。折があったらあなたから露子に話してやって下さい」

「そうでしたか」

杉山は民子自身からこういう話を聞こうとは思わなかったが、正直のところ篠沢と別れたと聞いて、ほっとした。そのあと、二人は話しながら庭のまわりを歩いた。

「女のやり直し人生は、難しいのですわ。杉山さんはせいぜい長生きして、露子を未亡人にしないで下さいね」

「解りました、厭がられるほど長生きしましょう」

二人は池をまわって、そこで別れたのであった。

露子にとっては意外すぎる顛末《てんまつ》であった。毎日母を避けていたために、母は話しにくかったのかと、済まない気がした。

「お酒でもお飲みなさい」

杉山は露子にワインをすすめてくれた。

「杉山さんは母に嘘をついていらっしゃる」

「なんのこと」

「私達、結婚の約束をしたも同然ですって?」

「あああの時、接吻しなかったかなあ」

杉山は言い、少し顔を赧くして笑った。露子にとって今日一日は、まったく彼に牛耳《ぎゅうじ》られた結果になったが、少しもいやとは思わなかった。東京の夜景も今夜ほど眼にしみて感じられることはなかった。

杉山の車に送られて、家に帰ったのは十時を過ぎていた。彼は露子を下ろすと、そのまま去っていった。家の中には灯がともっている。家族三人の誰もが灯のついている我が家をみると、ほっとするのだった。誰もいない家に入ってゆく時、早く帰ったことを損したように思うと、三人で話したことがある。今夜は露子は灯のある家へ戻った。

「ただいま」

母の履物も、妹の靴もある。露子は戸締りをして上った。奥の部屋に民子は一人で炬燵《こたつ》に当っていて、娘を迎えた。

「美千子は?」

「もう寝たようよ」

母の姿がいつもと変っているように見えてならなかった。そういえば、いつもほど髪にブラシがかかってないのか、ふやけたような髪であった。化粧をしない顔は皮膚がたるんで、ぼんやり炬燵に身を投げかけた姿は、生きることにくたびれた女の疲れがあって、いつもの母より十歳も老けてみえた。

露子はうろたえて、母のそばへ寄っていった。

「お母さんうたた寝をしていたのじゃない」

「いいえ、起きてましたよ」

「くたびれた顔をしてる、早くお休みなさい」

「そうね、することもないし、休みましょうか」

いつもの民子らしくなく、緩慢な動作で炬燵を出てゆくのであった。いつかこの家に一人になる母を思って、露子は母の姿に眼を当てていた。

舞台のあと

1

京川流の家元秋澄がはじめて佳夫の踊りを見たのは、佳夫の十三歳のときである。弟子の秋延のおさらい会に顔を出した彼女は、そこですらりとした少年が袴をはいて「山姥」を踊るのを見たのだった。偶然といえば偶然で、踊りの会の、のべつ幕なしの舞台を、家元が一つ残らず見るということはない。おもな出し物をおつきあいに覗くのが関の山であったが、その日にかぎって少し早くきた秋澄は、ちょっと客席へ顔を出したとたんに、少年の素踊りにゆきあったのである。

少年の踊りといえば芸人めくもので、稽古場などでもきものに角帯をしめて、白足袋をはいた子供の姿はきどったものだが、この少年には垢ぬけた感じはなく、どこか素人の息子の素朴さがあった。普通男の子の踊りは「五郎」とか「助六」とか、きびきびしたものを出すことが多くて、「山姥」のような渋いものはめずらしい。まだ十三歳の少年は広い舞台に立って、姥の静かな物腰で踊りはじめた。踊りは、初めの一さしで、どのくらいおどれるか分るものである。秋澄は「おや」というように眼を止めて、踊り手の動きをたしかめた。

少年は踊りはじめて、そんなに年季が入っているとはみえないが、きまりきまりの型がずばぬけてよく、眼に張りがあった。少年が静かな踊りをおどって、見物を飽きさせないのは、きちんとして品のよいせいでもあった。扇をかざして踊るときのやわらかさには、女のようなやさしさが出る。秋澄はじっと眺め続けた。幕になって、

「ああ佳い踊りだった」

と思うのは、十番に一番もないものだ。秋澄は六歳から踊りをはじめて、三十八歳になる今日まで踊りのことしか考えない女であったから、めったに人の踊りに感心することはない。彼女は楽屋へ顔を出した。会う人、会う人が、

「お早うございます」

「おめでとうございます」

とこの道のしきたり通りの挨拶をする。踊りの師匠はおさらい会一つ出すにも、それ相応の努力があって今日を迎えるのであった。秋澄のそばへ今日の会主の秋延が飛んできて挨拶した。

「今日はありがとうございます」

「盛会で、結構ね。さっき山姥を踊ったのは、どこの子」

「佳夫という子ですが、おめだるくて、恐れ入ります。お稽古をはじめて二年目なんですよ。近所の床屋の子供です」

「床屋のね、品が良いじゃないの」

「ええ、それがね」

言いかけで秋延は他の客に会釈した。秋澄はその間に大部屋をのぞいて、大勢の弟子たちが化粧や着付で賑わっているのを見た。衝立をはさんだ奥は男弟子の部屋で、山姥を踊ったばかりの少年は着物を脱いで、服にかえたところだった。世話をしているのは中年すぎの女で、身装《みなり》がよいとは言えない。少年は舞台でみるよりしっかりした体つきで、眼が大きく、色の白い涼しげな顔をしていた。

「家元さんですよ」

と人に教えられると、秋澄の前へきて丁寧に挨拶をした。

「こんにちは」

物怖じしたところはなく、落着いていて、わきみをしたりしない。やがて佳夫は母親にしては老けた女につれられて、楽屋を出ていった。彼は客席へまわって、この日の踊りの終りまで熱心に舞台を見続けたのであった。秋澄は客席へ戻ってから、この少年の横顔に時折眼をやった。舞台を見ている彼の食い入るような眼差や、細い首を伸した姿は、よほど踊り好きと見えたのであった。

翌日、秋延が挨拶にきた時、秋澄はそれとなく小高佳夫のことをたずねてみた。

「床屋の子ということだったけど、一緒にいたのは母親かしら」

「そういうことになっていますけど、本当の子じゃありません。疎開先で預った子で、親は死んだという話ですよ」

「それにしては、よく踊りなんか習わせておくものね」

「初めは床屋の女の子が習いにきていて、あの子はついてきたんですよ。それがもう熱心で、黙ってみていて覚えてしまうのです。初めは私も気がつかなかったんですが、女の子が舞台でまごまごすると、見ているあの子が教えていましてね。勘は良いんですよ、でも踊らせてみると、派手なところはありませんでね、性格がおとなしいせいでしょうか」

秋延が話すのを聞いていて、秋澄は気持を決めた。自分のところへあの子を寄こしてもらえないか、と言い出したのである。

「へえ、家元さんのお目に叶いましたかしら」

いくらか驚いた秋延は、すぐそのことを承知した。京川流は代々男が家元であったが、先代が戦死してから、妻であり家付娘であった今の秋澄があとを継いだのであった。夫婦は子供の時から許婚の間柄で、一緒に踊りを仕込まれたが、戦争にはばまれて、結婚生活は短かった。子供のない秋澄が珍しく男の子を仕込もうという話は、その後うまく運んで、理髪店を営む養父母から佳夫は家元へ預けられることになった。秋澄はこの少年を並みの内弟子のように使い走りなどさせなかった。学校も本人が行きたければゆかせる主義だが、筋肉を堅くするスポーツはゆるさなかった。学校の帰りは長唄と三味線の稽古に通わせて、踊りは自分で教えた。秋澄の教え方は、一日中朝から晩までかかって一曲教えこむのであった。レコードが繰返し鳴りつづけて、足拍子や、声が立つと、家の者は首をちぢめた。

「うちの先生は凝りやだから」

「相手は子供よ、今に泣き出すわ」

御飯も食べずに踊らされるのだった。途中で秋澄が電話に立ったりすると、内弟子は佳夫を呼びにゆく。すると少年は一人扇をかざして稽古に没頭していた。ふだんの秋澄は情にもろい、よく出来た女であったが、佳夫に対してはきびしかった。一通り覚えるのでは気に入らない。子供であっても格調の高い、のびのびした踊りぶりをのぞんだ。

「早間の踊りを五十回やってごらん、いいね」

激しい体操でもさすように、ストップ・ウォッチを押して、何秒で踊れるか口三味線でやらせてみる。こんな教え方は例がないので、内弟子たちは眼を見張った。佳夫は額に汗を流して、ただただ早く踊るために手足を振って動きまわる。二十回もすると引っくりかえった。

「だらしがないね」

秋澄は眉をよせて、歯ぎしりする。

「まあ、いいでしょう、この位で」

とこの家で家政から番頭の役まで仕切っている、秋澄の遠縁にあたる仙子が助けを出す。彼女も戦争未亡人であった。佳夫はめまいが納まると、両手をついて、

「ありがとうございました」

と挨拶するのを忘れなかった。秋澄は彼のためにきものなど惜しげもなく誂えて着せたが、稽古はきびしくなる一方で、夜更けまで寝かせなかった。見かねて仙子は言った。

「無理ですよ、詰めこみすぎますよ」

「どういうのかしら、教えた踊りが出来ないと憎らしくてたまらないわ。物差で叩いてやりたいと

きがある」

「柄は大きいけど子供ですよ、継子いじめじゃあるまいし」

仙子は笑っていった。秋澄も苦笑をうかべながら、

「子供の頃、先代と競争で踊ったのを思い出すわ」

と言った。中年になってもふくよかな、姿の佳い秋澄は、年より若くて、擦れた芸人らしさはなかった。一つには仙子がいて、金銭の苦労は彼女にあずけ放しのせいでもあった。

京川流の家元に養子を迎えるという噂がひろまったのは、一門の舞踊会に佳夫が「鏡獅子」を踊ることに決ってからであった。佳夫は十六歳になっていたし、一部に踊りの天分は認められていたが、なんといっても内弟子のことで、ふつうなら出し物も軽いものに限られた。常識からいっても大物の「鏡獅子」を踊らすということはない。費用もかなりな額であったから、秋澄の並々ならぬ意気込みが感じられて、養子の取沙汰になったのであった。

「御養子の話は、ほんとうですか」

と仙子に小声で訊ねる弟子もいる。

「さあ、家元はなにもおっしゃいませんよ」

「佳夫さんて、おとなしい、お行儀のいい子だけど、そんなに踊れるんですか」

無遠慮に聞く名取りもいる。一門の舞踊会が近づいて稽古に火花が散るせいか、誰の顔も気負い立ってくる。この時期に踊りの技はぐんと上るのであった。教える方も、教わる方も夢中である。秋澄は働き盛りの四十代に入って、相手は替れど、一人で滝夜叉にもなれば、船頭にもなって稽古をつけ

てゆく。その合間に鳴物の打合せや、挨拶にくる人の応対で、休む暇もない。稽古場から弟子たちの引上げるのは夜更けであった。

「おつかれさま、お風呂にしますか」

仙子が聞きにくる。

「大物の稽古が残ってますよ、呼んでちょうだい」

稽古着の佳夫が入ってくる。十三歳の時に比べると、ぐんと背丈が伸びている。一礼すると舞台に立った。「鏡獅子」は初めが女小姓で、高島田の女中姿だが、獅子の精がのりうつって、後半はくまどりした顔の男獅子で踊るのであった。至難な踊りで、名取りでも二の足をふむ出し物であった。佳夫が若い女の身のこなしで踊ると、初々しさが匂う。仙子は秋澄のうしろに控えて、眺めた。途中から秋澄のきびしい声が立つ。

「獅子がのりうつる、からだにもだえが出ていない、手があそぶ！」

彼女は舞台へ立っていって、獅子頭をもつ佳夫の懸命な身振りを悪しざまに言う。彼女の振りを佳夫は真似る、二つの蝶がたわむれるさまを、仙子はうっとり眺めた。後半の獅子の踊りは、長い毛を垂れた鬘《かつら》をつけて、荒れ狂うのであった。細い首の少年は、うつむいて長い毛を振りまわす。秋澄は同じように猛々しく獅子になりきる。夜半まで稽古は続いて、いつやむともしれない。仙子は下がってきて、ほっとした。内弟子たちはとうに休ませてあるので、一人で夜食の用意をしていると、仙子の耳に稽古場の足拍子や、鳴物や、声が聴えてくる。秋澄の打ちこみかたの異常さと、それに全身で従う佳夫を感じると、長い間停滞していた京川流の前途に、光明をみる気がするのであった。

内弟子の一人が、寝ぼけまなこで起きてきた。

「もう、朝ですか」

「まだ夜中よ、早く休みなさい」

「でも鳴物が聴えます」

「気違いがふたり、踊ってるのよ」

仙子はそういった。

2

佳夫は二十六歳になっていた。その年の春に秋澄と二人で踊った「嫁入り」という新作がある新聞社の芸術賞になって、京川流はにわかに脚光を浴びた。「嫁入り」は地唄舞に似た振りで、母親が娘を育て上げ、やがて嫁入りさす日の哀歓を踊ったものであった。花嫁になった佳夫は眼の涼しい、あどけない娘ぶりで、プログラムに秋佳と出ているのを見て、てっきり女性と思った観客も多かった。秋澄の母親は色も香もある年増ぶりで、ふくよかな気品もあり、二人連れ立つ母娘の姿は絵のようなと評判になった。

賞を受けると、秋澄は佳夫をつれて、先々代からの後援者の富橋流水の仙石原の別邸へ挨拶にゆくことになった。

「丁度いい骨休めになりますよ、私もお供して」

と仙子は言った。秋澄は季節ごとに挨拶に出向くとき仙子を供にするのだった。佳夫がいようと、この習慣は変らなかった。変ったのは佳夫が車を運転して、中年すぎの二人の女にドライブのたのしみをさせてくれることであった。彼の運転は周到で、無茶なスピードを出さなかった。箱根は季節外れの梅雨時であったが、明るい陽差の日であった。

「今日なら芦ノ湖までゆけば、富士山が見えると思うな」

と佳夫は前方を見上げた。

「仙石原をあとにして、ドライブしましょうか。先生はめったに仙石原から先は行かないでしょう」

「そうもゆかないわ、ともかくお邸へ上らないことには」

「そうですよ。あれで流水先生は勘がいいから、廻り道をするとすぐばれちゃいますよ」

仙子も秋澄に同調して、ともかく富橋家へゆくことをすすめた。

「じゃあ、挨拶がすんだら行きましょう。折角車を買ったのは、先生をあちこち連れてゆく目的なんですから」

「私は仙石原までで結構よ。車はこの年では疲れるわ」

秋澄は踊りで鍛えたからだを持っていたが、さすがに十年前の疲れを知らない頃とは違っていた。職業病というのか、はげしく踊ると、関節が痛んだり、筋違いを起すこともあって、五十一歳の肉体の衰えに思い当った。青年らしいすこやかな佳夫の運転する首すじを眺めると、この十年間、彼の若さにぶつかりながら根かぎり踊ってきたことが、自分の成熟した肉体の盛りの時期であったと思うのだった。今ならとてもあの真似は出来るものではなかった。すると、自分の健康も、情熱も、あますことなくそそぎこんだ相手かと、秋澄はこと新しく佳夫を眺める気持であった。

富橋流水の別荘は雑木林に囲まれた傾斜地にあって、庭先にせせらぎの音のする静かな場所であった。医者でもあり、洋画家でもある流水は今でも事あるごとに山を下りてあそび歩く。秋澄と佳夫が並んで入ってくるのを見ると、老人だが大柄の流水は、

「似合いの親子じゃないか」

と眺めた。

「似合いの夫婦というのは聞いたことがありますけど、似合いの親子なんて」

秋澄はおかしそうに笑った。すんなり美しい母親と、若くてすこやかな息子という釣合いを、他人は事新しく感じて眺めるらしかった。あとから仙子が現われると、

「なんだ、また目付役がついてきたのか」

流水は言った。

「そうですよ、家元は瘤つきに、番頭つきですよ」

仙子は負けていない。

「お前さんのような中婆さんがついているから、秋澄は羽根をのばして浮気も出来ない。見てごらん、未だに若後家のままじゃないか」

流水がずけずけ言うのは毎度のことだった。

「踊りに色気がないのは、そのせいだ」

「大きな息子が出来ては、おしまいですわ」

秋澄はなにを言われても、相手が流水では応えない。

「家元をそろそろこのひとに譲って、自由になりたい気持になっていますの」

「それもいいだろうが、金がかかるな」

「それが第一の心配で」

芸の世界のしきたりに従えば、京川流にふさわしい家元のひろめの舞踊会を持たなければならなかった。

「引出物という厄介もある」

「トラックに二台は要りますねえ」

仙子がそばから口を入れた。

「どっから金を持ってくる?」

流水は空とぼけて、訊ねた。秋澄は踊りは佳いが、も一つ政治力がない。俗気のない舞踊家は目立たない。金銭に左右される世界であったし、派手にすればするだけ、話題になるのだった。

「後援会長に一肌ぬいでいただいて」

仙子は透かさず言った。流水は日本座敷にしつらえたソファに寄りかかったまま、和服の似合う秋澄を眺めた。

「このひとのおっ母さんは、このひとより綺麗だった。先々代と結婚する前に踊った鷺娘は素晴らしいものだった。今でも眼にちらつくほどだ。あとでスケッチさせてもらったが、描きながら、一緒に逃げないか、とくどくと、だめだわ、遅いわ、と言った」

「だめだわ、好きな人がいます、と言ったんじゃありませんか。そうでしたよ」

と仙子は訂正した。

「この前はそう言ったか」

流水は問い返し、秋澄も佳夫も笑った。この家は週末になると孫たちがくるらしく、この日も飲物を運んできたのは、流水の可愛がっている由利子であった。

「由利子さん、おいでになっていたんですか」

秋澄は立上って、挨拶をした。

「弟も来ていますの」

由利子は一同に会釈を返した。長身でスラックスの似合う娘だが、大学の音楽科で三味線を習ったむすめであった。日本舞踊についてもなかなかくわしい。

「この間の『嫁入り』は素敵でしたわ。拝見している間ぽうっとしちゃって、自分がお嫁入りするみたいな気分でした」

「由利子よりあの嫁さんのほうが女らしかったな」

流水はまぜっ返した。

「ほんと、佳夫さんはおきれいだったわ。それに母と子の情愛がなんともいえず美しかったわ」

由利子は秋澄と佳夫を見比べていた。祖父が似合いの親子といったようだが、そういう言葉があるとすれば、この二人にちがいなかった。

「ずいぶんお稽古なさったのでしょう」

由利子の眼は佳夫に向けられていた。

「僕は稽古は好きですね、本番より好きなくらいです」

佳夫が言うと、仙子もそばから、

「うちではこの人のことを、稽古魔と言ってます。家元がもういいと言うまで、粘るのですから」

そう素っぱぬいた。しかしこうして見ると、スポーツシャツを着た佳夫は明るい近代青年としか映らなかった。

「今日は芦ノ湖のホテルで御飯をご馳走してくれるのでしょう？」

由利子は祖父の顔を見て、上天気だから早目に行きたいといった。すると佳夫の顔も輝いた。

「きっと富士が見えるでしょうね」

彼は秋澄の顔をうれしげに見た。若い者に急かれて、流水も秋澄も腰を上げて芦ノ湖までゆくことになった。

「佳夫さんの車に乗せていただくわ」

と由利子は言った。

「ところが、僕は家元の傭《やと》われ運転手で」

佳夫は秋澄を隣へ乗せようとしたが、彼女はさっさと由利子の弟の敬の車へ流水と一緒に乗りこんだ。佳夫と由利子を乗せた車は先に走り出した。

「佳夫さんて、いつも家元に遠慮していらっしゃるのね」

由利子は前方を見ながら、言った。

「遠慮？　さあ、自分では遠慮と思っていませんよ。僕のなかにいつも家元がいるのは事実だが」

「知らないうちに支配されているわけね」

「それはそうでしょう、家元があって初めて僕は存在するのだから」

「そんな言い方はいやだわ」

「考えてごらんなさい、家元のいない僕は、なんです、床屋の小僧くらいのものですよ」

佳夫は真顔になっていた。

「僕は家元の傀儡《かいらい》であっても良いと思っている。家元の教えた通りに踊って、よろこんでもらえればいい、とそればかり思ってきましたね」

「あなたはそれ以上になっていらっしゃるわ、御存じでしょう」

「それは僕の若さにまどわされているせいですよ。僕の持っている力量は家元の恵みから出たもので、僕自身はまだ一人歩きもおぼつかないくらいだ」

「へんなひと、これから家元になろうというのに」

由利子はつんとして佳夫の色白い横顔を睨んだ。箱根のドライブウェイを走って、芦ノ湖に近づくと、晴れた空に富士がくっきりと麗容を現わしていた。

「やあ、富士山だ、きれいだな」

佳夫はバックミラーを覗いて、あとの車の現われるのを待った。

「うちの先生も見ているかな。一ぺん見せたいと思っていた」

「富士がそんなに珍しいの」

由利子はあきれた顔をした。一同は芦ノ湖畔のホテルにつくと、ロビーから富士を眺めた。夕食にはまだ間がある。由利子と敬は佳夫を誘ってモーターボートに乗りにいった。三人の姿が桟橋からボートに移って、やがて湖水へ滑り出してゆくのをみると、秋澄は手を振った。

「佳夫もおかげさまで気晴らしをさせていただいていますわ」

彼女は流水のそばへ戻ってきた。仙子は売店へ土産物を買いに立っていた。

「ふだん稽古場で私にしぼられているのですから、今日は清々していますよ、きっと」

「由利子も大よろこびらしい。あれは佳夫が好きなのだ。まんざら馬鹿なむすめでもないから、少しつきあわしたらどうかと思うが」

「ありがとうございます」

秋澄はさらっと礼を言った。ボーイが飲物を運んでくると、流水はべつのことを口にした。

「家元の襲名は、ほんとにやるのか」

「ほんとです、さっきも車の中で前を走る佳夫の車を見ていて、一人で歩かせることに決めました。帰ってすぐ準備にかかるつもりですわ」

「襲名の出し物は？」

「そうですね、本人に充分踊らせますが、佳夫の希望もありますので、二人の出し物も出そうかと考えています」

「西鶴か近松のものはどうだ」

流水はいつになく熱心に言った。佳夫の踊りは、秋澄という美しい年上の女と組むことで、一層生きるのを彼は知っていた。佳夫一人で踊れば、若いわりに才気がある、という程度にすぎない。まだ個性がにじむほどの場数は踏んでいなかった。そんな彼がひとたび秋澄と組むと、舞台に安定感と艶を増して、しっとり潤うものになるのであった。このコンビは佳夫にとって貴重なものであろう。彼が一流の舞踊家になるためには、まだまだ秋澄から奪うものが多いのであった。

「親の代からの付合いだ、襲名には片棒かついであげよう、どうかね、たまにはこの老人と関西へでも旅行しないか」

「結構ですわね」

「世間で言ってるよ、あの遊び好きな老人は秋澄に入れあげていると」

「お互いに、浮名儲けじゃありませんか」

軽くかわして、秋澄はあでやかにわらった。

3

京川流の家元襲名で、秋澄の稽古場はごった返した。若い佳夫が新しい家元を継ぐことは、京川流の若返りで、一門に刺戟と活気を与えた。今度のことは佳夫の意見を聞くことなしに、秋澄がさっさと決めたことであった。名前がどうなっても、今までと大して変らないはずだ、と佳夫は仙子に言ったが、まだ彼には家元の重みが充分わかっていなかった。どこか親がかりの気分が抜けなかった。そんな彼を秋澄は急き立てて挨拶廻りに出した。

当夜の二人の出し物は「お夏清十郎」か「おさん茂兵衛」かにしぼられて、結局「おさん茂兵衛」に決った。台本が出来ると、秋澄は振付にかかったが、そのうちこの出し物のあやまりに気付いた。芝居がかった出し物は、型通りの踊りとも、自由な解釈の新作とも違う。おさんは人妻で、茂兵衛は主人の妻に思いをよせる奉公人である。二人は姦通の汚名をきせられて、逃げるうち互いの恋情に気付いて、抱きあう。

「流水先生が西鶴か近松をとおっしゃるから、とんだことになってしまった」

秋澄は振付の途中で、溜息をした。佳夫を呼ぶと、彼は長電話につかまっていた。

「どちらから」

「由利子さんからです、仲間に切符を売るからということで」

「ありがたいわ、行ってらっしゃいよ」

「あのひとは、時間におかまいなしだから困るんです」

佳夫は服に着替えて、出ていった。秋澄は気が散って、茶の間へ中休みにゆくと、仙子は待っていて、秋澄の顔を仰いだ。どのくらい疲れているか、気分は良いか悪いか、一目で仙子にはわかるのだった。

「流水先生がぜひ、と言ったら、どうします」

と仙子はたずねた。

「由利子さんのこと？　良いお嬢さんだけど、家元の家内の辛さはごぞんじないからね」

「無理な気がしますよ。流水先生ほどの苦労人でも、お孫さんには甘いんですね」

「佳夫がなんていうか」

「佳夫さんは家元次第ですよ」

仙子はきっぱりといった。佳夫は今日まで秋澄に楯ついたことはなかったし、わがままを言ったのは、車を買うときくらいであった。踊りの振りが思うようにゆかないと、秋澄は苛立って、いつになく佳夫の帰りのおそいのまで腹を立てた。

「今度の出し物は、私と佳夫には向かなかったようね。柄にないもの」

「だから面白いんですよ。今から弱音を吐いてどうします。京川流の運命がかかっていると思って下さいよ」

仙子はきつく言った。彼女は流水に頼みごとでゆく度に、由利子と佳夫のことを持ち出されていたが、秋澄には言わなかった。今のところ後援者の流水に見放されては、襲名は成り立たなかった。

佳夫は時々由利子と会っていた。彼女の協力で、切符の売れゆきが良いと、ほっとした。

「私の腕は大したものでしょ」

由利子は張りきっていた。

「君のは、むりやり売りつけるんだろ」

「そうよ、おとなしくしていて相手が買うと思うの」

彼女は明るい眼をしていた。佳夫の持っていない、おそれを知らない天性の明るさであった。相手を傷つけても、気付かない眼だと彼は思った。そういう相手におどろきと羨望を覚えた。佳夫は長い年月、一日として一緒に暮すひとの感情を見ずに暮したことはなかった。相手に傾倒すればするほど、報いようとする気持でいっぱいであった。

　秋澄の振りつけがほぼ終って、稽古に入ると、佳夫の時間もなくなって、発表会までは寝る暇もなかった。由利子の呼び出す電話口へ出た佳夫は、

「用があるなら、こっちへ来て下さいよ」

と返事をする。秋澄は少しの時間なら与えてもよいと思った。後援者の流水に遠慮がある。

「行ってもいいのよ、由利子さんとうまくいっているのでしょう」

「時間がないんです、僕には」

　佳夫は殺気立った表情で舞台へかえってゆく。今度の踊りは芝居がかっているので、演出者を頼んだが、今までとは勝手が違って、踊りのほかにせりふもあった。演出者は芝居のからみになると、きびしいだめを出した。おさん茂兵衛の関係は泥沼におちてゆき、切羽詰りながら結ばれる暗い愛欲と、束の間の歓喜があるのだった。

「きれいごとだけでは、折角の受賞が泣きますよ。秋佳君は工夫して下さいよ、少年の恋ってわけじゃないのだから」

「やってみます」

　佳夫は額に汗をにじませて、途方にくれた眼をしていた。いつの踊りも秋澄が先に立って、彼はぴったりついていったのであった。その水も洩らさぬ調和に、観客は酔うのであった。今度の踊りは、あきらかに新家元になる佳夫が主体であって、秋澄は添ってゆく役であった。二人は新しい振りで踊ったが、きれいごとな振りといわれると、踊りながら互いに空々しさを覚えるのであった。秋澄は夜

更けに疲れ果てて茶の間へ入ってきた。

「佳夫はまるで木偶《でく》の坊だわ。あれでは新家元の先が思いやられるわ」

仙子に向かって訴えた。

「無理ですよ、まだ遊びもろくに知らない佳夫さんに、色分けをさせたって」

「かりにも男ですよ。どろどろの恋が仕わけられなくて、京川流を背負って立てるものですか、由利子さんでも口説《くど》いてくれればいいのよ」

「可哀そうですよ、一人で稽古場で工夫しているのですから」

「十三年間、命がけで教えてきた私の気持にもなってもらいたいわ」

「まだ教え足りませんよ。仏作って魂入れず、ってこともありますよ、もう一度鍛え直しておやりなさい」

「そうかしらねえ」

秋澄はぼんやり仙子の顔を見上げながら、稽古場の気配に耳を傾けるのだった。

寝部屋へ引きあげた秋澄は、しみじみとこの十三年をふりかえって、十三歳から今日までついてきた佳夫をいじらしく思わずにいられなかった。今日まで踊り一筋に修業させてきたが、これから先は人生の諸《しょ》わけも知り、芸界の裏も見て、苦労しながら京川流を背負ってゆくことだろう。そうした運命が、彼の子供らしい踊りを見た日から、彼と自分を支配したのであった。ここで佳夫が一本立ちして、立派に男らしくおさん茂兵衛を踊ってくれることを、願わずにいられなかった。

枕につけた顔をあげて耳を傾けると、表座敷の稽古場から微かにレコードの鳴る音がする。もう夜半を過ぎたのに、佳夫はまだ残っているとみえる。秋澄は起き上って、どんな工夫がついたか、男らしい茂兵衛になっていれば良いがとねがいながら、あたりに気をかねて、ひっそりと部屋を出ると、廊下をふみしめながら見にいった。

4

稽古の日の苦しい積み重ねは、たった一日の発表会に花開くのであった。家元襲名の披露舞台はお祝儀の番組が続いて、賑やかに終始した。そのなかで、若い佳夫は端正な素踊りから、「娘道成寺」のあでやかな振りまで踊ってみせた。きりは秋澄との出し物の「おさん茂兵衛」で、当夜の呼びものであった。葦の生えた河原の小舟の中で死のうとしたおさんと茂兵衛は、互いの愛を確かめあうと、生きられるかぎり生きようと誓うのであった。追手が去って、隠れた小舟の中から出たおさんは、茂兵衛に手をとられて落ちてゆく。

舞台が終ると、楽屋は人で賑わった。

「おめでとうございます」

「おつかれさま」

「眼が覚めるような舞台でしたわ」

秋澄は楽屋着に着替えると、化粧を落す間もなしに挨拶を返した。先刻、舞台裏の階段を上ってくるとき、彼女はあとに続く佳夫へ一言いった。

「よくやったわね」

佳夫は乱れ髪の茂兵衛のまま彼女を仰いだが、無言であった。まだ舞台の興奮が尾を引いていた。秋澄は今日の出来に満ち足りていた。こんな満足感は一生に幾度もあるものではなかった。化粧を落すと、訪問着に着替えた。今夜は流水のねぎらいで、新橋の料亭で内祝いがあった。楽屋の入口へ佳夫が迎えにきた。紋服のせいか花婿めいている。新しく誕生した家元の凛々《りり》しさが感じられる。秋澄はじっと眺めた。

楽屋口に車がきていて、由利子が立っていた。秋澄はふいに仙子をふりかえった。

「忘れ物をしたわ、ちょっと仙子さん一緒にきて」

「僕が取ってきましょう、なんですか」

「家元はお先に。あとからゆきますよ」

ためらう佳夫と由利子を先に送り出して、秋澄は引返した。今日から彼女は父が引退したときと同じ秋洸を名乗るのであった。一日限りの舞台は、もう大道具も片付いて、暗い舞台に葦の河原の背景はなかった。秋澄は歩いてきて、一夜の夢を惜しむように、あたりを見廻していた。

「今夜の舞台は、結構でしたよ」

仙子はうしろから声をかけた。

「点のからい仙子さんに褒めてもらえば、佳夫も本望だわね」

「あたしは秋洸さんを褒めてるんですよ。茂兵衛を立派な男にして踊らせたじゃありませんか」

「そう？　ありがとう」

秋澄は暗い舞台をゆっくりまわり歩きながら、今夜は先代と踊っている気がした、と仙子へ告げた。

「ねえ、仙子さん、私のした内緒ごとは、佳夫も得心ずくなのよ。稽古の間だけ、これっきりと約束したことなのよ。茂兵衛を情にこがれる男にして踊らせたかったからなの。佳夫はよくやってくれたでしょう、思い残すことはない気持ですよ。これでもう二人のコンビも卒業ということになるでしょうね」

「なぜですか、もっと情の濃い舞台を続けて下さいよ」

仙子は立ったまま、秋澄の白い顔を見守っていた。

「これっきりですよ。新しい家元にはお嫁さんを持たせなくては」

秋澄はなお夢の名残りを惜しむように、一夜で消えた舞台の葦の間を追って、歩いていた。

三週間の旅程を終えて瀬良が東南アジアから帰ってくる知らせは、羽田へ着く前日に届いた。佐保子は迎えに行こうかどうしようかと迷った。行かなければ良人は機嫌が悪いだろうし、行ったとしても彼と言葉を交すひまがあるかどうかわからなかった。

ここ二、三年、社長秘書になってからの瀬良の多忙さは、目まぐるしかった。井出川社長の行くところは何処へでもお伴をする。公私にわたっているので、お抱え運転手より行く先も詳しかった。長いこと井出川商事の調査課にいた彼は、鳴かず飛ばずであったが、秘書課にまわったとたん、精彩を発揮しはじめた。彼の性格に目先の利くところがあったのである。それにしても、よく身体が続くと思うほど、精力的な社長に負けない勤めぶりであった。佐保子はもうこの一年ほど、ゆっくり言葉を交したこともなかった。

正月こそ家にいるのかと思うと、川奈へゴルフのお伴にゆく。この時は社長も完全に家族連れであったが、社長夫人の妹にあたる未亡人と瀬良はゴルフを組むらしかった。川奈の帰りは箱根に滞在するバイヤーと商談ということになっていたが、そこには社長の愛人が来ている模様であった。口の堅い瀬良は、そういうことを妻にも語ろうとしないが、敏感になっている佐保子は、感じで理解した。家に帰れば、ただ疲れて、眠るばかりの彼の外の世界を、手さぐりで想像するだけであった。夏は夏で、週末の度に軽井沢へお伴であった。そこに社長の別荘があった。

「私も一度、行ってみたい」

佐保子はそう言ってみた。

「止せ、よせ。ああいう処は別荘があって、室内に寛ぐから涼しいのだ。満員の列車に揺られて、日中の高原を歩いてみても、暑くてやりきれたものじゃない」

「でも落葉松林を歩いたり、浅間山を仰いだり、高原の花を見るだけで愉しいと思うけど」

「じゃあ誰かと行ってみるのだな。僕はごめんだ」

彼は毎日スケジュールの詰った手帳へ目を通して、そそくさと出かけていった。スケジュールは彼自身のためのものか、社長のものか、解らなかった。そういう生活が明け暮れつづくと、精巧なロボット人間が動いているようで、佐保子は無関心になった。ある時、銀座へ買物に出て、良人の同僚の夫人と出会ったが、その挨拶は底意地のあるものだった。

「お宅の御主人は、それはそれは社長のお覚えがよろしいんですってね。御出世間違いなしですわ。うちなどはもう気が利きませんし、ただ資料に埋もれていれば満足なのですから」

「うちは忙しいばかりですの」

「そのいそがしいのが大切じゃございませんか」

佐保子は俯向いて聞きながら、同僚の憎しみを感じた。夫人は憎しみの代弁者であった。佐保子がどんな着物を着ているか、夫人は吟味する眼差であった。身分以上のものを着ていたら、糾弾しそうな光りがあった。佐保子は不愉快な気持で、あと何日も鬱《ふさ》いだが、瀬良には告げなかった。彼の振舞が目立てば、人はなにか言うだろうと思った。そのことを話合う雰囲気を、彼は与えてくれなかった。

社長のお伴をするせいか、瀬良は思いがけない贅沢な持物を身につけたり、貰い物をしてくることもたしかにあった。鰐皮のベルトも買った覚えのない品であったし、真珠のネクタイピンも何処かの贈り物であった。聞いても、

「いや」

と言うだけで、説明しようとしなかった。洋服は秘書としてどんな場所へ出てもおかしくないように、上等で、目立たないものを身につけていた。靴も同様であった。以前はそういうものを気にしない質であったが、仕事の性質で神経を使うのか、あるいは身綺麗にしたほうが愉しいか、どちらかであった。貰い物はおもいがけない女物の洋服地や、どういうわけか菓子の類もあった。佐保子が訊ねると、面倒そうに、

「ゴルフの賞品だ」

といったが、中に会社の名や、バーの名が書いてあることもあった。古くからの飲み友達は、

「瀬良はバーへゆくともてますよ。じいさんの多いバーでは男ぶりが目立つからね」

などと冗談にして言った。バーの女で、瀬良と親しいひとがいることは、佐保子も知っていた。社長を送った帰りに、彼女と食事にゆくこともあるとみえて、鮨屋のマッチや、女物のハンカチや、楊

枝入れが入っていることもあった。彼の接する外界は、佐保子の知らないものであった。いくらかでも触れようとすると、瀬良は煩わしそうに妻を突き放した。結婚して七年になったが、日が経つほど彼がわからなくなった。

羽田へ出迎えることに、彼女は決めた。良人の顔を久しぶりに見てみようと思った。その日の午前十一時に日航機は羽田へ着くことになっていた。佐保子が秋の枯葉色のお召を着て、早めに空港へ行った時、国際空港のロビーにはもう関係者がきていた。佐保子は初めて社長夫人の妹の時子とそこで会った。挨拶をした佐保子をじっと見て、

「あなたが、瀬良さんの奥さん?」

と声にした時、時子は特別な表情をうかべたようであった。相手の美しさや、年齢や、服装を鋭く見る眼差に思われた。佐保子はたじたじとなって、顔を赧らめ、丁寧にお辞儀をした。

出迎えの中には、銀座の女たちとおぼしい美しい女性も二、三いた。午前中の時間に、わざわざ空港までくるのは大変なことであろう。佐保子はそのひとたちのどの女性が、瀬良と親しいのかと眺めた。

飛行機は予定の時間に着いた。デッキで見ると、瀬良は社長のあとからタラップを元気に降りてきた。太った六十年配の社長と続いて現れたせいか、旅疲れもなく、三十年代の男のきびきびした姿が印象的であった。税関を通ってロビーへ現れた社長のまわりに、出迎えの人々が集って挨拶した。

佐保子はなるべく目立たないように、うしろに立って、瀬良が見るのを待っていた。彼は一度もこちらを見なかった。関係者と快活に挨拶を交して、一行はすぐロビーを出ていった。その混雑のなか

で、瀬良は佐保子のそばへ来た。

「お帰りなさい」

「ああ。荷物を持って先に帰ってくれないか」

「あら、あなたは？」

「一度会社へ顔を出す。しかし今夜は早く帰るだろう」

「わかりました」

彼はすぐ妻のそばを離れていった。空港から拾った車で、佐保子は大きな革鞄を持って帰った。

その夜、日本料理をあれこれ作った夕飯に、彼は帰らなかった。十時をまわっても靴音はしなかった。佐保子はなにも手がつかなくて、立ったり坐ったりしていた。秘書とはこんな日も用事があるのかと思い、いや何処かへ遊びにいっているのかもしれないと思った。彼にとっての我が家は、その程度の存在でしかないと思うと、佐保子は今日に始まったことではないのに、空虚を通り越した、皮肉な気持にとらわれた。

十二時近い時間に、彼は帰宅した。

「今まで、どうしていらしたの」

「用事があった」

彼は服を脱ぐと、風呂場へ歩いてゆきながら、

「おい、湯加減はいいのか」

そっけない、ぶっきらぼうな言いかたをした。空港で、快活に、愛想よく、しかもきびきびと人に

応じていた彼と嘘のような違いであった。佐保子は待ちくたびれた時間の続きで、ぼんやり良人の後姿を見送った。

長い一日を埋めるために、佐保子は﨟纈染めを習っていた。

「佳い色に染ったね」

徹二は彼女のひろげた茜色の皮を少し離して眺めた。佐保子には独特の色彩感覚があって、この前に染めた柿色と黒の小羊のクッションも渋くて、なかなか見事だった。徹二は彼女に﨟纈の絵のためのデッサンを教えたが、学生時代絵の好きだった佐保子はその素質もあった。みっちり勉強すれば、一人前として物になるかもしれないと彼は思った。しかし本人に言っても信じないだろう。佐保子は﨟纈染めをしている時間を愉しんでいるに過ぎない。

「瀬良さんは帰ってきたの？」

「ええ、昨日」

「旅行は面白かったろうな」

「羽田へ迎えにいった時は口を利く暇もなかったし、家に帰ったのは夜中よ。旅行の話を聞くどころか、疲れて機嫌が悪いくらい」

「久しぶりに帰ってきたはずだ」

徹二は佐保子の表情に目をとめた。

「僕に遠慮しなくていいよ」

佐保子は黙ったままだった。三週間ぶりに帰った良人は優しく振舞ってくれなかった。同じことなら口先でも良い、やさしい労りや、やわらかな愛情の囁きがほしかった。古びた妻をあしらうように、無音で事を足す彼にあうと、見知らぬ男をみるような嫌悪感さえ感じた。

空港で、彼が社長夫人やその令妹と親しく笑顔を交していた光景が、思うまいとしても眼に浮かんだ。生き生きした雰囲気と、ある馴々しさ。時子は瀬良より年上のはずだが、若作りの洋装で、きれいに化粧していた。笑い声は華やいでいた。あのような空気でゴルフに興じるのかと思うと、佐保子は反発を覚えた。ゴルフの道具も彼の月給では楽に調えられるとは言えなかった。服装も見すぼらしくは出来なかったし、すべては彼のために無理をする結果になった。それが出世につながるとすれば、出世とはなんだろう。

ずっと前は、あのような彼ではなかった、と佐保子は思った。毎晩帰宅も早かったし、日曜日は揃って映画を見にいったり、郊外を散歩したりした。そのころから瀬良は多弁ではなかったが、彼の関心はたしかに佐保子に向けられていたのである。充ち足りた、ささやかな生活が嘘のようであった。

黙っている彼女の肩に、徹二は手をかけた。そうされるのを待っていたように、佐保子は顔を上げた。心が渇いて、水を欲しい気持と似ていた。一年ほど前、徹二のところへデッサンを習いにきたが、久しぶりに会った日、

「私、変ったでしょう」

と彼女は言った。

「変ったね、すっかり奥様になった」

「そういう意味ではないの」

陰気な女になったでしょう、という気持であった。二人はかなり前から知っていた。佐保子の嫂の弟にあたる徹二は、初めて会ったころ、まだ画学生であった。姉たちの結婚前の交際に、一緒に訪ねてきた彼は、足が悪かった。子供のころ小児麻痺をわずらったために、軽く足を引いていた。佐保子は出迎えたとき胸を搏たれて、そっと眼を逸らした。相手が若い男であったから、見てはならない気がした。

徹二はそういう眼差に敏感であったが、馴れてもいた。若い女は彼の足をみて、驚いた顔をするか、いやな顔をするかであった。そのあとは同情的な眼に変るか、無関心に離れてゆくかであった。佐保子は絵の好きな娘なので、徹二とはすぐ親しくなったが、一度として彼の足のことを口にしなかった。徹二は歩くのが好きで、多摩川に近い佐保子の家へくると、近くの雑木林を散歩したり、夏は川で泳いだりした。もっと驚くのはテニスをすることであった。彼は飛ぶようにコートを走って、球を追った。

「テニス、お好き?」

佐保子は訊いた。

「好きですよ、なぜ?」

「無理にやってらっしゃるように見えるわ」

徹二は言葉の代りに、彼女を見た。

「醜態ですか」

「肢が痛そうなの」

彼はそれっきりテニスの愉しみを捨ててしまった。出来ることはなんでも試みようと考えた意志も、他人の眼にわざとらしく写るとわかると、する気がなくなった。

徹二の肉親たちは、佐保子が嫁にきてくれることをひそかに願っていた。徹二はそのことを知ると、前のように自由に近づかなくなった。若い娘の理想像を知っているからであった。佐保子は友達とそのことでよくお喋りした。スケートの帰りなど、喫茶店の硝子窓越しに外をみて、勝手なことを言いあうのである。

「銀座通りを並んで歩いて、恥ずかしくない人でなくては厭よ」

「私は大きなホテルのロビーで見て、引けをとらないひとが基準よ」

「いっそ外国人にしたらいいわ」

「そういうあなたこそ、どうぞ」

佐保子は時折徹二のことを思い泛かべる。その度にテニスコートで横に飛んでゆく奇妙な彼の姿態を思い出して、辛い気がした。

瀬良とは友達の箱根の別荘で知りあった。帰りの汽車も一緒で、それから親しくなった。東京のアパート住いの彼は、折があると佐保子の家へ寄るようになって、二人は結ばれた。「銀座通りを並んで歩いて、恥ずかしくない人」といった冗談は、外見からは叶えられた。彼はどこからみても颯爽とした青年であった。

七年の歳月で、佐保子はもう夢みる娘ではなくなったが、徹二は相変らずの独身の絵描きであった。

一度縁談が調いかけたが、彼の方から取りやめた。理由を言わないから誰にもわからなかったが、ある時冗談のように、

「あんなのんきな女《ひと》は、退屈だ」

と佐保子に言った。

「贅沢なひとね」

「僕のような男は、やはり依怙地なのか」

三十過ぎて独りでいても、差しつかえなかった。彼のアトリエで﨟纈染めに役立つデッサンの勉強をすると、佐保子の図案はよくなった。彼女は厚皮の山羊皮に蠟をおき、模様の部分を伏せて、地に色をかけてゆく時のゆめや期待に心をまぎらせた。時には思いきって錆朱などを染めることもあった。色を幾重にも重ねてゆき、蠟を取り去る前後の緊張が好きだし、モデラで起伏をつける技巧も、目に見えて上達してきた。枯葉色や渋色が好きなのは、彼女の心象風景に近いせいかもしれなかった。

徹二に褒められるのが愉しみであった。製作品を家に飾っても、瀬良は、

「そうか」

と一瞥するだけであった。佐保子は週に一度アトリエに来る日を待ちかねた。彼の未完成の絵や、下絵を塗ったままの意味不明のカンバスや、テレビンの匂いに包まれた部屋にくると、ほっとして寛げた。徹二は美味しい珈琲を淹れてくれて、デッサンを描いてくれたり、﨟纈染めの蠟のつき具合を批評してくれたりした。

ある日、徹二が佐保子の絵柄の取りかたを考えてくれている時、彼女は出がけに瀬良が見馴れない

ハンカチを持っていたのに気付いた小さな事件を思いだした。問い訊すと、

「彼女に貰った」

と言い、薄笑いしたとおもうと、

「心配か」

と冗談らしく妻を眺めたが、すぐ馬鹿馬鹿しそうに表情を変えて、出ていった。佐保子は愚弄され、衝き放された気がした。

「どうしたの」

徹二が訊ねた時、佐保子は自分でも思いがけなく、涙ぐんでいるのに気付いた。うろたえて顔をそむけると、みじめな気持をそそられて、涙が落ちた。徹二はどうしようもなく、眺めていた。下手に問うと、女はもっと泣くに決っている。佐保子は立ってゆき、しばらくして顔を洗って戻ってきた。徹二は黙っていた。彼女は洗ったままの素顔であった。

「ごめんなさい、私帰るわ」

佐保子は帰り支度をしたが、玄関まで送りにきた徹二と自然に唇を触れあった。他人という気がしなかったが、彼女は触れた唇の新鮮な感触から、彼が今日まで他人であったことを実感した。

その日から、アトリエは別の場所になった。なんとなく落着かない処に変った。彼の両親の住む母屋につながっているので、気兼ねが生じた。落着かないのは、帰り際に彼が近寄ってくるからであった。その瞬間のために、今日の一日があるような気さえした。瀬良が旅行の間も彼女は一週に一度ずつ訪ねてきた。双方から少しずつ手さぐりで、近寄ってゆく気持であった。三週間ぶりに瀬良を迎え

て、かえって佐保子の心は一方に傾いた。茜色に染めた纐纈染めの皮を手にしながら、佐保子はこの次は燃えるような夕映色でも染めてみようかと思った。

「もう家に帰りたくないわ。ここで南方の花でも染め出してみたい」

彼女は思い詰めた表情で、彼を見た。

その晩も瀬良の帰宅は遅かった。帰るとすぐ、いつもの習慣で裸になって風呂場へ行った。佐保子は良人の上着を洋服ダンスに掛ける時、内ポケットの堅いふくらみに気付いた。引き出してみると、指輪のケースに似た小さい函である。蓋をあけると、翡翠が現れた。深い緑色を湛えた小判型の石である。指輪にすればかなり大きい石で、色の深さ、光沢と言い、素人の佐保子にも素晴らしい品に見えた。

「香港で買ったのだわ」

彼女は動悸がしてきた。瀬良がこのような買物をするとは思いがけなかった。もしこれを自分のために土産に持ってきてくれたとすれば、高価品である。彼女は驚きと当惑と、興味と昂奮と、さまざまな感情を味わった。うれしい気持もないとは言えないが、信じてよいかどうか解らなかった。しかし彼の胸のポケットに納まっている以上、妻への贈り物であろう。あのひとにもこれだけの関心と誠意があったのか。ほんとうだろうか。佐保子は不思議なものを見るように、緑色の宝石を眺めた。

瀬良が風呂から上ってきた時、彼女は元の通りケースに納めて、洋服ダンスを閉めた。落着かない気持で、いつ彼がそれを取り出すかと堅くなっていた。彼はのんびりした様子で煙草を一服すると、これもいつものように寝酒のウイスキーをグラスに入れて、寝室へ入っていった。佐保子はがっかりした。どんな出し方にせよ、早く良人からの贈り物を受けてみたかった。たしかにあの翡翠は指に嵌めるだけの値打があった。彼の心に妻はどの程度占めているか、この眼で試してみたかった。明日の朝に持ち越されるのは残念だった。

次の朝、彼は時間一杯寝すごすと、飛び起きて、牛乳を一本飲んだだけで飛び出していった。佐保子は暗示の言葉をいう暇もなかった。

「この分では、二、三日貰えそうもないわ」

いっそのこと、こちらから取り出して、どうも有難うと言えばよかったかと思った。しかし佐保子は素直に良人と言葉を交す気になれなかった。自分の家にいながら、砂漠にでもいるような味気なさと不安を感じた。徹二の殺風景な、ごたごたしたアトリエには、かえって和やかな、静かな雰囲気があって、なつかしかった。ある日、そこへ行ったまま帰らないとする。瀬良は誰もいない家へ帰ってきて、どんな顔をするだろうと思った。

その晩、待ちかまえていると、瀬良はいつもより早く帰ってきた。早いといっても十時をまわっていたが、帰るなり、夜食がほしいと言った。佐保子は食事の支度をしたり、風呂の加減を見たりした。彼は今夜こそ土産を手渡す気なのだろうと思った。彼の脱いだ洋服類の始末をしながら、彼女は念のために内ポケットにさわってみた。堅い手ざわりの函はなかった。

「無い！」

彼女は狼狽して、あわただしくあちこちのポケットを探った。どこにも翡翠の入れ物は見当らなかった。まさか落してきたのではないだろう、それなら誰に与えたのだろうか。彼女は期待があったので、茫然とした。

瀬良は風呂から上ると、久しぶりに寛いだ感じで、夜食を摂った。

「君も食べたら」

と彼は言った。

「欲しくないわ」

「蒼い顔をしてるじゃないか。気分でも悪いのか」

「私のことに気を使ってくださるなんて、珍しいこと」

「馬鹿」

瀬良はとたんに不機嫌になった。

「折角家で酒でも飲もうというのに」

「あなた、今日は何処へいらしたの」

「一々説明しても仕方がない。君の知らない、関係のないところだ」

「でも、聞きたいのよ、悪いかしら」

「社長秘書の第一条件は、口が堅いことだ。どんな種類のことも差しさわりがある以上、見ざる、聞かざるに願いたいな」

「社長の行動は私に関係ありませんわ。良人の行動は、知る権利があると思うの。それも会社を出てからあとのことでいいわ」

「そこが難しいよ。自分だけのあそびで、友達と飲むこともある。そんな報告ならお安いことだ。しかし社長のお伴のほうが多いからね。バイヤーの招待もあるし、プライベートな集りもあるし、一々話すのは不可能なことだ」

「プライベートな集りなら、話してもいいはずよ。社長夫人やお妹さんがどんな服装だったということでも、私には興味があるわ」

「馬鹿、俺は疲れているんだ」

彼は荒い声になった。佐保子はじっと彼の顔を凝視した。

「あなたは三週間も留守にして、その間私がどんなさびしい気持だったか、考えたこともないでしょう」

「君は、藺纈染めをしたり、映画を見たりして、適当に愉しんでいればいいじゃないか」

「そんなこと！」

彼女は少しも理解してくれない良人に、苛立っていた。

「旅行中、私のことを思い出したことがあって」

「当り前じゃないか」

「ところがあなたは、お土産一つ買ってきて下さらない。ハンカチ一枚いただきません。留守番をしている者の身になってごらんなさいな、私だって宝石も欲しいし、時計も欲しいわ」

「欲しかったら、買ってくればいい。その位の余裕はあるだろ」

「自分で買って、なんになるの」

佐保子はかっとなった。良人は少しも解っていないと思った。彼が買ってきてくれてこそ、どんな物も愛の価値があるのではないか。彼のポケットには宝石があった。あれは誰のためのものだろうか。社長の妹にあたる時子への贈り物か、さもなくば彼と親密な間柄のバーの女性であろうか。佐保子は問い訊してみたかった。口まで出かかっていた。しかしあまりに自分がみじめで、言う気になれなかった。宝石一つのために、我を忘れた女と思われるのは口惜しかった。

「どうしてそんなに昂奮するのだ」

瀬良は不思議そうな顔をした。佐保子は蒼ざめたまま気分が悪くなって、俯伏した。胸が激しく波立ち、胃液が上ってきた。瀬良はあわてて介抱したが、佐保子はその手を拒んだ。

「触らないで!」

「明日、医者にみせたほうがいいよ」

「私のことは、私がします」

彼女は寝室に入ると、ぐったり身を横たえた。自分で自分の進退を決めなければならないと思った。

翌日、瀬良が出かけたあとも、佐保子は気分が勝れなかった。良人と別れることになれば、自活のことも考えなければならないと思ったりした。午後、彼女は医師の往診を受けた。

「奥さん、気分が悪いそうですね」

初老のかかりつけの医師は、玄関を上ってきた。瀬良が往診を頼んだに違いない。佐保子は診察を受けた。心労のせいか胃の具合が悪かったが、医師の診察の結果は別であった。

「はっきりは言えないが、おめでたのようですね」

「まさか！」

佐保子は声をあげた。彼女は専門医の診察で、妊娠しにくい体質とかねて宣告されていた。七年間もその徴候がなかった。そのために一度も懐妊の疑いをもったことはなかった。

「そんなはずはありません」

「もう少し様子をみて、専門医にみせてごらんなさい。私は二か月と思いますね」

佐保子は医師の自信のある表情をみているうち、そうかもしれないと思い当ることがあった。蒼ざめたまま、医師の顔を仰いだ。強い衝撃のために、どうしてよいか解らなくなっていた。二か月前といえば、瀬良が東南アジアへ旅行する一か月も前であった。

「御主人がよろこばれるでしょう」

医師は言って、帰っていった。佐保子はくたくたっと座敷に坐った。思いがけない出来事のために、判断を失っていた。子供を欲しいと思ったことは幾度となくあった。しかし今、それをよろこんでよいか、悲しんでよいか解らない。私はどうしたらよいのだろう、と彼女は呟いた。

瀬良は会社で忙しく働きながら、ふっと妻の蒼ざめた顔をおもい浮かべた。いつになく気が立っていた妻のことも気にかかった。もしかしたら妊娠したのではないか、そう思った。

「子供を欲しいせいかな」

彼は声にして言ってみた。妻と子供との団欒を思い描いた。この三年間というもの、多忙すぎる生活の中に彼は暮した。それまでうだつの上らぬ部に埋もれていたので、秘書に抜擢された時、一生の運を賭けるのは今だと思った。それ以来、私生活を犠牲にして、全力を傾けて仕事に尽した。社長が安心して、気持よく、スムーズに仕事をし、また気晴らしもできるようにそばでつとめた。ゴルフを始めたのも、社長へのサーヴィスの一つであった。

社長には公私にわたって複雑な生活があった。仕事の上では秘密に属する会合や、他社に知られたくない取引上の打合せがあった。瀬良はどんなに気を許した相手にも、喋らなかった。妻にも話さなかった。もっとも話しても仕方のないことであった。社長は口の堅い彼を、単に気の利く男よりも信用した。

「瀬良になってから、気が楽になった。面倒なことは彼に覚えてもらって、必要なときに聞き出せばいいからね」

多忙な井出川社長は、大いに彼を利用した。たとえば私用に関しても、妻の買物の要求や、義妹の時子とのゴルフの約束も、瀬良に予定を組ませた。それに赤坂に囲っておく女のことも、ここ二年間妻にばれないのは瀬良の上手な捌き方のおかげであった。彼女たちは井出川社長に言ってもらちがあかないと、

「瀬良さん、折を見て社長に話して下さいな」

と頼んできた。彼は婦人たちの役に立っても、絶対に物品を受け取らなかった。それが一層彼女たちに好かれることになった。今度の東南アジア旅行にも、社長は赤坂の愛人のために高価な翡翠を吟味して買い求めた。勿論夫人には内緒である。そのために宝石は瀬良が預ることになった。

「妻にも買ってくるのだった。佐保子は欲しがっていた」

瀬良はあとになって気付いた。しかし自分の家庭のことに気を廻すほどの時間もゆとりも持たなかった。いつも張りつめた糸のようにぴんと緊張して、社長の行動や仕事に打ちこんでいた。三年間の彼の努力は実を結びそうであった。

「君にそろそろ仕事を任せてもよさそうだ。秋の移動ではポストを用意しよう」

社長はある時、言った。彼は豪放でいて、約束を守る男である。東南アジアでの商談のアドバイスも認めてもらった、と瀬良は思った。この三年間は無駄ではなかった。もしかしたら大阪支社へ転任するかもしれない、と彼は思った。そうなったら佐保子にもゴルフを習わせ、二人の時間を愉しみたいものだ。これまでの埋め合せは充分するつもりである。彼にとっては家庭に帰って、ほっとする時間だけが自分であった。心身ともに疲れて、なにも喋りたくない時間、そのくらいの我儘は佐保子も理解してくれているだろう。

「もし彼女が赤ん坊を身籠ったとしたら、バンザイだ」

瀬良は帰りに医師のところへ寄って、たしかめようと思った。妻に聞いて、そうでなかった場合、彼女に気の毒だからである。

「なんだかそんな気がするな」

瀬良は仕事の手を休めて、四階の秘書室の窓から明るい空を眺めた。

洲崎パラダイス

（旧仮名は現代表記に改めた）

宿屋の払いを済ませて外に出ると、二人の懐中には百円の金も残らなかった。義治が煙草を買っているひまに、蔦枝はあてもなく橋桁まで歩いていった。夕ぐれの空は茜色から淡紫に昏れかけて絵のようにしずまっているが、潮どきなのか河だけはぐんぐん水嵩を増して、たぷたぷ音立てている。隅田川のひろい河幅がふくれて、上流へ上流へと押してゆくような激しい水の勢いだった。蔦枝は橋の欄干に沿って覗きながら、義治がこの河勢をみてなんと云うかと思った。二言目には「死ぬ」と云い、「死にゃあいい」と自棄になっている彼なので、蔦枝は深い水の底をみると厭な気がした。渦巻きながら溢れてゆく水の色は、少しも澄んでいない。

義治がズックのボストンバッグをさげて、のっそりと寄ってきた。これから何処へゆくというあてもない。河岸に白っぽい灯がきらめきだした。義治が煙草に火をつけて吸う間、蔦枝は欄干を背にして今夜の落着き場所をめぐらしたが、金のない人間のあてどなさに、腹が立ってくるのだ。橋をゆきかう人の足音も絶えたような、物音の消えた一ときをそうしていると、世間から取残されたようで、蔦枝はつと身を起して歩きだした。死ぬときも死に場所を探さなければならない人間は、なんと厄介なのだろうと思う。

橋を渡ると大通りで、電車が轟々と走っている。急に下界へ下りたようなざわめきだった。吾妻橋の方から大きな車体のバスがやってくるのを見ると、蔦枝は誘われてその方へ歩いていった。彼女が人のあとから乗りこむと、バスは走り出した。ボストンバッグを提げた義治がステップに摑まっている。バスは電車通りをそれて、本所界隈から深川へぬけて走った。あたりが暮れてきて、夕餉の匂いの立ちそうな街並だった。このバスは終着が月島だが、義治は一月前までそこの倉庫会社に働いていた。その頃は身綺麗で、おしゃれな若者だったが、今は疲れて垢じみた風体に変り果てている。職を離れた人間が例外なしに陥る陰鬱な翳を、彼もおびているのだった。

バスが木場の材木問屋の並ぶ街へ出ると、そのあたりから街を縦横に走る運河があり、材木が橋の下を埋めて流木になっているのを、蔦枝はめずらしい眼で眺めた。彼女は洲崎までくると義治をうながしてバスを降りた。

「終点までゆけばいいのに」

「月島まで行って、倉庫の中にでも寝る気？」

蔦枝はまっぴらだと思った。

人通りの少い裏町へ入ると、両手で着物の裾をつまんだ横着な恰好で、彼女はとみこうみしながら、義治にかまわずに先へ歩いた。釣舟の網元の看板がみえて、運河に沿ったあたりはバラックの飲み屋が多い。嘗つて洲崎遊郭と呼ばれた一郭はぐるりが掘割で囲まれた島になっている。コンクリートの堤防の下は水の流れだった。正面の橋のたもとまできた蔦枝は、その附近に並んでいる小さな酒の店の一つののれんを分けて入った。狭い一坪半ほどの店で、鉤の手に台があって、丸い椅子が並んでいるきりだった。壁に清酒とかビールとか、湯豆腐とか書いたびらが下っている。蔦枝も義治も疲れたように、その椅子へ腰を下した。裏から七輪を抱えた女が入ってきた。紺の縮みの上に白い割烹着をつけて、端折った裾から赤い蹴出しを出しているが、さっぱりした顔立の三十五、六の女だった。まだ店あけなのだろう。

「ビールを貰おうかしら」

蔦枝は一文もない懐中をせせら笑うつもりで、義治の方は少しもみなかった。裾を下したおかみさんはすぐコップを二つ並べて、ビールを持ってきた。白粉気のない、愛嬌の乏しい貌だが、むずかしい穿鑿するような眼はしていない。どことなくさばさばした単純な感じの女だった。ビールをとくとくと酌いで、すぐ奥に引っ込むと、子供になにか口早に吩咐《いいつ》けている。

蔦枝は一杯のビールをぐうっと泡ごと飲み干した。美味い、なにもかも忘れるような爽やかさだった。彼女はおかみさんが代りのビールを持って入ってくると、ふっと訊ねた。

「このへんに、あたしたちを住込ませてくれる店はないでしょうか」

おかみさんはへえと二人を見比べながら、初めて硝子戸の女中さん入用の張紙で来た女かと、気付いたのだった。

「さあ、ふたり一緒じゃあね」

「別なら、あるんですか」

「うちでも要ることは要るけど」

蔦枝はおかみさんをじっと仰いだ。

「あたしたち、いろいろわけがありましてね」

彼女が語り出したのはこうだった。二人は栃木県の在の者だが、彼女が事情あって町へ出て料理屋の女中をしたので、男の親元が二人の結婚を許そうとしなかった。そこで二人は郷里を出奔して、東京へきたものの、男には思わしい就職口もなく転々としているうちに、有金を使い果してしまったのだった。

今夜の寝床もないと聞いて、おかみさんは卓に肘をついた。三日か五日に一人位は張紙を見て入ってくる女もいたが、長続きしたためしがない。大半は特飲街へ入りたい気持の女が、足場のつもりで腰をかけるのだし、そうではなく、本気で女中をする気の山だし女も、四、五日するともう気の変るのが例である。どうせ同じような客相手なら、パンパンになっても化粧や美しい着物に飾り、華やかな嬌声の生活に変りたいと思うのが、彼女らのお定まりだった。かえって亭主持ならば、その点で案外腰が坐るかもしれない。おかみさんは女を注意してみて、まだ年齢も若そうだし、渋皮のむけた、細おもての色白の器量も気に入ったので、置いてみようかと心が動いた。それにしてもひものついているのは厄介だった。見たところ悪賢い男ではなさそうだが、一体これまでなにを職業にしてきたのかと、男に向けて訊ねると、すぐ蔦枝が引取って、

「倉庫会社の帳付なんです。木場にそんな仕事はないものでしょうか」

男の仕事がそう右から左にあるわけはないし、木場は不景気で到底見込みがない、とおかみさんは

そっけなく云った。

「あったところで、荷揚げ人夫くらいがおちですよ」

それでもかまわないから、よろしく頼むと女が云うと、それまで押し黙っていた男は、打ちのめされたように、意気地なく、頭を下げた。皮膚の厚手な、逞しい男で、立派な胸板をもっていたが、それでいてどことなく小心で怒りっぽそうな、小さな三角眼をしていた。

のれんを分けて、新しい客が入ってきた。三人は一斉に立上って、椅子を揃えた。蔦枝は気軽に内側へまわって、もう客のために笑顔を用意している。義治がボストンバッグをさげて台所へまわると、横手に六畳ほどの部屋があったがバラック建で粗末な建てつけだった。男の子が二人寝転んでメンコを数えているので、義治は上り框にかけて、その手許をぼんやり覗きこんだ。メンコも、このバラックもまだ信じられない。この六畳が今夜のねぐらと決ったところで、明日はどうなるものか、彼には解らないのだ。子供たちは義治の顔を見ようともしない。彼は煙草をさぐって、火を点けて吸った。

「坊やのお父さんはいないのかい」

子供はちょっと身じろいで、うんと云った。

「死んだのか」

「知らない。どこかへ行ったんだろ」

大きな方の男の子は、面倒そうに答えて、またメンコを揃えるのに余念がない。義治は子供にまで突き放された気持で、立って台所の窓から外をみてみた。ほんの一跨ぎの窓下の土から先はコンクリートの崖で、その下に細い運河が流れている。その水垣で区切った洲崎特飲街は、左手にネオンがあかく瞬いていた。自動車が警笛を鳴して橋を渡り、ネオンの街へ消えてゆくのを、彼はじっと見送った。灯の瞬く歓楽の街が、云いしれぬなつかしさで、彼の胸に沁みた。この巷に足を踏みこむときの、そぞろなときめきが甦ると、苦痛に似た鋭いものが彼の胸を走った。店先からは客を相手にしたおかみさんと、馴々しく笑っている蔦枝の声が、弾んだ調子で響いてくる。何処であろうとすぐに坐り場所をみつける女の厚かましさに、義治は吐き出したい嫌悪を感じて、煙草の吸殻を力まかせに掘割の水へ投げ捨てた。ついでに自分もその堤防へ投げつけたい焦立たしさだった。義治は転々として今日まであてもなく蔦枝と宿をかえて歩きながら、最後のところで、女の気持のあやふやが不安でならなかった。金のなくなった日が終りの日だと腹を据えていながら、ずるずるとここまで来てしまったことで、彼は蔦枝に負けた気持を蔽えない。なんともみじめな死にぞこないのあがきさえ覚える。しょせん死にたいと口に云ううちは死ねないのだ、と自嘲が湧いた。倉庫会社に勤めて、どうやら定った給料にありついていた頃には想像も出来ない、失職後の彷徨に疲れると、生活の支えの給料というものが彼にはつくづく不思議な魔力におもえてくる。女のために何もかもふいにしたあげく、一文なしのルンペンになって、死にもしなければ生きも出来ない自分の無力につきあたると、義治はやりきれなさで、今夜と云わず目の前のネオンの街へ走って、いい気な蔦枝に思いしらせたい卑しい感情に駆り立てられる。それでいて嚢中に一銭の金もありはしないのだ。彼には尾久に少しばかり面倒をみてくれた伯父がいるきりだった。

店先からは陽気な客が、蔦枝をからかっている声がしていた。彼女が身を揉んで、相手の肩に手をかけてはしゃいでいるさまが、見えるようだった。

「堅気ですよ、これでもあたし堅気なのよ、ねえおかみさん」

蔦枝の舌足らずの甘えた媚態を、義治はゆるせなかった。堅気もないものだと思う。男とみればすぐに声をかけ、接触によってからめとろうとする習性をみると、女の性根がいまだにこれだったかと、憎しみが強まってくる。客はすっかり上機嫌で、いつまでも飲んでいる。義治は呪いながらも、客の帰るのを待たなければならない。

子供たちが先に寝てしまい、十二時を合図に特飲街の灯が消えると、店終いだった。その夜は六畳の座敷の河に面した半分が、義治と蔦枝の寝室になった。こんなこともままあるのか、六畳の真中に黒幕のカーテンが引けるようになっている。おかみさんは子供の中に入ると、すぐさま寝息を立てはじめた。義治は恥も外聞もなかった。俺は別々になるのは厭だ、明日はここを出よう、と云った。蔦枝はふてたように黙っている。彼はかっとして、太い腕をからめて、力を入れた。彼の腕は女の細い頸を絞めるくらいは造作もなかった。しかしもう一息の把握力がないために、彼は一生悩むしかないのだ。たとえこうして蔦枝の同意を促したところで、どこまで信じられるものではない。彼が信じられるのは、蔦枝が彼に同意して一緒に死を選ぶときだけかもしれなかった。義治が手応えのない相手にかっとなると、蔦枝は彼の胸を押しかえした。

「うるさいわねえ、ちょっと黙って！　枕の下に河が流れてるんじゃない？　あああ、あたしたち、この河の外にいるのねえ、やっぱりここへ来たんだわねえ」

蔦枝は不知不識一度歩いた道を引返してきたことに、慄然とするものがあった。彼女のこの詠嘆は、義治の胸にも応えた。彼はふーんと云って、

「そんなに此処が好いなら、河の中へ突き落してやら」

と唸った。

蔦枝は一と月まえまで鳩の町にいた娼婦だが、それ以前にはこの洲崎の特飲街にもほんの短い間いたことがあった。彼女の生れは利根の水郷のせいか、水が好きである。二人で行き場なくさまよった間の一夜の泊りにしろ、隅田川の水面をみると彼女は懐かしんだ。いつだったか、彼女は義治に話したことがある。

「あたしの育ったのは、利根川の中にある夢の島ってところです。小さな島が水の中にあるきりの、名前負けのした島で、一軒の雑貨屋と床屋があるだけの貧しい村なんです。今でこそ土浦まで一日に一回、橋を渡った陸続きにバスが出るけど、昔は舟の便しかなかったんですよ。漁をしたり、狭い、僅かな畑をしたり、夏だけは遊覧の観光客が少しは来て、川べりに葭簀《よしず》の店も出ますけど、水呑み百姓の村で、あたし達はもめんの継ぎはぎの着物よりほか着たこともなかった」

あるとき婦人雑誌の花嫁衣裳を見て、一生に一度はせめて絹の着物を着たいと思った、とも彼女は語った。貧乏人の子だくさんで、彼女は七人兄妹の二番目だった。今でもそこに弟妹がいるが、父は中風になって寝たきりだし、弟はカリエスで治療をしなければならなくなって、彼女は桂庵の手で東京へ働きに出たのだった。だから彼女はどこへいって働いている時も、可哀そうな肉親のために仕送りを欠かさなかったのだ。一人きりの兄は一家の要望を担って北海道の炭鉱へ行ったが、ぐれてしまったらしく消息もない。弟も妹たちもまだ小さくてと語る言葉は、嘘とも思えなかった。貧しいが素朴な故郷はなつかしいのだろう、葭の間をぬってゆく舟の棹から水音が立つような、のどかな風趣の水郷めぐりを語ってきかせて、一度は故郷の島へ案内したいと云った蔦枝の言葉に、義治は誘われたようなものだった。

窓下の運河の水は水音も立てないのに、蔦枝は枕の下からなつかしむのか、身じろぎもしない姿勢になっていた。そういうときの蔦枝を抱いていると、義治は哀切な女の魂に、はじめて触れた思いを味わうのだった。

次の日の昼まえ、朝帰りの客が、まだのれんも出さない店の内へ入ってきた。

「ほれ、見たことですかっ」

おかみさんがいきなりぽんぽんと声高に呶鳴っている。客は一言もない体で、にやにやと股の間へ坊主椅子を押しこんで掛けた。蔦枝はまだ化粧をしない、蒼白い顔のまま出ていって、笑いを噛み殺した。

「一銭残らず?」

「いや、電車賃はある、さすが武士の情けだ」

落合という客は中年のせいか案外平気で、冗談を云いながら、おかみさんに梅酒を注文したが、電車賃では梅酒も出ないと、おかみさんはまだぷりぷり怒っている。怒ってみても冷淡というところがないので、男は気を悪くした風もない。

昨日の晩、落合は初めてこの店へきて、機嫌よく飲んだあげく、これから廓へ入るのに、どこか恰好の店へ送ってくれと云った。勘定をする時、一万円からの札がみえたので、おかみさんが云った。

あればあるだけ巻き上げられるに決っている、たかが一夜の遊興である、悪いことは云わないから、そのうち二千円でも置いていらっしゃい、確かに預ってあげます。使い果したあとの二千円は悪くないものですよ。男はそのすすめを笑って聞き捨てた。案の定、女たちと酒も飲んだが、きれいに巻き上げられて、帰りの電車賃を残すのみだと云う。それでも落合は悔んだところがなくて、一杯の梅酒をちびりちびりやりながら、自分の間抜けさをさかなに、やっぱり昨夕はここで、一晩がかりでこの堅気の美人を口説いたほうがよかった、と蔦枝をからかいはじめた。

しばらく遊ぶと、彼は流しの車を拾わせて、また来ると云って、帰っていった。神田の医療機具商の主人だと聞いて、蔦枝は義治の就職が口まで出かかったが、流石に男のことを頼む筋ではなかった。

午後からおかみさんは近所へ義治の仕事を探しに出ていった。蔦枝が台所の窓から覗くと、どんより曇った日で、掘割にボートが四、五艘浮んでいた。義治は畳に寝転んで、ぼんやり天井を見ている。彼にはまだこの成りゆきがのみこめない。なぜこういう方向にきてしまったのだろうと思う。うっかり乗ったあのバスがいけなかったのだ。あのとき自分たちは逆に河上の隅田公園に向けて歩くべきだったと思う。河のふちにはもっと無抵抗な、しずかな誘ないがあったのだ……。女の声音が耳の端をとめどなく流れてゆく。ねえ、しばらくの間、別れ別れに辛抱して働いてみましょうよ、その内にはこの近所に部屋を借りることもできるし、と蔦枝は自分で自分を慰める思いで云っているのだ。彼女はまだ二十五歳にしかならない頑健な男が、陰気になっているのをみると、やりきれない。死ぬ死ぬと云ってみても、死ぬ日までは生きていなければならないのだ、と云った気持で、蔦枝は滅入ってゆくのは厭だった。

おかみさんはようやく一つだけ仕事をみつけて帰ってきた。木場はやっぱり駄目だったし、町工場も当ってみたが崩壊に瀕していて、人をとるどころではないという。たった一つの口は蕎麦屋の住込みだった。蔦枝はちらと義治を見た。二人の眼がかち合った。蕎麦屋の出前という職業をとやかく云うのではないにしろ、彼女はやはり男を庇いたかった。義治は目をそらすと、意外なほど簡単に承知して、すぐに行くという。かえって蔦枝はおろおろした気持で、彼の前にはだかった。

「ほんとに行くの」

「ほんとかって、なに云ってやがる。おまえが云い出したんだ」

彼は激しい勢いで蔦枝を突きとばすように、土間に下りて、ボストンバッグを抱え、おかみさんを急き立てて、あとも振返らずに出ていった。後味の悪い去り方をしてゆく義治の厭がらせが、蔦枝には辛かった。さして遠くない蕎麦屋であったし、一時の別れにしかすぎないが、なぜもっと余韻のある去り方が出来ないものかと思う。

夕昏どきがきて、酒屋が一升瓶を届けにきたし、豆腐やが豆腐をおいていった。蔦枝は気を取直して、河っぷちの軒先に干した義治のシャツを取込んだが、畳む気もしないで、ぼんやりしていた。それほど勤めがいやなら、いっそ男らしく自分をしょっぴいて、何処へでも行けばいいのだと思う。

「あ、いやだ、いやんなる」

彼女はくさくさすると、もう考えまいと首を振った。考えることは苦手だった。二人で築こうとした新家庭も、僅かの使いこみで義治が会社を馘首になってから、ずるずると崩れてしまった。義治の不甲斐なさが、蔦枝にはくやしくてならない。男というものは、たとえ悪を働いても女を支配するものでなければならないと思う。そのくせ義治が哀れでもあった。彼には気の利いた悪さえできないのだ。

いつか雨でもきそうな空模様になっている。子供たちが五、六人も店の前へきて遊んでいるらしく、やがておかみさんの声がして、追い散しながら入ってきた。男の子が小銭を欲しがるのを叱りとばして、彼女はやっと上り框で一息入れた。蔦枝は礼を云って、どんなだったかを訊ねた。おかみさんは義治のことなど、さしたることとも思っていない。

「すぐ馴れるわよ、子供じゃなし。まったくこの辺ときたら、子供の遊び場所もろくにないんだから」

特飲街の入口の橋に、遊郭時代の大門の代りのアーチがあって、「洲崎パラダイス」と横に書いたネオンが、灯をつけた。アーチから真直に伸びた大通りは突当りが堤防で、右は弁天町一丁目、左は二丁目、ぐるりが水で囲まれた別世界になっている。左手は横町横町が軒を並べた特飲街で、七、八十軒もの店があったが、右手は打って変った貧弱な住宅地である。子供たちの遊び場のあろう筈はなかった。

「あんたなんか知るまいが、昔はこの弁天町が全部遊郭で、大した繁昌をしたものよ」

深川育ちのおかみさんは、往時がしのばれるのか、古い楼の名を挙げてみせた。戦争中には遊郭の女も軍の慰安婦になって、楼主と一緒に基地へ移っていったものも多いという。戦争が熾烈になってくると、月島界隈の軍需工場の工員は空襲に阻まれて通勤が円滑にゆかない。そこで造船所が疎開した遊郭の建物を買取って、そのまま寮にして工員を住まわせることにした。昭和二十年三月の空襲で、深川一帯は壊滅してしまったが、焼跡が整理されると、どこからか生き残った人間たちが戻ってきて、今では右半分が住宅地となり、左半分が特飲街にまとめられたのだった。だから今では「洲崎パラダイス」のアーチを潜っても、遊客とは限らない。一日の勤めを終えた月給取りや、労働者が遊郭の門を潜って自分の家やアパートへ帰ってゆく。

「特飲街の景気はどうなんですか」

蔦枝は小声でたずねてみた。

「ぱっとしないね。元々ここらは木場の若い衆や、工員さんや下町の店の人の場所柄だけど、なにしろ世の中が不景気だから」

おかみさんはシャグマを入れてふくらませた、ソーセージ型の髪のふくらみを、癇性に掻いた。灯をつけた店先へ、人の気配がして、厚化粧の着飾った女が物憂そうに入ってきた。痩せて、目だけがぎろりと大きい老けた女で、一目で廓の女と解る姿なので、蔦枝は咄嗟に警戒心から顔をそむけた。ちらと見ただけでも三十歳を大分まわった年恰好だが、着ている着物はひどく派手な紅模様の錦紗で、そのせいか白粉灼けが目立った。おかみさんは立っていた。女は椅子にかけると、おかみさんの顔を大きな眼で見上げながら、立てつづけに喋り出している。

「……そりゃあ、着る物がないから、着物は借りてますよ。夕方借りて、脱げば夜の内に返して、次の夕方の支度のときにまた借りるんです。借りた以上損料を払うつもりでしたよ、それが全部前借についているんですからね、約束がちがいまさ。こちらで世話をしてもらった時に、前借はなしってことでした。商売だって、月末はちょっと良かったんですが、今はまるっきり駄目で、私じゃあの店は稼げません。なにしろ十九の女と並ばせられてはたまらないですよ。今どきの客ときたら、ただ若けりゃいいっていう……」

自分はこの道では、多少年季が入っているつもりだが、今の客ときたら本当の遊びを知らないのだ。肉体の弾力だけが魅力であるなら、護謨鞠でも抱いたらどうか、と女は口汚く罵った。罵ると、女の顔が裂けてみえた。蔦枝は気短なおかみさんが、案外しずかに応待して、冷酒を一杯与えているのに意外な気がした。

「そのうち、良いお客がつくから」

そう云う慰めのせいか、酒のせいか、女はちょっと悄気てきて、冷酒をあおった。濃い化粧の顔の筋肉が動くと、皺になって、筋やみぞが生れる。このまま三味線を抱えて、広告板を背にし、右に左に踊りながら街をゆく商売が似合いそうだ、と蔦枝は残酷な想像をした。淫売婦の成れの果ては、しかしそれすら出来ないだろう。彼女等は三味線一つ弾けはしない。

酒を飲み終えると、女は立上って、酒代は附《つけ》にしておいてくれと云い、誰か良い客があったら送ってほしいと云うと、外へ出ていった。おかみさんは溜息をついた。店明けには女客が縁起がよいとされているが、妙に塩でも撒きたい気がするのだ。千葉の方から流れてきた女で、まだ住込んで半月ほどにしかならない。本当の年齢はいくつか、おかみさんも知りはしない。ああいう女はそのうちいつとなく居なくなるから、うっかり貸せない、とおかみさんは自戒した。昔と違って娼婦は借金でもかさまない限り、身を縛られないから、すぐ消えたり、新しくやってきたりするので、顔を覚えるひまもない。

「云っておくけど、あんた間違っても廓へ入ろうと思いなさんな。入ったらお終い、それこそ容易なことでは足が抜けないのだから。前借をしなければ自由なように思うかもしれないけど、この世界から抜けられないのは身体ばかりじゃなく、心がなんだから。一度足を入れると、どうしてだか二度とまっとうに働けなくなるのさ。人間がだらしなくなって、ずるずると駄目にされちまう。終りは、今みたようなひとになるんだし……」

おかみさんはそう云った。その深淵の際まできている蔦枝は、顔を伏せて、ええと頷いた。

子供たちがお腹を空かせて帰ってき、一しきりさわいだあとで、やっと寝た。隣りは客があるのか歌が聴えてきた。蔦枝は蕎麦屋へ奉公に行った義治が思いやられてならない。意気地なしの彼が小僧のようにどんぶりを洗ったり、そばをざるに上げたり、出前を運んでいるのかと思うと、哀れで、走っていってやめさせたい気がする。それもこれも、土方にもなれない気概なさからだ、蔦枝は腹が立ってきて、唇を噛んだ。なぜもっと胸を張って生きてくれないのかと思う。一日職を離れると、未来を見失って、みすぼらしくなった義治が、彼女にはやりきれなかった。

雨がいつからか、しめやかに降りこめてきたらしい。客の尠《すくな》い晩で、おかみさんは隣りの賑やかさに焦立っている。

「やっぱり男主《あるじ》のある店は、活気があるんだね」

「おかみさんの旦那さんは、死んだのですか」

「まあ死んだようなもんよ。もっとも帰ってきたら、面の皮をひんむいてやる」

蔦枝はわらったが、おかみさんはにこりともしなかった。

雨に濡れた男が、さっと入ってきた。顔馴染とみえて、おかみさんは手早く焼酎をコップに注いだ。五十に手の届く大工風の男で、顔じゅうにこわい髯が伸びている。いま仕事を終ってきたらしい活気が、四角い肩幅から発散してきている。

男は蔦枝を見て、

「誰だい、どこかで見たようだな」

と云った。蔦枝は薄く笑ってみせた。

「ありきたりなお面《めん》ですから」

男は焼酎を一杯ぐうっとあおると、唇をぬらしたまま、仕事着のズボンから金を払って出ていった。すたすたと橋を渡って、目当ての女の店へまっしぐらに行くのだろう。

「あれで、子供が五人もあるのだから」

おかみさんは、その男の馴染の女がつまらない器量の、性悪だとも云った。五人の子供はなんの引止め役にも立たない。男を信じたら失敗《しくじ》るにきまっている。男というものは子供を産ましても、半分だけしか信じさせないものだ。いつでも、この女死ねばいいと云った冷たい眼で、女の背中を眺めている。そのくせ、他の女には掌をかえしたようなだらしなさになるのだ。男に深入りすると、どちらに転んでも女は傷つくことになる……。

蔦枝はおかみさんのつまらなそうな口説を聞きながら、女と駈落した亭主が、存外なつかしいのかもしれないと思った。雨がしとどに降って、地の底へ滅入るような侘しい晩である。こんな晩は、茶の間でラジオを聴きながら、熱いお茶を飲んでいる女が一番幸せなのだ、と蔦枝は溜息をついた。そんな暖い場所は、一生自分にはめぐってこないかもしれない。すると底しれない大河に立ったときに似たあてどなさで、胸が凍ってくる。

その夜、蔦枝はろくに寝もしないで、もしや義治が帰らないかと、人恋しさに待ちつづけた。


雨の小止みに、蔦枝は風呂へ行って、帰りに蕎麦屋の前までいってみた。しかし店へ入るのも気がさしたし、思いきって裏へまわる気にもなれない。しばらくうろうろして店の中を覗いたが、彼らしい姿は見えなかった。まさか一晩で店をやめたわけではあるまいと思ったが、この想像は彼女の足を掬った。ふーん、鼻から息巻く感情に動かされながら、蔦枝は踵をかえしてすたすたと戻り足になった。二度と蕎麦屋へはゆくまいと思う。彼女は男から冷たい眼で背中を見られても、掌かえして下手に出られてもよいかわり、彼から一言もなしに去られるのだけは、我慢がならない。

彼女が通りの角を曲ろうとした時、自転車が二台つづいてきて、その一つに義治が乗っていた。彼はおっ、と叫んで、自転車を停めた。手に空の盆を持っている。彼は湯上りの蔦枝をみると、小さな三角眼をなつかしそうに瞬いた。

「すぐ戻ってくる」

彼は口早に云って、再びペダルを踏んだ。もう一台は先へ走りかけて振返っていたが、面皰《にきび》だらけの十六、七の小僧で、野卑な声で義治をからかいながら、蔦枝にもへい、へいと外人兵のように軽薄に手を振った。蔦枝はそっぽを向いて顔をしかめた。義治をみた瞬間に、彼女はわがままな感情がこみあげてきて、彼のために昨夜はろくに眠れもしなかったのかと、馬鹿馬鹿しい気がしてきた。人中で貧しい肉親を見出したときのような嫌悪と宿命感に、彼女の心は反発した。彼女は急にすたすたと歩き出した。

しばらくすると、自転車がすりよってきて彼女に並んだ。義治は材木の流れる掘割の横へ自転車を停めた。二人はしょざいなく立っていた。

「どうだい、いい客がくるか」

「さっぱり駄目ねえ」

蔦枝はしゃがんで材木を眺めた。一旦別れればもうこんなことを聞き合うのかと、味気なさで溜息が出た。しかし他にどんな話があるというのだろう。

「あんた、前借りできない？　田舎へ送ってやらなきゃならないのよ」

「昨日の今日だよ」

「売り上げをちょっとちょろまかせばいいじゃないの、甲斐性がないわね」

「ああ俺は甲斐性がない。だから月給まで棒に振ったんだ」

またそれを云う、と蔦枝はいやな気がした。月々一万円やそこらの金をとるてだてが、なぜ大の男に浮かばないのかと、歯がゆくてならない。金のないところには生活も幸福もありようがないし、男としての値打ちもないのだと思う。蔦枝はいま着ている垢じみた人絹お召を、もうそろそろさっぱりしたものに変えたかったし、田舎の妹にも小遣の少々位送ってやりたかった。一人の男を守っていて、それだけの代償も与えられないのは、馬鹿馬鹿しい。世の中の細君たちがその保証のために貞操を守っているのと、同じなのにと思う。

「今晩、少しでも持ってきてよ」

蔦枝はねばり強く云った。義治をいじめることが、快感になった。彼はだんだん気難かしく額に皺をよせていった。

「金は出来ない、こっちが貰いたいほどだ」

「ふうん、じゃあいいわ」

蔦枝は立上って、水に裸身を横たえたような材木めがけて、小石を蹴った。義治はむっつりと物も云わない。生きるために、身をひさいでいた蔦枝を思うと、どうにかしてやらなければならないと思う。そのことが喉の渇きのような苦しさで、身をせめてくる。金だけが女を支配する力だとしたら、義治はもうどうすることも出来ない。

蔦枝は歩き出した。義治はそのあとから自転車を引いて、のろのろついていった。

「じゃあ」と蔦枝は曲り角で、そっけなく云った。

「……今夜ゆくから」

義治はそう呟いて手を出したが、蔦枝は返事もせずに歩いていった。霧雨が降り出してきている。彼女は男から離れてゆきながら、自由にはなりきれなかった。義治と自分のなかにきずなのあることが、重たくてならない。

雨のせいか、一日中店は陰気だった。客もないので、蔦枝は店の壁に背をもたせながら、考えこんだ。あんな無心をして、義治は自分に愛想をつかしたろうかと思う。煙草を買う才覚もつかないのではないか、子供のようなところのある男だから、と思った。それでいてやさしい心根をもった人で、自分は彼によってだけやすらかさを味わい、肉親のような甘え方で心を宥すことが出来たと思う。しかしそれも、遠い記憶のような気がする。いつからか人を信じもしなければ、自分を信じもしない習性が身についているせいか、心許ない気持が先にたった。彼女には明日を信じることはできない。

のれんの外から、思いがけず元気な声と一緒に、落合が入ってきた。彼の色艶のいい、陽気な顔が現れると、店は一ぺんに明るくなった。蔦枝は飛びつくように迎えて、声高におかみさんを呼び立てた。

落合は藍色の結城を着て、この前より男ぶりがぐんと上ってみえた。前額が少々うすいせいか、本当の年より老けてみえる。宴会の帰りで、先夜の梅酒の借りを払いによったと云ったが、明かに蔦枝が目当てだった。落合はしけた塩豆でビールを飲みながら、今までいた宴会の噂をした。きれいな着物を着ているくせに器量の悪い女たちが、へんに上品ぶったサーヴィスをするので、胸くそが悪くてならなかった。どうせ遊びなら、もう少しざっくばらんに願いたいという意見だった。

「上品なのが気に入らないというと、下衆の生れがばれるかな」

落合は苦笑しながら、これでも神田川の水で産湯を使って、隅田川で泳いだものだと自慢した。

「こないだまであたしも、隅田川のそばにいたんですよ。川って大好きさ、せいせいする。一度でいいから川上から川下まで舟で行ってみたかった」と蔦枝は云った。

「そんなことはわけない。ポンポン蒸気に乗りさえすれば、川上は千住大橋から、川下はお台場まで出られる」

「へえ、ポンポン蒸気が今でもありますか」

おかみさんが驚くのを、逆に落合はあきれてみせた。

「でも、今でもあんなものに乗る人があるかと思って。私の子供の時分は浅草へゆくのにいつもあれでした。永代橋の下の舟着場で待っていると、艀がゆらゆら揺れましたっけ。あの蒸気船がポッポッポッと発動機を唸らしてくるのは、いいものでしたよ」

「案外速力もあったからね」

「船室と云っても、ほんの板敷のベンチで、そこに押し合ってかけると、きまって物売りが口上を始めましたっけ」

「そうそう、暦を幾冊も取り揃えて、一組十銭位で売ったものだった。絵本もあった」

落合も興がった。

「薬もありましたし、金太郎飴なんか、よく買ったもんですよ。あんた知らない、金太郎飴」

おかみさんは飴の中から金太郎の顔が出てくる極彩色の飴の説明をしたが、蔦枝は見たこともなかった。その飴を売るのがちょん髷の飴屋だと云いかけて、おかみさんは渋い顔をした。

「それほど昔の話でもないのよ、大正の終りから昭和にかけてのことですよ」

蔦枝はまだ生れていないのだ。そして利根川の長い堤と、川葦しか目に浮ばない。彼女の子供時分は戦争中で、なんの潤いも与えられなかった。明け暮れただ水辺に棲んで、貧しく暮した。それでいて川の話は、対岸を見るようになつかしい情景を彷彿させた。東京を一歩も離れたことのないおかみさんに、この気持は理解されないだろうと云うと、落合も同感で、自分も蔦枝と同じ感慨を味わったことがあると云った。

「中国の詩に、不尽の長江は滾々《こんこん》として来る、というのがあった。揚子江のつきせぬ流れは、これは悠久の太古さながらだったな。僕は兵隊だったせいか、水の岸に立つときは、はるかに隅田川だの、東京湾の海を思い出して、実に感傷的になった」

落合はそれまで東京の街に、川があることさえ忘れていたのだ、と云った。

「そんなものですかね」

おかみさんは、ふっと遠い眼になった。盛岡に流れついているという亭主も、深川の生れだから、折にふれて洲崎や月島の水の流れを目に浮べているかと思ったのだ。

落合は蔦枝の顔へ、感情のこもった眼を移して、

「腹が空いてきた。そこらで寿司でもつまんでこないか」

蔦枝はその眼に誘われて、腰を浮せた。ゆきかう眼は男と女の暗黙の了解があった。おかみさんは上得意になりそうな落合のために、気持よく二人を出してやった。男の開いた傘に入って、いそいそしながら蔦枝は出ていった。嫋やかなからだが、一つの傘の中でまつわるようにみえる。おかみさんは首を伸ばして、二つの影が橋の前から折れて電車通りの方へ消えてゆくのを覗いてみた。あの客はやっぱり気があるようだと思う。男というものはどうしてこうげてものが好きなのか、遊郭の入口で飲屋の女をとやこうしなくてもよかりそうなもの、とおかみさんはあきれた気持だった。

それから卓の物をさげようとして、盆にのせていると、ふっと冷たい風が吹きぬけてくるのを感じた。顔をあげると、何時きたのか目の前に男の顔が寄ってきていた。おかみさんはぎくっとして、男の顔を三秒ほど見てから、義治だと気づいた。

「あ、びっくりした」

いまいましい気持で、おかみさんは無遠慮な男の顔へ強い調子の声になった。

「なに用です」

「蔦枝はいませんか」

「今しがた、お客さんと御飯を食べに出てゆきましたよ」

義治は眉をよせて信じかねる表情になった。まだ馴染客もない筈の蔦枝が、客に誘われて外へゆくとは考えられない。

「どっちへ行きました、橋の中か、外か」

「さあ、外のようでしたね」

義治は雨の降る道へ飛び出していった。うまくゆけば追いつきそうな可能性があった。おかみさんは妙に追いつかなければ好いがと気を揉んだ。義治に対して意地悪になっている自分には気がついていない。橋を渡った際の交番あたりから、高い怒声が立ってきたので、また喧嘩かと思いながら、おかみさんは客の食べ残した塩豆を口に放りこんだ。

雨がやや本降りになってきた。しばらくして、雨にぐっしょり濡れた義治が、髪を額に乱し、ワイシャツを濡して帰ってきた。へなへなのワイシャツが若い男の身体の筋肉にまつわって、汗くさい体臭が匂った。おかみさんは眼をそらして、やっぱり見つけ出さなかったことに、ほっとなった。義治は焼酎をもらって、飲んだ。おかみさんが蕎麦屋の居心地を訊ねたが、ろくに返事もしなかった。時々自動車の警笛の鳴るほかは、店も外も静まって、時計の秒針もきかれそうな沈黙が続いた。もしこのまま蔦枝が帰らなかったら、この男はどうなるのかと眺めると、生活力のない、若い男が、ふっと哀れでないこともない。おかみさんは自棄《やけ》酒を飲む男の眼が、充血してくるのを見て、少し不安な気持になった。

義治は雨に打たれた身体に焼酎がよく効いた。目を放せば、なにをするかしれない女への不信に、いたたまれない焦燥と執着がからむのを、まぎらすには酒よりなかった。しかし酒は感情を一層亢進させるに役に立った。彼は二杯目の焼酎を飲み干すころから、眼の色が据ってきて、魂が酒に魅せられて人変りしてゆくときの、不気味な殺気を漂わせてきた。彼はおかみさんに絡みはじめた。蔦枝がその客と消えた宿を、もしありていに教えてくれないならば、自分にも考えがある、という怨嗟とも脅迫ともつかない声だった。お寿司を食べに行っただけですよ、慌しいおかみさんの証言を、彼は決して容れようとしなかった。おかみさんは怖気づいて、途方にくれた。蔦枝がどんなにいそいそと随いて行ったにしろ、まさか一、二度来た客と泊りにゆくことまで、考えてはいなかった。

「それじゃあ、まるでパンパンじゃないの」

すると義治はぎくりとし、おそれていたものに突当ったかのように、顔色をかえた。遊郭の前まできた男が、それほど淡白に女を帰すかどうか、疑う彼の気持は、おかみさんの言葉で決定的になった。彼は蔦枝の本性を知っている。この不安はおかみさんにも移った。一つ傘に消えていった男女は、やっぱり下心があったのだと思うと、この場をどうしたものかとそれが気にかかる。あれらもあれらだが、眼の据ったこの男は痴情に狂って、なにをしでかすか解らないと思うと、冷いものが背筋を伝った。おかみさんは急に男に向って、役にも立たない気休めを云った。

「すぐ帰ってきますよ、どうせ近所でしょうから」

だが義治の瞼に浮ぶのは、店に出ていた頃の蔦枝でしかない。濃い化粧をし、嬌声をあげ、毒気を吹きつけてくる媚態のさまだった。彼女の口説も動作も彼には手にとるばかりだった。彼は残りの酒を一気に干すと、椅子を引っくりかえして立上った。目の血走った異常な形相で、風のように出ていった。おかみさんは刃物で頬を撫でられたかと思った。なにもしらずに寿司屋を出た蔦枝が、矢庭に男の逆上した暴力に引きずられて、どこまでしょっ引かれるか解らない。橋のすそのあちら側の暗い共同便所の蔭の惨劇が、まざまざしてくると、おかみさんは小さな悲鳴をあげながら、あたふたと店の戸に鍵をかけて電燈を消し、店終いをした。共同便所の蔭で、前に一人の女が殺されたという記憶が生ま生ましく浮んでくるのだが、それは別の場所にあった新聞記事の記憶かもしれないのである。錯乱したおかみさんには解らなくなっている。雨だれが軒を伝う音も滅々としている。おかみさんは床の中に眠る子供を頼りに這っていったが、心細くて座敷の電燈まで消す勇気はなかった。若い女と勝手に暮している良人の行方が、たまらなく怨めしかった。

突然、家鳴りがするほど店の硝子戸が叩かれた。おかみさんの予感は的中した。彼女は飛び起きて、両腕に子供を抱えた。戸は乱暴に叩かれつづけた。おかみさんは膝頭ががくがくしたが、意を決して、よろめきながら土間へ下りて、暗い店の電燈をさぐって歩いた。硝子戸の一番上の素硝子に、暗い男の顔がぴったり張りついている。その眼が仁王のようにくわっと剝いて、ぎらついている。彼は戻ってきたのだ。

「あいつ、まだ、帰らないか！」

「……帰りませんよっ！」

おかみさんは金切声を挙げた。帰ろうと帰るまいと、自分の知ったことではない。心配ならば一晩中でも雨の中をうろつくがいい。しかし硝子戸を叩かれることは我慢がならない。他人のことでこちらの寿命を縮められるのは筋に合わない。

「うちでは、女の番はしていないからねっ！」

男の顔が硝子戸からふっと離れた。おかみさんはふるえながら、恐いものみたさで、硝子戸によっていって、戸外を透かした。暗い雨に閉ざされて、洲崎歓楽郷一帯は、灯を消したあとだった。なにも止めはしなかった。

次の朝、遅く起きたおかみさんは、頭痛のする額へ絆創膏を押しつけて、子供達を学校へ追いやり、ぷりぷりしながら待ったが、蔦枝は戻ってこなかった。もう金輪際あんなふしだらな女はお断りである。うちは淫売宿とは違うのだと口の裡に反復していると、少しは気が静まった。野良犬が残飯をあさって寄ってくるのを、足の先で追いながら外を見たが、橋も共同便所のあたりもなにごともなかった。

昼すぎになって、蔦枝は見違えるほどさっぱりした姿で帰ってきた。髪はきれいにセットされ、紫絣の真新しいお召を着て、風呂敷包みを抱えて、さっさとわが家の敷居を跨ぐ足どりだった。彼女はおかみさんをみると、明るくわらって科《しな》を作った。ごめんなさいという気持だが、浮浮していて、恥かしさも、後ろめたさもない、莫連女《ばくれんおんな》のような厚かましい表情だった。

「ゆんべは雨だったし、あれからまた飲んじゃったんですよ。その代り今朝は日本橋へ行って、これ買わせてやりましたわ」

ハイと云って、おかみさんへの土産物を差出した。おかみさんは出鼻をくじかれて、仏頂面のまま思わず手を出した。スフモスリンの反物で、四、五百円の代物だが、折鶴の柄ゆきがばかによかった。おかみさんは吊しにしろお召の着物まで忽ちせしめた女の腕に、むしろ舌を巻く思いだった。これでは特飲街の女もかなうまいと思う。女というものはあんがいに生活力があって、どんなようにしても生きてゆけるばかりか、運さえ拾えるのかと思うと、ばかにならない気がしてくる。

「立派な着物じゃないの、あんたの」

すると蔦枝は自分の着ている袷を誇らしそうに眺めた。

「そう悪くもないでしょう」

彼女は一晩がかりで勤めた男から、それだけの報酬を得てきていた。蟇口の高を覗いたが最後、決してそのままは帰さない売春宿の、いわば蛭のような吸い口が、彼女の生き方を不文律に暗示したのだ。彼女は人絹のよれよれな着物から、こりっとした肌ざわりのお召に着更えただけで、目の前が明るくひらけた気がした。元気が出てくる、自信がもてる、なにか良いことがありそうな予感さえする。風呂に入って肌を磨き、髪を結い上げると、新しい心になった。丁度店に立っていた頃の、張店どきの緊張に似ている。通る客と、袖を引く女との隠微な眩惑的な吸引作用、そこにだけ醸すもいろの灯の下の頽廃的な性の取引、男は獲物と云ってさしつかえない。女たちは自分を懸命にみせびらかしながら、両袖にひろげた網で、搦めよう、たぶらかそうと競争で媚態の限りをつくす。どうせすることは一つであって、媚態はヴァリエイションの術《て》にすぎない。それもこれも彼女にとっては仕事だし、生きることそのものなのだ。自分を商品として利用することが、彼女には一番生き易い。一番手馴れた生き方なのだ。彼女にはこれしか金を得る手段が身についていなかった。

おかみさんは満足そうな女に、反物の礼を云った。それからその分だけ緩和しながら、それでも女のめでたさに水をかけてやらずには、気がすまなかった。彼女は昨夜義治が尋ねてきたことや、彼が蔦枝を追って、どんなに恐ろしい執念だったかを話すうちに、息込んできて、念のために繰返し喋った。彼に摑まらなかったのは全くの僥倖なので、

「どんな刃傷沙汰になったかしれなかった、ほんとに思い出してもぞっとする」

昨夜は満足に眠ることもできなかったほどだと、おかみさんは頭痛を訴えた。蔦枝の顔はさすがに変った。ふーんと彼女は鼻白んだ。芝居気のある男ではないから、本心かもしれない。世間に向けては意気地なしのくせに、自分の女に向けてだけは何かの特権でもあるように、すぐ殺すの、生かすのと云う男のわがままが癇に触ると、彼女は毒づく表情になった。

あんな意気地なしの男に、なにが出来るものか、蔦枝の薄い唇はまくれあがった。それほど心配なら、誰にも触れさせない部屋へでも入れてくれたらどうかと思う。二言目には死ぬのだという義治のような男のやれそうなことと云ったら、精々自分を川へ突き落すくらいのことなのだ。死ぬのはまっぴらだし、生きているからこそこんな色合の美しい着物も着られるのだと、蔦枝は袂を撫でてみた。この着物を選んでくれた落合は物惜しみをしない男で、男前も悪くはなし、蔦枝はいやではなかった。蕎麦屋の出前に貢いだところでどうにもならないし、落合を放さずにいる方が上分別だと思う。ねえ、

そうでしょう、彼女はおかみさんに同意を求めた。勿論その通りだが、おかみさんにはなんとも返事のしようがない。

「あのお客さんは金放れがよくて、気さくだし、云うとこはないけど、一度こっきりかもしれないし」

「いいえ」と蔦枝は確信にみちていた。なまなかな飲み屋の女とは違う自信があった。

「そのうちアパートを借りてやるって云ってました。いつまでも此処には居られまいって」

「へーえ、云っておくけど、出る前に先の人とはきちんと話をつけて下さいよ。ずるずると雲隠れして、まるで私が隠したようにとられるのは懲々なんだから」

蔦枝は含み笑いで頷いている。おかみさんの嫉妬がおかしかった。いつも同性は嫉妬するのだ。小綺麗なアパートの部屋に坐って、自分の手でお茶を淹れたり、ラジオを聴いたりしながら、男の訪れを待ってさえいればいいという暮らしは、なんという気楽さだろうと思う。そんな生活に一旦入って、逆戻りしてきた朋輩をみたこともあるが、自分は違うと思う。落合が自分の前歴をしらずに、買いかぶっている以上、なんとか素人で通さなければならないし、それさえ守れば彼女はきっとうまくやってみせる自信があった。彼女は義治を少しも怖れていなかった。さっぱり別れてしまうことは造作もなかった。

灯ともし頃になると、おかみさんはそろそろ外が気になりだした。男がまた現れるのではないかと思い、まだやって来ないなと思う。まごまごしていると女は逃げてしまうのに、あの若者も馬鹿なものだと思ったりする。それとも店が忙しくて抜けられないのか、自棄になって何処かへ行ってしまったのか、なんとも薄気味悪くて、気にかかる。おかみさんは男の子に蕎麦屋まで呼びにやらせることにした。なんとなく二人を会わせておいたほうが、後腐れがないような気がしたのだ。男の子はしばらくして帰ってきた。

「いなかったよ」

蔦枝は背中を衝かれたように、立上った。つかつかと子供のそばへ行って、顔を見た。

「いないって？　出前に行ってるの」

「知らない。今朝早く、どこかへ出ていったって」

「出ていった？　それで荷物は？」

子供はそこまで知る筈がなかった。蔦枝の目の色が変った。彼女は物も云わず表へ出ていった。おかみさんは呆気にとられて見送ったが、女の慌て方が腑に落ちない。

客が入ってきたので、酒を出して、世間話をしながらも、落着かずに待っていると、しばらくして蔦枝はぼんやりと戻ってきた。店と台所のあわいの柱によりかかって、頼りなく沈んでしまっている。先刻までの気勢はどこにも見当らない。客が出ていってから訊ねると、彼女は腹立たしそうに、

「居ないんです、ほんとに、どこ歩いてんだか……」

どんな料簡で出ていったのかと思う。

「かえって良かったじゃないの」

おかみさんは男が去ったと聞くと、拍子ぬけしながらも胸を撫で下した。これでいざこざは済んだと思うと、ほっとする気持だった。

「なにがいいもんですか、ひとを馬鹿にして。別れるなら別れるで、挨拶の一つもすればいい。その位の礼儀はあたりまえじゃありませんか」

声が甲高く走った。唇を噛みしめている女の気持が、おかみさんには意外だった。自分にも良人に逃げられた無念は胸に灼きついているけれど、あれとは場合が違っている。しかし所詮こうした感情は理屈では解らない。

蔦枝はへんにしょんぼりとしてしまって、自分で自分がどうにもならない滅入りようだった。自分のしたことが義治に背いたとも、悪かったとも思わないのに、彼があっけなく離れていってしまうと、急に自分というものがあさましく、ああ私はやっぱり駄目な女なのかしらと思う。

夜更けのネオンが消える時刻に、若い客を送りながら一緒に橋を渡ってきた女が、細帯の姿で、のれんを外した店の中へ入ってきた。

「すみません、一杯だけ飲ませて」

女は若い男を抱くように肩へかぶさって、離れ難い風情だった。蔦枝は二人の前へコップをおいて、ビールを注いだ。女は蔦枝を見ると、じっと眼をそそいで、

「あら、あんた、前に紅乃家にいたひとじゃない」

紅乃家というのは、特飲街の端れの、堤防の際にあった。

「いいえ」

蔦枝は顔をそむけて、首を振った。思わぬところに伏兵のいた心地で、ひやりとした。やっぱりここは早く切り上げなければいけないと思う。

女は蔦枝から顔をそらすと、若い男の頸に巻いた手へ力をこめて、引きながら、男の心がどこへもゆかないように、自分の唇で封じこめた。それだけしか男を繋ぎ止めるてだてのない懸命さで、コップの酒も男の口へ与えてやっている。蔦枝は自分の仕種を鏡に映した心地で、切なくなった。身体で相手を捉えるしか出来ない自分たちが、それだけで相手を信じきれないときの不安や、焦燥は、やり場のないものである。女はその焦りであがいているようにみえた。蔦枝は客を送り出すと、女の想いが移ったのか、あてどない悲哀に打ちのめされた。ああもう好きも嫌いもない、愛もへちまもあるものか、誰でもいいからこの泥沼を引出してくれるものが神様なのだと思う。義治とのどうにかなりそうだったゆめも、結局は崩れてしまった。崩れてしまえば、義治などは三文の値打もない男だと思う。


風が吹くといがらっぽい空気の巻きつく下町界隈も、秋の日は朝夕が澄んで、黄昏どきもおだやかなら、夜のネオンも美しい。お不動さまの縁日でおかみさんが買ってきたせんべいを、蔦枝がお相伴にぽりぽり食べていると、スクーターのダッダッダッという騒がしい音が門口に停って、ジャンパー姿の落合が下りてきた。蔦枝の頰は現金なほど耀いた。気怠るそうなからだが急にぴんと伸びて、走り迎えながら、忽ち情熱的な媚の動作に変った。彼女の生理はそのようにしつけられて、鼻音は感情のしぜんな伴奏の役をしたが、それは偽りのものとも云いきれない。彼女はこの瞬間の落合に恋していた。彼の顔も彼女に呼応してほかほかとゆるんだ。肉体で狎《な》れ合った男女だけの宥した表情だった。

「部屋、見つかったよ」

「ほんと?　どこ、どこ」

蔦枝は待ちきれずに、男の胸へすりよったが、落合は焦らすたのしさで、すぐには教えようとしない。おかみさんが酒の支度をして出てきて、先程の反物の礼を述べながら、蔦枝の幸運を羨んだ。アパートは神田川に沿った、とある高台の一室と云うことだった。手付をおいてきてあるが、明日にも行ってみてはどうか、と落合は云った。蔦枝は今夜にも見にゆきたいほどだった。彼女の興奮した嬉しがりかたは、少しばかり異常でもあった。

「アパートは逃げやしない」

落合は蔦枝の子供のような躁ぎぶりを揶揄しながら、まんざらでもない気持の反面で、何一つない蔦枝の支度に首を傾げる気持もあった。まったく瓢簞《ひょうたん》から駒が出たようなものだった。彼は自分ですら、ここまでゆくとは考えていなかった。これまでも女を囲ったことはなかったし、囲うつもりもなかったが、このゆきずりの女には、遊郭の際で誘われたおもしろさが、たまらなく心をそそった。一歩過まれば女はすぐさま私娼街へ堕ちるだろう、堕ちた女には興味を失うにきまっている。そんな瀬戸際の危なさが、落合の感じる魅力なのだった。彼は崩れかけて、ようやく支えているような蔦枝のふらふらした、危なさに気を惹かれた自分を、半ばおもしろがっていた。金の続くうちはなんとかしてやろうと考える。この情熱は中年の落合には意外な満足だった。

彼は仕事を済ませたあとの気軽さも手伝って、陽気に飲んだあと、蔦枝と明日を約して再びスクーターに跨った。この逞しい、大袈裟な仕かけの車は、こけおどしな音を立てて、勇ましい進軍ラッパのように人を掻き分けて走る。蔦枝はその複雑げな装置の車に乗った落合が、頼もしくてならない。

「立派だわねえ、これ高いんでしょ、一万円からするんじゃない」

「ばあか」

落合は蔦枝の無智を苦笑しながら、小遣銭を握らせ、エンジンを踏んだ。異様な音響が大地を蹴立てて、車はその気勢に押し出されて走り出した。落合が手を挙げて颯爽と夜の巷へ消えてゆくのを、蔦枝は名残り惜しそうに一とき見送った。

明日から自分の生活が変るということに、蔦枝は酔い心地になっている。自分で知らずに鼻唄になった。彼女は奥へいって自分の風呂敷を拡げて、手廻りの品を掻き集めてみたが、手ぶらできて、ほんの数えるほどの日に一包みになった人間の生活のお荷物を、感心した眼で確かめた。おかみさんが一緒に覗きこみながら、アパートの生活というものはどんなに暢気でたのしかろうと羨んだ。いつも心のやすまる暇のない、しがない商売に追われた疲れと気苦労が、おかみさんの心をヒステリックにしているのだが、当分抜けられそうもない。蔦枝はいそいそと包みを結《ゆわ》え上げた。

ふいに、店先から男の声がした。

「つたえさん!」

そう呼んでいる。二人の女は顔を上げた。

「はい」

蔦枝は殆んど弾かれたように立上った。おかみさんはぎょっとして、咄嗟に蔦枝の袖を摑んだ。蔦枝はかまわずに、おかみさんの手を払って土間に下りると、走っていって、店の外へ飛び出した。暗がりの中に、面皰の浮き出た小僧が立っている。蔦枝はつきあたりそうな激しさで、声を弾ませた。

「どうしたの、なにかあったんでしょう、あのひとどうしました!」

女の気負いかたに小僧は気を呑まれて、突立っている。

「早く云って！　どうだってば！」

蔦枝は地団太した。小僧は目を白黒させた。

「ええと、それが、電話だったんですよ。病院？　いんや、病院からじゃないや。宿屋だった。ええと、厩橋の宿屋と云えば解るって、そうですか。そこへ金をもってきてくれってさ」

「……いつ、電話があったんです」

「さあ、二時間位前かな、忙しくて来られなかったんでね」

蔦枝は硝子戸に摑まって、大きな息を吐いた。軽い眩暈がして、全身から力が抜けていくようだった。一旦地の底へ滅入りこむと、自分の声がへんに間遠に聴えてくる。

「どうもありがとう」

小僧はにやにやして、なにかませた野卑を囁いたが、蔦枝は聴えなかった。彼が行ってしまうと、のろのろと座敷へ戻ってきた。

「宿屋にいるって」

おかみさんが訊ねた。蔦枝は上り框に身を投げ出した。ようやく我に還ると、目を据えて、台所の一点を睨んだ。さながらそこに彼の顔があるようだった。

「馬鹿にしてるじゃありませんか。のほほんと宿屋にしけて、金を持って迎えにこいか、誰がひと！」

蔦枝は自分の言葉にあおられて、唇を噛みしめた。あんまり思い上るな、と云ってやりたい。意気地なしの男がすることと云ったら、こんなことなのだ。死ぬ死ぬと云った人間に、死ねたためしはないのである。いっそ隅田川に投身でもしたら、まだしも男らしいと思わないものでもない。

「ねえおかみさん、わかったでしょう。あんな男になんにも出来やしない、怖がることはなかったんですよ。ほんとに、女を殴る力もない、食わすこともできない、とんだ色男です。男ってものは、暴力でもいいから、女に四の五の云わせないのが値打でしょうが……もうほとほと厭です」

蔦枝は吐き出すように悪態ついた。当の相手がいないことが残念でならない。一昨夜からのおそらく一文なしな義治の行方がしれた落胆で、男の正体はそんなものだったかと、蔦枝は興ざめした。このままでいったら、終いは義治を抱えて、彼の食われ者になるに決っている。厭なこったと思う。

「能なし、死にぞくない、阿呆、うぬぼれや……」

蔦枝は口に出して男を罵ると、かっとしてきて、このまま走っていって、もっと手きびしく義治の胸に征矢《そや》を打込んで、とどめをさしてやらなければいられない、激しい感情に駆られてくるのだった。騙したも、騙されたでもなしに、うまくゆかなかった失意の結果が、蔦枝には口惜しかった。みんな男の意気地なしのせいだと思う。肉体だけが大人であって、義治の精神は不均衡な子供のようにだらしがないのだ。寂しがりやで、小心で、そのくせ無謀なところもあった。屋台へ入るのも気羞かしくて、女をからかうすべもしらずに、こそこそ隅にいってしまう男だが、メータクに乗ると、釣銭はいらないと見栄を張ったりする。そのくせ金がないと、忽ちしぼんでしまうのだ。するともうおどおどして、自分を信じられない弱虫だった。大きな身体の肉塊は弾力をもっていて、どんな反応も示すのに、気持は一つのつまずきにも堪えられない男なのだ。孤独なせいか、情に脆くて、死んだ母親のことを語ったあとでは、蔦枝の胸に瞼を押しつけることもあった。彼の眠り方、吐く呼吸のそこはかとない匂い、彼の奇妙な三本だけ生えている細い胸毛、熟知した細部《デテール》、一身同体とも云える鋳型のなかの自分たち、逞しい筋肉と華奢な柔軟さ、黒い皮膚と白い肌理の一対、男と女の造型は過去も未来もそれに変らない。義治はまだ二十五歳の初々しい、おどろくほど素朴な、未知のものに純粋になる男だった。蔦枝は彼のぷちぷちした腕や、潮風の味のする胸の厚みを思い泛べると、そこへ頬をのせたときの安らぎだけは忘れられないと思う。彼は自分に愛の手を差しのべてくれた最初の男と云っていい。彼の手足はいつもかっかと燃えていて、蔦枝は冷えた足指を摑んでもらうと、熱い脈が通って、あ、生きる、生きると思ったものだった。

「お金もなしに、独りで、どんな気でいるのだか」

彼女は頬杖ついて、呟いた。怒りの激情が去ってゆくと、肩が落ちていって、しょんぼりした。自分だけをあてにして、心細く待っている男の顔が目先にちらついてくる。捨てると決めた男だけに哀れ深い。

「もう、寝たら」

とおかみさんが声をかけた。その声で蔦枝は顔を上げた。

「ちょっと、行って来ようかしら」

「ええ、どこへ、なんでさ」

「ほっておくと、自殺でもするんじゃないかと思って。一文なしですから」

「だってどうせ別れる男だろ、ほっておきなさい」

おかみさんは蔦枝の豹変を、びっくりして眺めやった。女の激しい気の変り方が呑みこめない。これほど危っかしい思いをさせる人間も珍しい、とはらはらするのだった。おかみさんは今夜男の宿へゆくのは賛成できない。どの道よいことはないに決っている。

「解ってます。ただ宿賃を渡してくればいいんです。それが手切金になります」

「なにも、今夜でなくても」

おかみさんが止めだてするほど、蔦枝はその気になってゆく。このままで男を見捨てるのは、なんとしても後味が悪かった。バスで行って帰ったところで、しれた時間しかかかりはしないだろう。

蔦枝は逸早く立上っていた。気持が先へ先へと身体を引きずってゆくのだった。明日は落合とアパートの部屋を見にゆかなければならないことも、脳裏にきざみついている。それとこれとは別だった。今日は明日とは違う。今はまっしぐらに、自分を呼ぶところへゆくしか仕様がない。彼女は眼を光らせ、一途な表情になって、ゆるんだ帯へ手をやった。


秋晴れの美しい日だった。

真昼どき、裏手の河から賑やかな声が立ってきたので、おかみさんが覗くと、今しも数人の娼婦たちが橋の際からボートに乗ろうとして、騒いでいるところだった。二艘のボートに危い腰つきで乗り移った女たちは、着物を着たのもいれば、洋服姿のもいて、ちょっと見には世間の娘たちと変らない。橋の上には通りすがりの者まで立停って、口笛で囃し立てている。運河の水は陽ざしを受けて煌めいていたし、白いボートの上の女たちは愉し気だった。オールを握った女が後ろ向きに漕ぎだすと、二艘のボートは滑り出した。仲々巧みな漕ぎかたで、海辺育ちの生い立ちに見える。ボートが流れ出すと、女たちは少女のように手を振った。橋の上からも、河沿いの家の窓からも、これに応える声がした。ボートは運河を出て、月島の湾をまわると、葦の川辺はほどよい遊覧コースなのである。

おかみさんはボートを見送ってから、七輪を店先に持ちだして、火を熾そうとした。そのとき落合が豁達な足どりで店へ入ってきた。おかみさんは債権者を迎えた者のように、後じさりに目を伏せた。この場をどうして繕ったらよいか解らない。落合は入るなり、反射的に、

「蔦枝は?」と訊いた。髪でもセットに行ったと思ったのだ。

「さあ、どうぞ」

おかみさんはビールを運んできて、自分も卓の前に掛けた。なんと切り出したものか、途方に暮れてしまう。蔦枝は昨夜から帰らないし、もう戻ってくることもないだろうと思う。おかみさんは懐ろに札束を抱いて、希望にふくれたような男のかおへ水をかけるのは、いやな役だと思う。それでも隠せるものでもないので、蔦枝が昨夜から前の男と撚りを戻して、帰らない顚末を話した。

「ひもつきか」

落合はおかみさんをまじまじと眺めた。そんなこともあるだろうと予測しなくもなかったが、まさかと思っていた。あれほどよろこんでいた蔦枝だし、男と別れ話をつけに行ったのではないかと思う。彼にはそうとより考えられない。あの女は熱中する質で、一本気で、そう嘘が云えるとは思えない。

「案外、今から帰ってくるんじゃないか」

落合は未練かもしれないが、そんな気がした。おかみさんはそういう男の自惚を、哀れむ気持だっ

た。

「いいえ、もう帰っちゃきませんよ。先刻男がきて、荷物を引取ってゆきましたもの」

落合の顔は、さっと変った。彼はなにか云おうとして、代りにビールを口へもっていった。あの女の話した身の上話がでたらめだったとしても、あれほど情熱的に身をまかせた気持には、自分によって新しい生活を持ちたいと願う思いがあったのではないか。愛人があったとしたら、あれほど易々と身をまかせはしない筈だろう。

「男がうしろで操っているのと違うかね。それとも誰にでも自由になる女か、どちらかだ」

「それですよ、すぐ身をまかすのは商売なんです。あの人は特飲街《なか》の紅乃家にもいたことがあるらしい、娼婦上りですよ」

「ほんとか」

落合はいかにもショックを受けたように、興奮した面ざしになった。

「だから、パンパンなんぞ、その場だけのもんですよ。色町の女はそんなように出来てるんです。人としてはいい子でも、二度とまともになれない毒気に冒されるんです。殿方は浮気の虫だから遊ぶのを留めはしませんが、一番大切なのはやっぱりおかみさんてことです。蔦枝ちゃんも悪いひとではなかったけど、引っかかればあなたの損でしたよ」

落合は興ざめた気持で、蔦枝の何喰わぬ顔を思い泛べた。逃してしまった惜しさもまだ多分にあったが、ほっとした気持も争われない。危なかったことだと、財布に手をやる気持だった。

「きっぷのある、おもしろい女だったが、ひどいもんだ」

おかみさんも相槌打った。あの女はやっぱり義治と別れられなかったと思うと、不憫な気もする。これからどうやって生きてゆくつもりか、どうせは堕ちてゆくより道がないだろう。

落合は白けた面持で黙ってビールをあけ、おかみさんも無言で注いだ。のれんの間からふいに見知らぬ女が半身入れて、お辞儀した。紺地のスカートに臙脂のセーターを着て、下駄を履き、手にビニールの風呂敷包みを抱えている。二十一、二の女で、ひどい器量だが、化粧は一人前にしてあった。

「女中に置いてもらえないでしょうか」

にこにこ笑っている。おかみさんは身じろいで、にべもなく云った。

「折角だけど、もう決りましたよ」

女は落合に手を出して、煙草を一本無心した。落合が火をつけてやると、唇をつきつけて火を移し、美味そうにぷかぷかと吸いはじめた。

「どこから来たのさ」

「埼玉です」

「玉の井だろ」

落合が冷かすと、女は手を挙げて、これでもあたし堅気ですよォと云った。煙草を吸い終えると、女は礼を云って出ていった。おかみさんは溜息ついた。ああいう女は永久にあとを絶たない気がする。

「また来る」

落合は立上って、あっさり帰っていった。また来るかどうか解らない。おかみさんは客を見送って、秋陽にぬくむのれんの外へ、目をやった。午下りの洲崎界隈は、ひっそりとしずまっていた。

雪女

1

玉垣は勤めの帰り、飲み友達の石田と一緒になると、新宿あたりへ寄り道するのが決まりになっていた。玉垣の飲みかたはおとなしいが石田の方は陽気で、冗談ばかり飛ばした。

「君の奥さんは雪国の生れだろ」

と彼は玉垣に問うた。

「新潟だ」

そう答えたが、玉垣は妻の郷里へ行ったことはない。

「奥さん、色が白くて、ちょっとした雪の精じゃないか。踊りの鷺娘《さぎむすめ》というのを知ってるか。白鷺の精が娘になって雪の中に出てくる。白無垢《しろむく》の衣裳に綿帽子をつけて踊るのだが、実に清艶《せいえん》なものだ。あの踊りにぴったりの人だな。雪女と言ってもいいかな」

「そんなにおきれい?」

飲みやの台の向うから、おかみさんが訊《たず》ねた。

「小柄で、楚々として、色が白いのなんの。雪国生れに間違いなし」

「オーバーな言い方をする」

玉垣は馴《な》れていても、きまりが悪かった。しかし下手に止めだてすると、相手は一層興がるので始末に悪い。

「この細君が家庭的に出来ている。いつだったか新宿の帰りが遅くなって寄ったら、起きて待っていた。部屋が温かくて、坐るとすぐウイスキーを注いでくれた。そのあとの頃合に、お茶漬を食べさせてくれたが、その美味《うま》かったこと。あんな行き届いた細君がいたら、俺なら途中下車はしない」

石田はお酒で濡れた唇を嘗《な》めた。

「これが我が家となると、帰ってもお帰りなさいとも言わない。じろっと見て、遅いわね、これ一言」

彼は細君の眼差《まなざし》を真似てみせた。おかみさんは手を叩いて笑った。

「文句を言おうものなら、なにっと細君の方がいきり立つから、おっかないのなんの、腕力だって彼女の方が立つ。二の腕が僕の股《もも》くらいある」

「まさかァ」

若い女の子が寄ってきて、声を上げた。

「ほんと、ほんと。三人の子供をまわりに置いて坐っていると、威圧される。彼女が僕に向けて微かに親愛の情を示すのは、サラリー袋を渡す時だけ」

「嘘を言う」

玉垣も女たちの貰い笑いになった。三人の子供を成すと夫婦も言いたいことを言うようになるものだ。

「その代り、頼もしいだろう」

「頼もしいことは頼もしい。子供が熱を出しても、おろおろするのは父親で、彼女はビクともしない」

「いいね」

「一度会社が厭《いや》になって、本気で罷《や》めようとしたことがある。細君が開き直って、明日から私が働きにゆくから三人の子供の面倒を見てくれ、と言うのだ。まだ下の子なんか乳呑児だったし、ぎょっとして辞表はとりやめにしちゃった」

「頼もしい奥さんだわね。でもだんだんおのろけになってくるのじゃない」

「あれで、彼女も涙もろいところがある」

「ほら、ほら、言わしておけば」

賑やかにさざめいた。玉垣は自分と同年の石田に、生活者として一まわりも年長の貫禄を感じた。彼に比べると、玉垣はまだ語るほどの何物も持合わせていない。

「今度は雪女のような良いのを摑んだから、いいよ」

と石田がだんだんぞんざいになって、玉垣のためによろこぶのも、酔った時の口癖であった。雪の精などと大袈裟に美化されたと聞いたら雅子は顔を赧《あか》くするだろう。

　玉垣は雅子とは私鉄のとある駅近くの盛り場にある、小さなおにぎりの店で知りあった。一時そういう食べ物の店が流行して、若い人や、酔ったあとの腹ごしらえをする人によろこばれた小器用な商売であった。玉垣は前の妻と別れてから、ずっと一人で、荒れた生活をしていたので、まともに食事らしいものを摂ることはなかった。その「二葉」という店は彼に恰好なものであった。

　雅子は店の三、四人の女の中では、一番客の前へ出ることが少なかった。場馴れない感じで、調理の方へ廻っていたりした。小さな店なので、常連になれば顔はしぜん覚える。ここの女主人は別の盛り場にも店があって、一日中居るというわけではない。玉垣が最初に雨傘を置き忘れたとき、雅子が取っておいて、次のとき手渡してくれた。忘れ物をしやすい質《たち》で、忘れたり落したりは常習であった。ハンカチを洗って返してもらったり、ボールペンを拾っておいてもらったりして、話を交すようになった。あるとき雑誌をおいて立ってくると、雅子は駅の踏切りのところまで追いかけてきた。

「そんなもの、よかったのに」

　驚いて、つい無愛想になった。

「じゃ、読ませていただいてもいいかしら」

「ああどうぞ」

　雅子はちょっと雑誌を持ちあげて、頂く挨拶をした。その動作が玉垣には女らしく見えた。

「お店、いいの」

「いま手すきでしたから」

「お茶でも飲もうか」

そんな時間にお茶をのむところもないので、雅子はすぐ会釈すると引返していった。玉垣に対して警戒する風はそのころからあとまで、少しもなかった。二人で会うようになっても彼女は盛り場が嫌いで、町の裏通りや、郊外の公園などを歩くのを好んだ。

そんなことが度重なったが、彼女は一度も玉垣の家のことを聞かなかった。彼も口にしなかった。結婚には懲りていた。

彼の最初の妻は有楽町のあるビルディングの中の装飾品店に働いていた。退《ひ》け時間は玉垣と同じ時間のはずだったが、いつも帰りは遅かった。残業があったり、店の飾りつけがあったりして、真直ぐには帰ってこない。独身というふれこみなので、客に誘われることもあった。まだ玉垣の母が生きていたので、家の中のことは任せられたが、そのために妻の美保子はだんだん姑におぶさって、身のまわりの洗い物まで頼むようになった。

お洒落《しゃれ》で、化粧や着る物には彼が目を丸くするような上等を揃えた。日曜日にも家にじっとしていることは嫌いで、彼を誘い出したが、映画を見たり、ジャズ喫茶で過す時間は玉垣には神経が疲れた。彼の仕事は電機工業の現場につながっていて、普段でも消耗しやすかった。冬になれば美保子は遊び仲間とスキーに行ったが、誘われても玉垣は行く気もしなかった。

生活の歯車がうまく合わないので、彼の生活は落着きを失った。母が病気になると、休むのは彼で、美保子はそういう看護には不向きであった。長い爪に、きれいにマニキュアした指は、米を磨ぐのさえ不似合に見えた。姑が病気の間、彼女は家事をおそれて、真直ぐに帰らなかった。家の中は次第にしっくりゆかなくなった。妻の美しさは彼を魅了していたが、生活はそれだけでは成り立たなかった。美保子が自分の一存で、身籠った子を始末した前後から、夫婦の関係は破局に向かいはじめた。彼の母が亡くなったことも、その結果をうながすものになった。お互いに憎しみに変ったあとで、別れた。

離婚から受けた傷のために、玉垣はざらざらになった気持で、自信を失った。酒にも強くなったし、放蕩もした。誰に遠慮をする必要もないことは、ブレーキのない車のように無意味だった。一人の家に戻ると、することはなにもなかった。友人の石田たちが子供を確実に増やしている間、彼ひとり生活から除外されていたのであった。

雅子との生活は、結婚という前提抜きに始められた。彼女は働いている「二葉」の女主人に内緒で、黙って罷《や》めて彼の許へきた。玉垣もまだ二人の生活に自信がなかったので挨拶する気にはなれなかった。

「押入を片付けてもいいでしょうか」

と雅子は遠慮勝ちにたずねた。借りられてきた手伝い女のように、控え目で、よく働いた。

「二葉」にいた頃から、堅気の娘とは、思っていなかったし、着物の好みなども粋なところがあったが、暮してみると、思ったよりずっとおとなしくて、家庭的であった。

新潟の在の生れで両親は亡くなり、兄も戦死して、そこには叔父夫婦がいるだけであった。肉親の縁にうすい感じが、雅子の顔や身体に翳《かげ》を引いていた。

一緒に暮すようになると、玉垣への献身はいじらしいようであった。日に日に家の中は調《ととの》って、明るくなった。カーテンが替えられ、布団が縫い直されてゆく。どんな時間に帰っても、留守ということはなかった。玉垣は自分の家に灯が点《とも》っていると、そのことに救いを感じた。待たれている実感がしみじみ有難かった。

二人の生活はしっくり結ばれていった。雅子のおどおどした愛の受けいれかたも、彼にはうれしかった。すべてが前の妻と違っていた。

ある晩、家に明りが点っていなかった。珍しいことだった。外出嫌いの雅子は、めったに街へ出ることもなかったのである。部屋の中は片付いていたが、いつものように夕食の支度は調っていなかった。玉垣は不安な気がして、立ったり坐ったりしながら、落着かなかった。このまま彼女が戻ってこなかったら、どうなるだろうと思った。あてどのない気持であった。大切なものを落したような気持にとらわれた。

家の前に足音がして、人の声がしたと思うと、扉が勢いよくあいて、雅子が入ってきた。上気したときのさくら色に染まった顔を一瞥《いちべつ》すると、玉垣はほっとした。

「どうしたんだ」

「ごめんなさい」

雅子はガスに火をつけたり、電気釜にスイッチを入れたりしながら、明るい声で、お隣の奥さんに誘われて遠くのマーケットまで安売りの物を買いに行ったと告げた。買物籠の中からはスリッパや笊《ざる》や、さまざまな日常品が出てきた。その一つ一つを自慢してみせた。玉垣は眺めていた。

その夜、床に入ってから、玉垣は天井を眺めながら、結婚ということを考えた。一緒に暮して半年が過ぎていた。二人の生活に変りはないかもしれないが、きちんと籍を入れる生活は、もっと落着いたものになるだろう。

彼はそう決めた。

「あたしはこの儘《まま》でいいのよ」

雅子は意外に反対した。

「あなたと一年でも長くいられればうれしいけど」

「妙なことを言うね。まさか夕鶴の化身じゃないだろうな」

「あなたのようなきちんとしたお勤めの人と結婚するのが、ゆめだったわ」

「それにしては、月給が少なすぎる、しがないサラリーマンを選んだものだ」

玉垣は冗談めいて言った。

一生かかっても、さしたる出世を望む才覚も持合わせていなかった。雅子が一生そばにいる、それだけで今のところ充ち足りていたのである。

2

近県まで出張で出かけた玉垣は、夜になって浅草の東武電車から吐き出された。駅の階段を降りてくると、浅草はネオンで明るかった。同行の仲間と、仕事のすんだ祝杯というつもりで、繁華街のほうへ歩いていって、スタンド・バーへ入った。

止り木に掛けて、水割りをもらって飲んでいると、女主人が出てきて挨拶した。太った四十がらみの女で、玉垣は見覚えがあった。相手も彼の顔を忘れてはいなかった。

「まあ、お久しぶりですわ」

「こんなところにお店があったのか。立派じゃないか」

「手狭なんですよ。昨年やっと少しひろげました。これでも造作がたいへんで」

マダムは細長い店の奥を指差した。

「あっちの『二葉』を、店の者に譲って、それでここを広くしましたんです」

「おにぎり屋は罷めたらしいね」

「お酒の方が回転が早いからですよ。御存知でしょう、一番古くからいた年嵩《としかさ》の栄子が、いまやっていますう」

玉垣はなんとなく後ろめたい気持になっていた。「二葉」から雅子を連れ出したのだし、それについて挨拶をしていなかった。マダムは知らないと思うのだが、それだけに気がひけた。

「みんな若くて、どれが古いひとか覚えていないね」

「色の白いのが弓子で、あれじゃありませんよ。もう一人のほうですわ」

弓子というのは雅子のそこで使っていた名前であった。彼はマダムから当てこすりを言われている気がした。なんとなく脇の下が汗ばんでくる。友達が訊ねるので、彼は二、三年も前になる「二葉」の時代の話をした。

「よく繁昌していたじゃないか」

「珍しかったからですよ。あの頃の子は栄子だけで、みんなどこかへ行ってしまいました」

「可愛い子が揃っていた」

「仕様のないもんですよ。来る時はいつまでも働くようなことを言って、罷めるとなると、今日でさようならって挨拶をしましたからね。まともでない女は駄目だわ」

マダムは悪口を言った。皮肉を言われている気がして、玉垣は居心地が悪かった。思いきって雅子のことを口にしたら、どんなに驚くだろうと思ったが、言いそびれた。そのうち話題は浅草の盛り場の噂になって、彼等はマダムから女遊びの場所を教えられたりした。しばらくするうち客が込んできたのをしおに、二人は立ち上った。

「またいらして下さいね、昔のご縁で」

マダムはわざわざ扉口《とぐち》まで送りに出て、玉垣たちへ手を振った。

「あのマダムは色気より金儲けの口だ」

と友達は言った。玉垣の受けた感じでは、マダムは雅子の現在を知っていなかった。二度と行かなければそれまでである。家に帰ってみると、雅子は気分が悪いといって、珍しく先に寝ていた。

「今日、珍しいひとに会った」

玉垣は偶然のことで「二葉」の女主人に会った話を妻にした。昔の噂がいくらか雅子をおもしろがらせると思った。雅子の顔は変った。驚きに搏《う》たれて、白い顔から血の気が失せていった。目だけが吊ったように動かなくなった。彼は冷汗を掻いた話をしかけたが途中でやめた。

「どうしたの」

「そのお店へ、二度と行かないで下さい」

不義理をしているから、彼女がそういうのも無理はなかった。玉垣の心に、なにかが引っかかったのは、雅子の衝撃のうけかたが強かったからであった。その店でなにごとかを引き起したのではないか、と考えられた。雅子は新潟から出てきて、叔母の世話になった話をしたが、叔母の良人《おっと》という人は月島の倉庫係りで、実直だが貧しい暮しであった。雅子は初め本郷の美容院へ見習に出て、それからボール工場へ変って、次に喫茶店で働くようになった経緯を話したことがあった。玉垣は雅子に暗いひもの男がいたのではないか、と思いはじめた。まともでない女と言ったマダムの言葉を思い出した。

いつだったか、二人で新宿へ映画を見にいった帰り、雅子は老人に呼びとめられたことがある。

「やっぱりあんただった。似ていると思ってね」

「小父さん、しばらくでした」

そういう声を聞きながら、玉垣は歩き出したが、馴々《なれなれ》しい会話に厭な感じを覚えた。彼が訊ねると、

「前にいたお店の近くの人で、おかみさんはおでんやを出していて、あの人は火災保険の代理の仕事をしていた」

と話したが、そのことに触れられるのを好まないとみえて、それ以上は口にしなかった。そういえば彼女の口から出ることといえば、少女時代の郷里のことや、両親のことに限られていた。

雅子の背後に男を感じはじめたのは、玉垣のいわれのない嫉妬からであったかもしれない。しかし一旦取りつかれると、この疑惑は一層真実性があるように思えた。若いやくざか、ぐうたらな男に苦しめられている彼女を想像すると、頷《うなず》ける気がした。それでいて、灼けるような嫉妬が彼を襲った。

その日から玉垣は無心な気持で妻をみることが出来なくなった。

彼が考えこむと、反射作用で雅子は不安な面持にとらわれていった。それがまた彼を不審な気特にした。雅子の顔色は冴えなかった。玉垣はある晩、自分の足が浅草に向けられているのを知りながら、思いきって踵《くびす》を返す気になれなかった。雅子の上に秘密のなにものかがあるとすれば、それを発《あば》くのは怖ろしかった。けれど疑うよりはましな気がした。

スタンド・バーは早い時間のせいかすいていた。玉垣はこの前の止り木に掛けて、同じウイスキーの水割りをもらった。マダムはまだ店にきていない。若い女が、代りに彼の前で相手をした。

「ここのマダムは、以前はどこにいたの」

「さあ、知りません」

と女はあっさり言った。

「ずっと浅草だろう」

「さあ、そうじゃないようよ」

精《くわ》しい話にならないので、マダムと雅子の結びつきはうまく繋《つな》がらなかった。そうしているうち、やっとマダムが現われた。

「あら、いらっしゃい」

と言ったが、彼の名を覚えているわけではなかった。「二葉」にきていた客という印象だけで愛想を言っている。彼はマダムに同じ酒を与えた。酔った気分でなければ舌が滑ってこなかった。妻の白い顔が目先にちらついた。

「『二葉』のあとへ行ってみようと思っているうち、足がこちらへ向いてしまった」

玉垣は話の矛《ほこ》を向けた。マダムは愛想よく礼を言った。栄子という女は、店の男と夫婦になって倖せだと彼女は喋《しゃべ》った。

「お店もよくいっているようですし」

「あの頃弓子というひともいたね」

口に出すと、目をあげていられない気がした。

「その後どうしている？」

「解りませんよ。急に罷めて、出てゆきましたから」

「結婚でもしたんじゃないかな」

「そうなら、言うはずでしょう。よく働いてくれたし、性格もおとなしいから、堅気になれなくもないのに。どこか駄目なんでしょうね」

「なぜ？」

と聞いた時、玉垣の胸は不吉な予感で、動悸を打ちはじめた。マダムはグラスの酒を飲んだ。

「あの子は不倖せなひとでね。私は頼まれて、店の人達にも黙って使っていましたけれど」

「頼まれて？」

「洲崎《すさき》で店を出していた知り合いですよ。あの町で一年ほど働いていた女ですよ」

玉垣は相手の顔をじっと凝視しながら、洲崎の町を追っていた。そこに淫靡《いんび》な巷《ちまた》の華やいだネオンが見えてきた。彼は愕然とした。

「まさか、夜の……」

「そうなんですよ。赤線が廃止になるんで、あの頃はさわぎでした。弓子さんのことは特に店の主人に頼まれて、預ったのですけれどね。女の中にはいろいろなのがいたらしいわ。結構お金を溜めて、郷里へ帰ったものもいれば、適当な相手を探して所帯をもったのもいたそうよ。でもね、大半の女は堅気になる代りに、水商売へ流れていったでしょうね。一ぺん垢《あか》のついた身体は容易なこっちゃ消えませんからね」

マダムは舌の滑りが良くなって、止めどなく喋りつづけた。

「弓子さんも三日もつづくかなと思って、働かしてみたんですよ。それが案外性根があって、働きましたね。これなら大丈夫と思って。そのうち誰か相手を探して嫁にやってもいいと考えるようになった矢先ですよ、急に暇を呉れ、郷里へ帰ると言いましてね。郷里へ帰るはずがありませんよ。両親も兄妹もいない郷里へどうしてゆけます。でも引き止めようもなくてね。まともでなかったひとは、やっぱり義理を知らないのかと、がっかりしましたねえ」

マダムは、急に押し黙った客に気付いて、あら、と言った。

「お客さんは、弓子さんが好きだったのかしら」

「ああ」

玉垣は呻《うめ》いた。それから酒を飲み、頭の中を駆け巡るものを追い、また酒を飲んだ。暗い衝撃のために、いつまでも酔いはまわってこなかった。

3

遅くなって玉垣は家に向かった。灯のついた部屋を仰ぐと、胸に鬱積《うっせき》した感情が、ぐっと噴き出しそうな思いになった。三年間平和に築いた愛の巣が、失われてゆく痛みを感じた。自分という男は、どこかでいつも間違って生きているのか、と絶望に囚《とら》われた。

彼が黙って入ってゆくと、出迎えた雅子は良人の陰鬱な表情を見て、怯《おび》えたようになった。この頃の彼女は、どことなく身体の具合も悪そうなら、不安に追い立てられている落着きのない表情をしていた。めったにないこと、夫婦は言葉も交さずに部屋へ入った。

「おい、俺は今日どこへ行ったか、知っているか」

「いいえ」

と雅子は白い、白粉《おしろい》気のない顔を蒼ざめさせた。

「知らなければ教えよう。浅草のバーへ行って、『二葉』のマダムに会ってきた。お前は二度と行かないでくれと頼んだが、俺はどうしても行ってみなければ気がすまなかった。この気持はうまく言えない」

と彼は言った。

「これから俺の言おうとすること、解るか」

雅子は身体を強《こわ》ばらせて、黙った。化粧をしない方が肌の美しい、肌理《きめ》の細かな、白々と匂う顔から、淫蕩な、穢《けが》れた、汚辱に染まった嘗《かつ》ての生活を想像することが出来なかった。清らかな雪女と呼んだ友人さえいた。

「お前は洲崎にいた女か」

胸の中の固《かたま》りを吐き出すために、彼は一気に言った。数年前まで日本には遊廓もあれば、淫売宿も公認の店があった。赤線地帯と呼んで、ネオンの下で女が手招いていた。玉垣は最初の妻と別れたあと、何年となくそんな巷にも入り浸った。男の汚辱は、いつとなく忘れてゆけるものだ。さして苦にならない。遊ぶことを排泄の一つに考えていた。相手は女であればよかった。過去の女のどの顔も思い出さない。無視された虫のような女の中に、雅子がいたことは我慢ならなかった。

「お前は卑劣な女だ。夜の女ということを隠して俺と一緒になった。一生隠しおおせると思っていたのか」

雅子の細い首はうなだれて、懼《おそ》れと恥のために、慄《ふる》えた。見ていると玉垣の胸に憎しみと腹立ちが募った。彼は一層罵《ののし》った。妻を愛していただけ、やりきれない裏切を感じた。

「やはり本当だな」

心の隅で、嘘であることを祈っていた。罵りながら、嘘であってくれればと願わずにいられなかった。雅子は追われた兎のように、うずくまった。

「初めにお話すればよかったのです。それが本当でした。それは解っていましたけれど、口に出せませんでした。初めから結婚してもらおうとは思いませんでした。本当です。十日でも一カ月でもあなたのそばに置いていただけたら倖せだと思いました。私の一生で、この家へきたときが一番気兼ねもなく、落着けた生活でした。一日一日が、たのしく有難くてたまりませんでした。いつかここから出てゆくとしても一日でも長くいたい、その一念でした。出てゆく時まで私の過去が知れなければよいがと思いました。あなたの記憶の中にきれいに残されていたいと思いました。そうしているうち、夢のような半年が過ぎました。あなたから籍を入れる話があった時、幸福と不安で立っていられないくらいでした。昔のことを告げれば立ちどころに倖せが消えるだろうと思うと、口にする気になれません。苦しみました。それから叔母のところへ相談に行きました。叔母は口が裂けても言うな、と言うのです。嘘の償いに、一生懸命働けと教えてくれました。薄氷を踏む心地でしたが、そのうち忘れることも多くなりました。毎日が倖せでした。幸福を失うのが怖ろしさに、秘密にしていたのです。『二葉』のおかみさんに会ったと聞いた時から、覚悟はしておりました」

雅子はかすれた声で、途切れながら言った。

「覚悟か、どんな覚悟か聞こう」

「あなたの命じる通りにします」

「そんなことで済むと思うのか」

玉垣はかっとした。悪かったと詫《わ》びを言ったところで、済むことではなかった。もっとどろどろの憎しみが、彼の肺腑や皮膚や、体内にとぐろしていた。彼女を蹴って、愚かな、穢れた過去を呪っても、消え去りはしない。娼婦を抱いた過去の自分と、妻が娼婦であった今の自分とは、まるで隔絶したものであった。三年間も騙《だま》されたおめでたさに、腹が立った。

「幾年間泥沼にいた?」

雅子はうなだれた。

「一年です」

「男の数を覚えているか」

彼女は良人の残酷さに、怯えた。身を引くと、玉垣は彼女の細い肩を摑んでゆすった。彼女は仰向けに倒れた。殺される、という感情が走ったが、逃げなかった。地球が倒れてくるような重たさのなかで、男の顔がかっと大きくかぶさってきた。どんな折檻を加えられても、恥辱の限りを受けても仕方がなかった。雅子は身を縮めて、乱れた裾を直そうとした。その動作は玉垣を刺激した。

「昔の話をしてみろ」

妻の首へ両手をかけた。雅子の見たこともない、赤く濁った、情欲にそそられた良人の目をみると、静かな倖せの一切が音立てて崩れてゆくのを感じた。良人の目はもう良人の目ではなく、かつて彼女が知った客の目にすぎなかった。

次の日から、二人の生活は家庭という空気を失った。玉垣は折にふれて、言った。

「昔の話をしてみろよ」

残酷に扱うことで、自分の苦しみをすりかえていった。

雅子のいた洲崎の歓楽の町へ、玉垣は行ったことがある。洲崎の赤線地帯は、掘割に囲まれた運河の中にある島だった。古くから遊廓のあった里で、運河には橋が架かっていた。アーチが橋の上に渡されて、洲崎パラダイスとネオンが点っていた。この町に軒を並べていた店先から、女たちは手を招いた。

一人の客をとらえると、薄暗い階段をもつれながら上ってゆくのだ。大方の店はアパートのように部屋を連ねた造作で、風情は何もなかった。その町に雅子は一年いたと告げたが、どんな男に騙されてそこまで堕ちたか、彼女は語ろうともしなかった。聞いたら苦痛だろうが、玉垣は一切を発《あば》きたい時もあった。

問い詰められると、彼女は顔を歪《ゆが》めた。

「初めはあの近くのおでんの店へ手伝いにいっていました。気がついたら、橋を渡っていたのです。僅かなお金が入用になっただけで、そんなばかなことをしました。橋を渡るか、渡らないか、その区切りでどんな不幸になるか、よく考えませんでした」

「男は?」

「いない、と言っても信じやしないでしょう。初めの男は、私を捨てました」

「橋を渡って、泥沼と気付いたら、抜け出したらいいのだ」

雅子は哀しい目をした。一旦泥沼に沈んだ身が、どんなに這い上り難いか、それを言うのは無意味であろう。

「みんな私がばかだったのです」

「当り前だ」

玉垣は吐き捨てに言った。棘々《とげとげ》しい声が次々と征矢《そや》になって飛び出すのだった。彼の脳裡から、洲崎の町のネオンや、鄙猥《ひわい》な男女の影絵や、女のしだらな姿が消えなかった。雅子をその世界に想像すると、吐き気のくる眩暈《めまい》を感じた。

こんなに心をさいなまれることに腹が立った。妻を辱かしめることで復讐するしかなかった。のたうつ葛藤が夜毎に繰返されて、ある夜、玉垣の憎しみと執着が狂気のように雅子の身体に襲いかかると、彼女は仰向いたまま蒼白になった。失神していた。

玉垣ははっと身を起しながら、怯えた。いつか、あるいは今夜、雅子を殺すかも知れないと思った。

4

雅子が家を去ったのは、その翌日であった。玉垣は誰もいない家に戻ったとき、張りつめていた気分が失せていった。

「出てゆけ！」

と言ったことはなかった。が、いつか我慢しきれずに出てゆくに違いないと考えていた。居ることは危険であった。しかし妻のいないことを確かめると、安堵しながら、虚脱感を覚えた。短い置手紙がしてあった。玉垣は手紙を破り捨てた。また世間から笑われることを覚悟しなければならなかった。

夕暮になると、足は賑やかな巷へ向けられるようになった。いつもの飲み屋で、石田と一緒になった。

「病気でもしたのか」

石田はじっと友人の痩せた顔を覗きながら、訊ねた。

「ああ病気だ」

「なにかあったのか」

「いろいろあった、時期が来たら話す」

ふんと言って、石田は酒を飲みはじめ、玉垣の気持を引き立てるように、とりとめないお喋りをしはじめた。

「このごろ、家の料理はまずくて仕様がない。ここの山芋は美味しいね」

と石田は箸を出した。

「風邪を引いても寝たことのないうちの女丈夫が、このところ気分が悪くて寝こむせいなんだ」

「やっぱりお風邪ですか」

とおかみさんが訊ねた。

「寝こむ時はきまっている。ははあ、またかと思って、少しばかりぞっとしてきた」

「なんのことです」

「食べるものも食べないで、蒼くなっている。非常に妙な食べものを突如欲しがったりする」

「解った、おめでたでしょう」

おかみさんは笑顔になった。

「おめでとうございます」

「なにがおめでたい、四人目に。この調子ではあと幾人続くか解りゃしない」

「結構よ、神様の授かりものですわ」

「それは初めの一人二人に言う言葉だろう。うちの細君はつわりがひどい。目が釣り上ってきても、蒼い顔のまま辛抱して寝ている。今度は女の子がいいわ、などと言うから、女の勁《つよ》さに驚嘆させられる」

玉垣は石田の話に耳を傾けはじめた。

「よくも女は吐き気に堪えられるものだ。今度生れた子が男ならストップと名前をつけてやる。女の子ならトマレということにする」

「ひどいもんね」

おかみさんはむきになって、反対した。

「お嬢ちゃんなら、とめ子にして下さい。トマレなんて、交通信号じゃあるまいし」

「ヤメテというべきか」

石田はまぜ返した。なんの脈絡もなしに、レモンを生のまま齧《かじ》っていた雅子を台所で見たことがある。あの頃、時々蒼い顔で寝ていたことも思い合わされた。玉垣は手の中のコップに目を据えた。石田の妻が十人の子を生んで、翼の下に守ったら立派なことだろう。世間から勲章をもらってもよいのだと彼は感じた。

「先に帰る」

「待ちな、一緒に帰るよ」

石田はそういって、連れ立って外へ出た。妻と三人の子の待つ家へ帰ってゆくために、駅の構内へ入ってゆきながら、彼は時計を仰いだ。

「下の子の寝た時間に帰るのさ。土産を忘れたからね」

「三人とも自分の子だということを、父親は疑わないものか」

「疑ってどうする。どんな得がある。授かった子は自分の子なのだ。それ以外の何物でもありはしない」

「そういうものか」

「持つなら女の子にしな。男の子は気難しくていけない」

石田はちらっと笑ったと思うと、別れていった。

次の日曜日は雨だったが、玉垣は雅子の叔母の住む板橋まで行った。池袋からバスで行って、板橋の大通りから低地へ向けて入ってゆくと、ごたごたと小さな家の密集した界隈である。路地へ曲ると、飛び石のように敷石がおいてあって、あたりはぬかるみであった。玉垣の顔をみると、雅子の叔母はうろたえて挨拶もしどろもどろになった。

玉垣は奥へ通された。玄関の小間の左右に二間しか座敷のない家で、一方は子供が遊んでいた。雅子のいないことはすぐ解った。叔母は顔を上げようともしなかった。詫び言を縷々《るる》と述べた。

「雅子は来ていますか」

「来ていましたが、今は居りません」

玉垣は問うた。

「何処へ?」

叔母は言い澱んだ。

「郷里のあれの叔父のところへ発ちました」

「いつ頃帰りますか」

「さあ、しばらくいるようでございます」

「一人でですか」

「はい、ここも手狭なものですから」

玉垣は突きはなされた気がした。自分とは全く無縁なところへ、断わりもなしに発っていった雅子に、不安を感じた。彼女の生活は新しく始まっているだろうか。彼は口にし難いことを思いきって問うてみた。

「雅子と話しあうことがあるのです。なにかあれの健康や、身体のことで、お気付きのことはありませんか」

「べつに、存じませんのです」

叔母は控え目に返事をした。玉垣は強いて念を押すことは出来なかったが、なんとなくこの人は知っている、という気がした。子供のことだけは確認しておきたいという気持だったが、ここまで来てみると、雅子の不在だったことが、やはり残念でならなかった。隣の座敷で、子供たちの遊ぶ声がやかましく聞こえていた。叔父という人は不在だった。雨の音を聞きながら玉垣は郷里へ発った雅子のことを、今少し具体的に訊ねたいと思った。口は重たかった。結局郷里の家の住所をたずねただけで、彼はこの家を辞した。

雅子との地獄のような日々が過ぎたあと、彼の家は空虚だった。雅子をさいなみ、自分をもいじめたあと、やはり別れが自然の形できたと思った。こうするより仕方がないと考えた。別れる前に子供のことははっきり知っておくべき義務があった。彼は手紙を書くことにした。簡単に用件を言えばすむことだった。余計な感情は不用と思った。手紙の文字は思うように運びはしない。紙の上に、雅子のさびしさの翳を引いた雪のような顔が浮んだ。憎しみが深く沈潜するのは不思議なくらいだったが、文字を書き悩んでいると、憎しみの深さだけ愛が重たく裏返されて、密着しているのを感じた。

手紙は捗々《はかばか》しくゆかなかった。幾枚となく書き損じているうち、遠い新潟が彼の心から薄れていった。今の雅子が十年以上も音信不通の雪国へ、突然帰るのは不自然に思われた。ハッと目がさめたように、彼は雅子の存在を近くに感じた。雅子は東京にいる！　同時に、気持がひらけはじめた。外の気配に耳を傾けた。もう雨も止んでいた。

次の日の夕方、玉垣は再び板橋までたずねた。彼の顔をみると、叔母は戸惑った。

「雅子はこの近くにいるのと違いますか」

「さようです。申訳ありません」

近くのトランジスターの部品を作る工場に働いている、と叔母は告げた。

「いつも一時間残業があります。そろそろ退《ひ》けるころです」

玉垣は小路を伝い歩いて、町工場まで行ってみた。雅子は呼ばれて、出てきた。彼を見ると固くなって、会釈した。玉垣の頰にも深い感情が現われて、目を合わせた。

「もう退けるの？」

と優しく聞いた。

「退けます。支度をしてきますから」

彼女は藤色のセーターに、黒のスカートを履いていた。玉垣は走ってゆく彼女の腰のあたりを眺めて、危うく感じた。転んではならないだろう。外套《がいとう》を着た彼女が戻ってくると、並んで歩いた。

「いつから働いている?」

「まだ十日ほど」

「ああいう町工場はいつ勤めても、いつ罷めてもいいのだろう」

「人手不足ですから、いつでも勤められます。それにあの工場は病気の時、便宜もあるそうだわ」

「今から、家へ帰らないか。一人で暮している家は、家庭じゃない。二人なり、三人になって初めて生活になる。子供も授かったのじゃないのか。授かったという言葉は、いま言ってみて、実感があるよ」

「男の子でなければ、あたし生まないんです」

「なぜ?」

玉垣はすぐ黙った。女の業を雅子は背負っている。

「女の子は可哀そうだからか。男だって可哀そうには変りはない。僕らの生活が明日からすぐ立直るかどうか解らない。しかし、やってみよう。僕自身は憑物《つきもの》がおちた気がしている。子供を授かった君に、二度と乱暴はしない。今までの三年の家庭生活に、これからの三年を加えたら、人並みの生活は築けると思うのだ。いろいろなことがあればあるほど、人間らしいかもしれない。五人も六人も子供を生めばいいさ」

これからも当分明るい日と暗い日が交互に来るだろう。そこを潜《くぐ》り抜けて、いつかトンネルの向うへ出るに違いない。荒れはてた日々のあとに、やっとその境地へ辿りついたのであった。雅子は俯いていた。彼は雅子の手を握って、大通りへ出た。

「これから直ぐ家へ帰ろう」

「叔母さんに断わらなければ。それに着物もあるし……」

雅子は良人の性急さに驚いた。玉垣は手を挙げて、走ってくる空車を呼びとめていた。

女の庭

1

伯父のあとから築地の料亭「鳴滝」の門を入りながら、小谷洋二は久しぶりだなと思った。もと築地川の近くにこれだけたっぷりした前庭と優雅な玄関を持つ料亭は珍しい。それでいておおげさな石灯籠などはなく、親しみやすい雰囲気である。伯父の北岡はさっさと自分の家のような気やすさで、灯の入った玄関へ入っていった。顔なじみの女中や下足番がいっせいに挨拶すると、洋二を振り向いて、どうだ、いいだろうというように顎をしゃくった。

「女将《おかみ》はいるかい」

女中頭の梅がどうぞ、と案内に立った。いつもなら、おかみさんのいないことがありますか、くらいは言うのだが、若い客が一緒なので頷いたきりだった。北岡の通る座敷は決まっていて、庭の見つきの良い離れである。「鳴滝」の庭は石の中庭で、昔は上の岩場から滝が流れたというが、今は岩場の間に植え込みをして、庭に張り出した左右のどの部屋からも落ち着いた眺め[illegible]してある。渡り廊下から座敷へ通った洋二は、幾年ぶりかで日本の木の香をかぐ心地がした。

「純日本風の味も悪くないだろう」と北岡も言った。

「ここは覚えてますよ、どの部屋も変わらないから。伯父さんとここは法事も祝い事も、客を[illegible]のはみんなこの家だから[illegible]

「洋二だけ連れてきたことはなかったか」

「大学へ入った時連れてきてもらったな、十年の余も前ですよ。設計をやるなら古いものをよく見ておけ、とかなんとか言われたっけ」

彼は設計で一人立ちするようになってからもこの伯父には世話になったが、「鳴滝」へはかけちがって招ばれたことはなかった。しかし来てみると少しも変わらなくて、座敷も庭も痛みを見せずにきちんとしているのに感心した。まだ夕暮れの時間で、客の出足はこれからというところらしい。北岡のいつも飲む酒が運ばれてくると、あとからこの家の女将の須磨が挨拶に来た。たっぷりした黒髪と色白のきめのこまかい肌の引き立つ、ふくよかな五十歳がらみの女主人である。

「いらっしゃいませ。こちらは亡くなったみさ子さんの息子さんでいらっしゃいましょう?」

須磨は「鳴滝」の家付き娘らしい、おっとりした口調で言った。

「よく覚えているねえ。洋二だ。『鳴滝』の繁昌するのはあんたが客の顔を一度でおぼえるからだ」

と北岡は機嫌よかった。

「おぼえているのは当たり前ですよ、みさ子さんは私より小学校が一年上でしたもの。そのまた二つ上が北岡さんで、がき大将でしたものね」

「しかし色の白い、ふっくらした女の子にはやさしかったな。橋の上で用もないのに女の子の帰るのを待っていたものだ。女の子のセーラー服姿も可愛かった。一度付け文したのを覚えているだろう?」

「知りませんよ、そんな勇気もなかったくせに」

「家付き娘は存外気が強いんだ。まわりでうろうろしている男どもを寄せつけずに、さっさと婿さんを貰っちゃった。婿さんが早く亡くなったのは捨てられた男どもの怨念のせいだ」

「話がうまく出来すぎてて、初めての方は本気になさるわ」

須磨が洋二に笑いかけると、料理を運んできた梅が、

「この前には北岡さんが失恋して、男泣きに泣いたお話でしたよ」

「ばかだな、泣いたのは警視庁へ出ている鶴川じゃないか。あれは大体が泣き上戸なんだ」

北岡は酒で陽気になる質で、舌のまわりがよくなった。須磨が未亡人になったのは三十代のなかばで、その時から築地界隈の北岡の仲間は滝川須磨の貞操を守る会を結集して、今日に及んだというのだった。若い甥の前で馬鹿話をする北岡を、須磨はなんて人だろうという眼で睨んだ。

「今日はなにか良いことがおありなのでしょう?」

と彼女は話題をそらして、二人の顔を見比べた。商売柄人の顔色をみるのは早い。今日北岡は洋二を連れて友人の会社へゆき、建築のかなりな仕事を取ってやったところだった。大学時代に母親を亡くし、そのあとごたごたと恋愛事件を起こし、やっと落ちついたと思うと留学生になってイタリアへ

行った洋二を、北岡はいつも気にしていた。日本へ帰ってきた今度こそみっちり仕事をさせたいと思い、出来るだけ援助しようと考えていた。

「若い時はいろいろな思いをするのがいいのさ。それがみんな精神の糧になる。恋愛一つ知らない、人間らしい苦しみも知らない人間に血の通った建築は出来ない。つまり頭の先のほうで造られたものは空虚なのだ。感覚だけでまとめた新しい建物は飽きるよ」

「僕らは一度それをやってみないと、飽きるかどうかわからないところがあるな」

洋二は伯父と自分の時代の差を考えていた。しかし伯父の下町の人間らしいまっとうさは好きだった。そばで須磨は男同士の話を好もしそうに聞いていた。

「建築をなさっていらっしゃるのですか。娘が自分の部屋を変えたがっていましてね。古い家に閉じこもると、へんな気がするんですよ」

「美香ちゃんはいるのかい、出し惜しみするなよ。ばあさんはどうもケチだ」

「ばあさんですみません。北岡さんよりこれからもずうっと三つ年下なんですから」

立ち上がった須磨は姿になんとも言えない女らしさと色気があって、洋二は伯父が熱心に通ってくるのも無理はないと思った。庭をはさんだ両側の部屋に客が入りはじめたとみえて灯の下に人影が見える。近くの築地川が埋め立てられて高速道路になってからすっかり風情がなくなったが、「鳴滝」の高い塀で囲まれた一郭だけはしっとりとして別世界である。

「良い家ですね。料理もうまいし、下町の郷愁を感じるな」

洋二は酒を久しぶりに味わうのだった。

「おれの口真似をしちゃ困るよ。この家が残っているから、こっちは思いきって砂漠の中に住んでいるのだ」

北岡はここからは銀座寄りの旧居を壊して鉄筋のビルを建てて、その五階に住んでいる。医療機械を扱う店を昔から営んでいた。洋二は母の実家をよく覚えているが、昔は土蔵造りの大きな店付きだった。築地もビルディングが並んで、すっかり昔のおもかげは薄れた。梅が新しい酒を運んできて酌をしていると、次の間の襖が開いて、目のさめるような若い女が入ってきた。色白のすらりとした女は座敷の際であでやかにわらって挨拶した。白牡丹が揺れたように見える。須磨に似ていて、もっと賢そうな、娘とも若妻ともつかない美香子である。洋二は彼女がそばへ寄ってくると、かぐわしい匂いにつつまれながら目をそそいだ。おれはこの女と関りを持つにちがいない、そう直感した。

「これが『鳴滝』の娘の美香子だ。きれいだろう。おふくろさんが一人占めにしているのもわかるな」

北岡が目を細めて眺める前で、美香子は洋二に会釈した。

「お久しぶりでございます」

「どうも。めったに『鳴滝』へ来ないのに、覚えていてもらえたのかな」

「子供の時分みんなで浜離宮へ行ったことがありますわ。北岡さんの文枝さんのところへ遊びに行って一緒に氷水を飲みに行ったんですわ。私とあなたが一番小さかった」

「そういえば色の白い、眼の大きい女の子がいたのを覚えている。小学校の四年生くらいだった。あれ、君なの?」

「途中はあんまり覚えていないのですけど、あの時紅い氷水を飲んだのと、初めて見る男の子は印象に残ってますわ」

「すると、初めの日と今日ってことになる。途中は抜けている」

洋二はこの若い女が三十歳を一つ二つすぎているのかとおどろき、娘盛りの美香子を知りたかったと思った。北岡は同年配の二人を見比べて、これはいい、とよろこんだ。

「婚期おくれが二人揃ったというわけか」

「こちら、まだお嫁さんが来ないのですか」

へんな言い方をするひとだ、と洋二は苦笑しながら、貰わないだけだと言った。二年半ほどイタリアのミラノにいた彼は、帰ってきてまだ幾月もたたなかった。

「あとから目の色の違う女が追いかけてくることはないだろうね」

「わからないですよ」

「いや、異国の女はやめとき。この離れへ招んでも、うつりが悪くて困る」

北岡はそう言った。

「イタリアの町にも古い迷路のような場所がありますの?」

と美香子は訊ねた。

「百年以上前のきたならしい石の建物の貧民窟がありますよ、壊しも直しもできないのが。饐えた臭いの中にイタリア人の体臭がまじっていたっけ」

「築地川沿いの古い家にも溝の臭いが上ってきたものですわ。あたくしそれを自分の町の臭いだと思っていました。明治のころは川獺《かわうそ》がこのあたりにいたのですって」

「川獺が芸者を騙したという話もある」

北岡はまぜっ返しながら、「鳴滝」の歴史の古さを感じていた。美香子の祖父の建てたこの家は高貴な客も訪れたもので、今より格式が高かった。

「美香ちゃんは部屋を建て直すそうじゃないか。よかったら洋二に言っておくれ」

あら、というように彼女は洋二を見た。部屋を作り替えたいとか、座敷の無駄をはぶきたいと考えることはあっても、実際となると難かしかった。古い家を背負った人間の宿命で、とても一朝に替えられるものではない。母の一代がこの「鳴滝」を持ちこたえれば、あとはどうなってもかまわないと思っていた。

「古家の造作と言いますものね。折角のお寛ぎの御邪魔をしてごめんなさい」

「『鳴滝』はうちの別宅も同然だから、洋二に相談するといい」

北岡は親身に言って、母系家族は困ったものだ、そろそろ婿さんをもらって子供を生まないと手遅れだぞ、と彼女をけしかけた。

「だめ、だめ」と彼女は笑って受けつけない。白地に紺の柄の入った大島の凝った着物をさりげなく着て、朱の袋帯をしめた姿は、娘というより若妻のもので、酌をする細い手は白くすんなりして、思わず手にとりたいほどだった。彼女がこの部屋にいるだけで花が揺れるように華やいだ。洋二は酒がおいしかった。おっとりした母親ときびきびした娘との美しい二代は、二つながらよかった。洋二は伯父が「鳴滝」の女主人を一生大事に思うように、自分も美香子の崇拝者になりそうだと思った。

どこかの座敷から鳴り物が聴こえるのを耳にしながら、

「このうちは芸者が入るの？」

「入りますわ。よろしかったらお呼びします」

「このあたり昔のままだなあ。橋の途中の横町に三軒長屋があったり、小さな宿屋があったり」

「あの宿屋は昔から連れこみだ」

と北岡は口を出した。

「そうなの、門口が狭くてうなぎの寝床みたいに細長くて、二階から三階まであるんですよ」

「お前さん、泊まったのか」

「あのうち、私の小学校の友達のうちですわ。三階の外《はず》れに物干し場があって、よく隠れんぼしましたわ」

「連れこみ宿で隠れんぼか。おふくろよりませてるな」

美香子は北岡にからかわれて愉しそうだった。女中が次の間から呼ぶと、彼女は頷いてなお一しきり話したあと立っていった。華やいだだけあとにさみしさが漂った。

「歯切れのいいひとですね」

「あんなべっぴんはめったにいない。好きになると間違いのもとだ」

「伯父さんのように一生眺めているほうが無事ですか」

「眺めている分には火傷しないからな。無理に一緒になって夢をあとかたなく壊してもはじまらない」

「伯父さんは古くて、消極的ですね。やってみもしないで夢が壊れるかどうかわからないでしょう」

「イタリアではその伝でやったのか」

北岡ははぐらかした。女中が入ってきて、なに伝ですって？　と聞くので、二人は笑った。洋二の新しい仕事の門出をはげます一夕は、それなりに意味があったのである。彼らは「鳴滝」の美しいものに触れて興奮しながら、快く酔っていた。

2

須磨から洋二に連絡があって、娘の部屋の改造に力を貸してほしいと言ってきたのは、「鳴滝」によばれた半月ほどあとであった。彼はすぐ承知した。伯父が陰ですすめてくれたのかもしれないが、なにかこう自然にチャンスがきた気がした。彼は美香子にぜひ会ってみたかった。

あの晩伯父とおそくまで銀座を飲み歩いたが、酔った勢いで、どうして美しい娘が今日までひとりでいるのかと訊ねてみた。

「知りたければ本人に聞いてみろよ」

と伯父は体よく身をかわした。

「古い家に怨霊がついていて、関った男はみんな殺されるのかな」

洋二はおもしろそうに言い、北岡は苦い顔をしたが、そのうちぽつぽつ喋りだしていた。

「鳴滝」の婿選びはこれでなかなか難かしい。格式のある家だから相手もそれなりの家柄から迎えたい。といって当今のことで美香子の気に入らなければ話にならない。北岡も須磨に相談された一人だが、心がけてみてもおいそれとあるものではなかった。須磨のすすめで美香子は二、三回見合いをしたこともあったが、いずれも不首尾に終わった。そんなことで月日がたつうち、二十五歳を過ぎてしまったが、ある時北岡は美香子の姿が見えなくて、須磨が浮かない顔をしているのに気付いた。聞いてみると美香子はいけばなの師範になりたいからと、京都の家元のところへ教えをうけにいったというのだった。これは嘘か本当かわかったものではなかった。いけばなの稽古なら東京から通っても通えないものではないし、須磨の案じようは一通りではなかった。その心配を彼女は顔に出すまいとする。客が訊ねると女中たちは言いわけをしたが、みんな落ち着きのない表情で、なにかありそうな感じがする。「鳴滝」は当然ながらさみしくなった。

誰言うとなく美香子に好きな男ができて、男を追っていったと囁かれた。それとは別に関西のいけばな展で大作を発表したのを見た者があるというニュースも入った。また彼女は人に言えない病気の治療に行っていると噂する者もあって、真実のところはわからなかった。

あの子は古い家が厭なのでしょうよ、と須磨は折りにふれて溜息をついて、私にもそんな時期がありましたもの、と北岡に愚痴をいったが、そのうちふっつり娘のことは口にしなくなった。美香子が戻ってきたのは一年半ほどたってからである。忙しい年の瀬になって、客を迎える玄関先に女中と並んでいるのだった。客はみんなやあ、といって、美しい娘の戻ってきたことにほっとしながら、本能的にいたわろうという気になる。旅へ出てなにがあったとしても、無事に帰った者はそっとしてやらなければならない。美香子は変わっているというほどではなく、女らしい年輪を身につけて、美しさは衰えていない。北岡でさえ、美香ちゃんよかったな、と言ったきりである。

彼女はしばらく座敷へは出なかったが、そのうち少しずつ顔を見せるようになった。それから今日まで四年の月日が流れたが、縁談には見向きもしないし、須磨もうるさくは言わないという。無理を言って娘に家を捨てられるのは懲りたのだろう。

一年半も京都でどうして暮らしていたか。ひとりでいたとは思えなかったし、その間の彼女を洋二は知りたいと思った。

「彼女と近づきになってもいいが、穿鑿《せんさく》してはいけないよ。つまらないことだからね」

北岡は酔ったあともくどく念を押した。「鳴滝」へくる常連の中に美香子を好きになった病院勤めの医師がいて、自称独身ということだが、あの男の子供を美香子に生ますのは厭だねえ、と北岡は言った。

「伯父さんは彼女を結婚させたくないのだろう」

「女も三十を越して自活できれば結婚はどうでもいい。その代わり子供をひとり持たせてやりたいね」

「結婚してなにが悪いのです、子供はそのあとでいいよ。一年半がなんだ」

洋二は酔って伯父に絡んだりした。

約束の日洋二は尋ねていった。「鳴滝」の玄関はいつも清めてある。美香子の住む部屋は客座敷と離れた東の外れにある。庇の深い日本間の縁の椅子に掛けた美香子は、クリーム色のワンピースで迎えた。洋二は思いがけなくて目をみはった。どう見ても二十五、六の娘にしかみえない。

「なに驚いてらっしゃるの、どうぞ」

と彼女は椅子をすすめた。

「君は着物とばかり思っていたから」

「あれは営業用なの。女中さん達も昼間は洋服で働いてますわ。なにかとたいへんですもの」

「この家はまったく人手がかかる造りだから」

「植木屋も一年中入ってます。時々私ズボンを穿いて自分で松の手入れをしようかと思う。あんまり人件費がかさむので」

「松の手入れは少々無理だ」

「ガラス拭きや溝さらいは平気なの。男衆と一緒にやるんです。この節は指図するより自分でやったほうが早いから」

洋二は思いがけない現実にふれて、なるほどと思った。彼女の昼の仕事は帳面に目を通すことで、たまには集金をかねた挨拶まわりもある。夜は客のもてなしからお帰りまで神経を張りめぐらしていなければならない。自分の部屋へ引き取るとほっとする。彼女はこの部屋を「鳴滝」の雰囲気をこわさずに、からっと明るく改造してみたかった。

「この低い庇がうっとうしくて」

「わかるな。しかし女の城というのは特別だなあ」

洋二は彼女のセンスのよさを感じながら、そこはかとない女の香りをたのしんだ。彼女の希望を入れて古い座敷を縁先まで二坪ほどひろげる案を出し、ありあわせの紙に間取りを描いてみせると、美香子は顔をよせて覗きこみ、彼の意見を熱心に聞いた。化粧といっては薄く口紅を引いたきりの顔がすがすがしかった。大きなガラス戸を入れて絨毯を敷きつめた部屋の半分は寝室でベッドをおく。そこまで二人の意見は一致した。

「寝室が広すぎやしませんこと」

「ベッドが二つ入る広さですよ」

「そんな必要はないの。これ以上家族のふえることはないし」

「それはだめだ。この広さは変えられない」

彼はベッドの枕許へ飾り台を描いて、スタンドをおいた。そばへ壷と花を描き添えると美香子は苦笑した。この部屋に飾ってある黄薔薇と同じであった。

「君はいけばながたいそううまいそうだ」

「誰にお聞きになったの、北岡さんでしょう」

美香子の表情は急に引緊ってみえた。

「いけばなも昨今は大がかりに活けるらしいね。今度君の出品するのを見たいな」

「年に一度京都の花展へ出品するの。見てくださるなら御案内します。今日まで一人もそういってくれたひとはいませんもの」

彼女は不思議そうに洋二を眺めて、自分でも思いがけないことを口にしていた。

「京都ならぜひ行きたい。左京区の岩倉という所に僕が二十五歳の時建てたアトリエがあるから、見てくれないか」

と洋二もふいに言い出していた。

「若い時にお仕事なさったのね」

「東京へ絵を習いにきていた女子学生のたった三坪のアトリエでね。彼女はいろんな事情で嫁にいったけど、今でも時々アトリエを覗くことにしている」

「そういう趣味があなたにあると思わなかったわ。今でも忘れられないのね」

彼女は心を動かされて訊ねた。洋二は学生の頃から愛しあった娘と許しあっていて、結婚するのは当然と思っていた。彼女の両親も反対はしなかったし、彼の建築家としての門出にアトリエも建てさせてくれた。しかしこの恋は実らなかったのである。美香子は聞きたそうに彼の顔をじっと見たが、洋二は言いたくなかった。

「京都でアトリエを見てくれたら、話すよ」

「もったいぶるのね」彼女は溜息をついた。

「三十過ぎてお嫁さんの来ないのは、わけがあると思ったわ。今も未練らしくアトリエを見にゆくひとなのね」

「若い日の苦い場所というのはいいよ。だらけた今の自分が鏡にうつるほど、その時は激しかったからね。小さいアトリエはいまでも僕の一番良い仕事だと思う」

「そんなにおっしゃるなら、見てあげてもいいわ。私の行くのは春なのよ」

彼女は思いきってそう決めたのだった。

「どっちが京都にくわしいかな。いや、勿論君だろう、一年半も暮らしたそうだから」

洋二はなにげなく言ったが、美香子はふいを衝かれた。自分たちはまだ二度しか会わないのに、なぜお互いの傷に触れあうのだろうとふしぎに思った。それでいて不愉快ではなかった。彼が簡単な図面を引きはじめる間、彼女はぼんやり考えこんでいた。襖が明いて、須磨が女中を連れて入ってきた。おっとりした須磨の顔は娘に増して女らしかった。挨拶がすむと彼女は二人の雰囲気を気にして眺めた。女中は運んできたメロンの皿を卓においた。

「あら、今日は結構なものが出るのね」

美香子がからかうと、女中はいやですよとわらって下がっていった。須磨はいくらかおどろいて娘の顔を見ていた。美香子は母におかまいなしに洋二へすすめながら、

「うちではメロンのような上等のものはめったに口にしないの。商売用ですものね。傷んだメロンの時だけお客様にも出せないし、じゃあ頂こうかというわけ」

「きびしいんだな」

「おいしそうね。母はあなたに敬意を表してお出ししたのよ」

美香子、と須磨はうろたえて娘の名を呼んだ。スプーンで掬ったメロンを美香子はきれいな唇へ運んでいた。洋二は客になった時と、今の二人と、立場が違うのをおもしろがっていた。少しも厭な気はしなかった。美香子は気取ったところがなく、自由にふるまっていて気持ちがよかったし、ふと黙った時の翳のある表情にも心を惹かれた。メロンの香りを嗅ぎながら、僕もミラノでは上等な果物にはめったにお目にかからなかったなあと言った。二人が気さくに話すそばで、須磨は彼らの顔を見比

べていた。

3

新しい図面が出来上がって大工の手で改築が始まるまでに、洋二は幾度も美香子と会った。外装を白壁にして内部は思いきった洋風のものにすることに決まった。二人がよろこぶと須磨は一層よろこぶのだった。それでいて二人の邪魔をしたことはなかった。洋二は美香子のための衣装ダンスをデザインしたが、その熱心さに彼女も引き込まれながら、やはりさらりとした受け方を崩さない。客商売に馴れた女の身についた仕草か、男ぎらいか、わからなかった。

二人で青山まで洋家具を見に行った日、彼女は少しおくれてきた。お客様が車で送ってくれたのを、途中でごまかして降りてきたからと彼女は詫びをいった。

「それはどこの爺さん?」

と洋二は厭がらせを言った。

「おあいにくさま、私より五つくらい上よ」

「職業を当てようか、医者だ」

美香子は上を向いて明るく笑った。そうだとも、違うとも言わないのが彼には憎らしかったが、明るい彼女を見るのは心が弾むのだった。二人は高級家具を並べた店を上から下まで一階ずつ見てまわって、さわったり掛けたりしながら、何も買わずに出てきた。美香子は買わないことまでが愉しそうで、彼とも打ち解けていた。

そんな日のあと、急に時間のあいた日の午後、洋二は工事の具合を見に「鳴滝」へ寄ってみた。女中は彼を迎えると、

「お嬢さんはちょっと買い物に」

と言いわけをした。彼は裏庭をまわって工事場を覗いた。若い大工が一人で働いている。洋二は木口を見ながら、美香子の留守にがっかりしていた。大工と言葉を交したついでに、訊ねた。

「美香子さんは留守らしいね」

「お嬢さんは一昨日の午後、急に出かけられましたよ。ハンドバッグ一つだったからすぐ帰るのかと思ったら、それっきりです。小谷さんも知らなかったのですか」

「知らないさ」

「あとよろしくね、と言ったから、打ち合わせがあったのかと思った」

洋二はさっき女中が言った言葉と思い合わせた。彼女が三日帰らないのはただごとでない気がして、胸が騒いだ。今日も帰ってこないかもしれない、一体どこへ行ったのだ。彼は一時間ほど待ったが、そうもしていられないので大工のそばを離れた。裏庭から表へ出ようとすると、門に自動車が停まって美香子の降りてくるのが見えた。彼女は面痩せて、どことなく物憂い足どりで前庭をよぎると、誰もいない玄関へすっと入っていった。洋二の心に不吉なものがよぎった。あと戻りして工事場のそばの竹垣まできた。美香子は廊下から足早に入ってきて洋二の名を呼んだ。大工が答えた。

「小谷さんなら今しがた帰りましたよ。会いませんでしたか」

「会わなかったわ、何分くらい前?」

そう言っている時洋二が出てゆくと、美香子の顔に羞恥の色が走った。

「お帰りなさい。疲れた顔をしているね」

彼は鼻筋の細い女の顔と、帯のゆるんだからだつきをじろじろ眺めた。嫉妬の感情が燃え上がって、男と過ごしてきたに違いない彼女を本能で感じた。美香子は無言で、どこか投げやりにそばの柱によりかかって、三日の間に進んだ建築を見廻した。それでいて虚ろな目をしている。

「どこへ行って来たのです」

と洋二はがまんしきれずに訊ねた。

「富士の麓に樹海があって、そのまわりをドライブしてきたの。凄かったわ」

「樹海に足を入れると、二度と出られないそうだ」

「木の枝や、変わった木を探し歩いて、収穫はあったわ。花展の役に立つでしょう。自然の無気味な枝ぶりや蔓にはかなわないから」

「君が使うの?」

美香子は返事の代わりに、花展が三週間あとにきていることを告げて、それまでにこの部屋は仕上がるかと聞いた。二人は顔を合わすたびに新しい部屋の夢をふくらましてきた。洋二は絨毯の色も、ベッドカバーの柄も心に描いていたが、ふいにその日限り彼女との縁は切れると気付いた。大工がそばに働いていたので、それ以上の話は出来なかった。夕暮れが近づくと「鳴滝」は内から活気がみなぎってくる。女中が呼びにくると、美香子は我にかえったように部屋を出ていった。

洋二は帰りに伯父の事務所をたずねた。このままひとりになるのは不安で落ち着かなかった。北岡は事務室の奥の社長室に納まっていた。

「『鳴海』の大工事は進んでいるのか」

彼は例の明けっぴろげな声であった。

「美香ちゃんが機嫌がいいので、母親はよろこんでいたよ」

「あの家では二度と美香子さんが家を出ないように、みんな気を遣っていますよ」

「その危険性があるのか。まさか」

「彼女の快活さが本物かどうかわからないからです。とってつけたように明るい気がする」

「やっぱり男が尾を引いているのか」

「当てずっぽうですがね、富士の麓の樹海までいけばなの花材を探しにいったというのに、彼女は手ぶらで帰ってきた。男と一緒だったようだし、花材を車に積んで相手は帰ったに違いない」

「想像でものを言うな。樹海を見たというのも美香子の嘘かもしれないぞ」

「いけばなに関係した人間が『鳴滝』に来ていましたか」

「茶室があるから茶人も華道家も来るだろうさ。美香子の相手はそれか?」

「わかりませんがね」

伯父も知らないところをみると、須磨は必死で隠していたのだと思った。今度引き止めなければ美香子は「鳴滝」を出て、もう帰ってこられなくなるだろうと思った。三週間あとの関西の花展に、洋二は是が非でも行かなければならないと思った。

4

京都へきて美香子が宿をとるのは嵯峨にある小さな旅館である。ここの女主人の勝子はいけばなの友達で、この裏庭の離れに美香子は一年半も隠れ住んでいたことがある。京都へ着いた日の夕方がいけばな展の活けこみの日で、出品者の勝子は出かけることになっていた。

「あなた、手伝うてくれはる?」

勝子に言われて、美香子は迷った。この四年間彼女は出品したことはなかったが、さも出品するように言って「鳴滝」を出てくるのだった。年に一度京都へこなければ気のすまないわけが彼女にはあった。勝子は知っていて、それには触れない。京都へきた美香子の気持ちをまぎらすために、活けこみの手伝いをさせようとしていた。

「私、やめとくわ」

と美香子はためらった。

「なんで? まさか家元とまたなにかあったわけではないんでしょ」

そう言われるのが美香子は辛かった。とうに別れたはずの男に呼び出されると、彼女はあわただしく家を飛び出して、三日も帰らなかったのである。その後味は苦いものであった。会った瞬間から悔いに責められながら、辛い快楽に身をゆだねた。男にも苦さは伝わっていて、そこに暗い陶酔があった。愛情とは別のもので、美香子は捨てられた男に再びなぶられている自分がたまらなく厭だった。

それでいて彼女は男のいる京都へまたやってきたのである。

「家元はほんまに悪いおひとや。でも忘れたころに呼び出されて、すぐ受けいれるほうもだらしがない」

面と向かって勝子に言われて、美香子はうなだれた。「鳴滝」の人間は須磨をはじめ、みんな薄々知っている。来合わせた洋二も不潔そうに自分を見ていた。恥ずかしいと思った時、洋二を失うだろうと気付いて、二重に青ざめた。彼女はもう「鳴滝」へは帰れないという思いに追われていた。

「家元はこっちでは相変わらずやわ。女護ケ島にいるから仕方がないとも言えるけど、家元のまわりはいつも美人の女弟子ばかり。私なぞ見向きもされないお陰で、出品の場所をもらうのに苦労するわ」

勝子はずけずけと言ったが、いけばなの技倆のすぐれた彼女は家元に信頼されているのだった。

「活けこみの会場へ来てみて、家元をよおく観察しなさいよ。あなたとは遠いお人のはずやから」

「解ってるわ」と彼女は沈んだ声で言った。

「私にも好きな人が出来て、ふっと気持ちの明らむことがあったの。でもこの間の間違いですっかりだめになったわ。東京へも帰れない気持ちよ」

「その人に感づかれたのやね」

美香子は頷いた。京都へ彼女の花を見にくると洋二は言っていたが、愛想をつかして来ないだろうと思った。たとえ彼が来ても、京都で会う以上、自分の抱いている秘密を隠すことはできないと思った。

勝子が活けこみに出かけたあとも、彼女はひとりで残りながら、活気のあふれる会場をおもって落伍者のみじめさを味わった。四、五年前まで彼女も希望を抱いて花を活けていた。家元のいけばなの大胆さと繊細さに眩惑されて、彼自身まですばらしい男に思えた。美香子は妻子のある家元に溺れて、彼と隠れて会った日のことを、まだ忘れきることはできなかった。それでいて彼はもう自分に近づかないだろうと思った。三日間の密会は苦かったのである。美香子は明日からの自分をどうしてよいかわからなかった。

いけばな展の初日は華やかである。勝子は昨夜の疲れも忘れて、明るい訪問着を着て、美香子を急き立てて会場のあるデパートへ出かけた。初日は招待日で、おおぜいの出品者が客を迎えて賑わうのだった。美香子は会場へ足を入れたとたん、来るのではなかったと思った。たくさんのいけばなが会場いっぱいに並んでいたが、いきなり目の前に脱色した白木の垂れ下がった奇妙ないけばながあった。それが化け物じみて見えた。

「滝川さん、お珍しいわね」

と美香子の姓を呼んで挨拶する華道家もいる。美香子は会場の大がかりな枯れ木を組んだものや、どぎつい南方の花を見て歩きながら、死んだ花をみているような気がした。家元の秀泉の大作の前もいつもほど心を惹かれずに通りすぎた。秀泉は女弟子にかこまれて壁際に立っていたが、美香子の来たのを気付いたかどうかわからない。会場の第二室へそのまま移って、端まできた時、彼女はよく知った男が煙草を吸いながら立っているのに気付いた。

「やっと会えましたね」

洋二は彼女の顔を屈託なく見て微笑した。美香子は暖かい眼差しにふれて、ほっとした。

「いつ京都へいらしたの」

「今朝早い新幹線できて、真っ直ぐここへ来た。花をみるのに入場料を払うのですね。このいけばな展、そんな値打ちがあるのかな」

「造形的に見事なものもあるでしょう?」

「空虚で、こけおどかしですよ。大作ほど、はったりだな。ところで美香子さんの出品作はどれです」

「私のはともかく、家元のをごらんなさいよ」

「藤蔓のくねくね這った奴ですか、感覚的にいやだな。たぶん初めは新しかったものも、繰り返しになるとつまらなくなる。この家元はちっとも苦しんでいない」

美香子はあたりに気を兼ねて、洋二をうながして歩き出した。家元の秀泉が招待客と話しながらこちらへくるのが見えた。壮年の秀泉はすれちがうとき、ふっと振り向いた。そのとき美香子はあるかなし別れの会釈を送った。会場から出てエレベーターに乗ると、一つの終わりを感じて全身から力が抜けていった。

「ほんとうを言うと、私は出品しなかったの」

彼女は町へ出て喫茶店に落ち着くと、呟いた。

「それはよかった。東京から参加するほどのことはない」

「ある時期、私は熱中したのよ。あの会場に自分の花の飾られるのがどんなに晴れがましかったか。

そのうちつまずいて駄目になって、見物に廻るようになったのは辛かったわ。今日もあなたが来て下さらなければみじめだったでしょう」

「みじめなら、京都くんだりまで来ることはない」

「でもやっぱり来なければならないのよ、一年に一ぺんは」

女は一度間違って男に迷うと、どこで引き返してよいかわからずに落ちこんでゆく。男が飽きて遠のいてもまだ執着する。彼女が「鳴滝」へ引き戻されたのは、みごもった子を流産したからであった。水子のお骨は嵯峨の寺に納めてあった。五月を過ぎた胎児が死ぬと焼き場で焼いてお骨にしなければならなかった。

洋二はぎくっとしていた。今日初めてみた華道家の自信にみちた顔を思いうかべた。

「おどろいたひとだ。『鳴滝』にも菩提寺があるだろう、なぜ納めないのか」

「母に悪いから、母が亡くなったらそうしようと思っています。ずっと秘密にしていたので、誰かに打ち明けて楽になりたかったわ」

「自分一人で一生背負ってゆくのが当たり前だ」

洋二は怒った口調できめつけたが、ふいにその寺を見ておきたいと思った。

「どんな寺か、これから行ってみよう」

「小さな、名もないお寺よ」

美香子は告白したことを悔いながら、そこまで来られるのは辛いと思った。しかし洋二は立ち上がって彼女をうながした。衝撃で険しい表情のまま、通りでタクシーをよびとめた。

嵯峨の美香子の宿から遠くない、竹藪の続く道の先に寺がある。名ばかりの山門で、寺の境内は狭かった。一度来たくらいでは覚えられない小さな寺である。美香子は肩身の狭そうな足どりで御堂の前へくると、鳥目を紙につつんでおき、ぬかずいて黙禱した。洋二は立って意地悪く見ていた。「鳴滝」で見馴れた美しい彼女とは違う、さみしい、うらぶれた別の女に見えた。京都に一年半いた美香子はこんなだったろうと思うと、ひとりで死児の始末をした彼女を考えずにいられなかった。ようやく祈り終えて彼女は立ち上がった。裏手の墓地へ廻ると、小さな墓石が点々とちらばった感じで立っていた。ふたりはぐるっと廻って本堂へ引き返した。さびしい墓地にいると、地の底へ引きこまれそうだった。

「明日のひるの新幹線で一緒に東京へ帰らないか」

と洋二は言った。彼の心を計りかねていた美香子は、ほっと心が明るくなった。明日のことさえ決められない気持ちだったたが、「鳴滝」へ帰ろうという自然な決意になった。洋二はぶつぶつひとりごとを言っていた。新しい美香子の居間の飾り棚の中に、誰も知らない布張りの戸袋を作ろうと思った。そこに目もあかないまま亡くなった赤子の小さい骨壷をおくのである。おしゃべりな伯父には秘密であった。竹藪道をゆく洋二に添うように、美香子はあとからついてきていた。

二人の縁

1

　昨夜仕事があって遅く目を覚ました木庭秀豊は、大きなベッドから起きて寝室の窓を開けた。日本画家の庭にしてはうるさい技巧のない芝生の庭で、隣地の疎林を借景にして広々として見える。芝生の雑草を取っていたらしい麦藁帽子をかぶった澄子が立ち上がって、

「おはようございます」

と挨拶した。声が澄んでいて、語尾にまるみがあって快い。秀豊はおはようと答えて天気を見定めた。梅雨の晴れ間の夏めいた空である。

「澄子、今日は休みではなかったのか」

「日曜日ですけど、べつに行く処もありませんから」

「不景気な話だな。若い女の子が行く処もないのか」

澄子は含羞《はにか》んだわらいをうかべた。白いブラウスに紺色の短いスカートで何一つ飾らないのに、彼女がきてから家の中が明るくなった。この家は古くからいる婆やのほか通いの家政婦も来ていたが、澄子が住むようになってから来なくなった。家政婦は秀豊をおそれておどおどと身のまわりの用をしていたが、澄子はその役目を楽に果たすのを秀豊は見ていた。澄子が庭を横切ってゆくのを見送りながら、すんなりしたからだに二十歳の若さがあふれているのを、絵になるな、と思った。この間も一枚、彼女が花を壷に活けているところをスケッチしかけたが、人が来たのでやめになった。澄子は裏へ廻ったとみえて、犬が甘えた声で吠えている。彼女が来てもう三月以上になるだろう、早いものだと秀豊は思った。

あれはまだ春の初めのことであったが、彼は昼食の時、婆やから池のそばに若い女の子がさっきから一人でぼんやりしていると聞いた。この家の地続きの疎林の向こうに大きい池がある。このあたりの大地主が疎林をひらいて住宅地にしたが、まだ武蔵野のおもかげがあって、池は自然の湧き水である。秀豊は夕方近く日課の散歩に出た。その日の気分で銀座まで出ることもあるが、年をとると自分の世界に籠り勝ちになる。疎林をぬけて池の近くへくると、古いベンチに女が掛けている。白いセーターを着て、髪を長く垂らした若い娘である。まさかこんな時間まで婆やの言った女の子がいるわけはない、別の子だろうと思ったが、彼は声をかけてベンチの端に掛けた。いつもそこで休憩する習慣だからであった。

「そろそろ陽が落ちるね」

と彼は陽のぬくもりの消えるのを惜しんでいった。娘は顔を向けたが、うつろな目をしていた。

「この池、深いのですか」

青い藻の浮いた池の面を彼女は見ていた。

「さあね、深いと言ってもあんたが溺れて死ぬほど深くもあるまい」

「浅くても死ぬでしょう?」

「この池で死ぬのは困るな。以前に男の子が落ちて死んで、大騒ぎをしたからね」

秀豊はわざといって青ざめた娘を眺め、死神に取り憑かれるというのは彼女のような人間をいうのだろうと思った。この近くに住むのかと聞くと、彼女は首を振った。

「知った人でもこの辺にいるのか」

「この辺ではありません。一時間位歩きましたから。でももうそこへは行きません」

「気の向かない処へは行かない方がいい。私もその主義だ」

「ほかに行くところがないわ。東京は嫌いですけど、土浦へも帰りません。勤めを罷めてきました」

「ともかく池の前にいるのはいけないね。この辺は野良犬がうろつくから、私はステッキを持って歩く」

「噛むのですか」

娘は初めて力なく腰を浮かした。朝からなにも食べていないに違いない。神経だけ張りつめた痛々しい風情であった。

「駅前まで歩かないか。なにか食べると元気になる」

「歩きたくありません」

娘は警戒した目でじっと秀豊をみつめた。交番へ連れてゆかれるかと不安がる目であった。弱りきっているけれど自分の意思を持った娘だと彼は眺めた。

「ではこの林の先にある私の家へおいで。私は絵描きで、あやしい者ではない。そろそろ日が暮れてきたようだ」

彼は立ち上がって五、六歩ゆき、振り返った。沼のように静まった池はまわりから暮れかけて、池をとりまく木と、道に影を作っていた。彼はかまわず歩いていった。すると囲りの日暮れの色に怯えたように娘は声を立てて、彼のあとについてきた。

秋田澄子はその晩木庭家に泊まって婆やの世話になったが、秀豊はなにも聞かずに奥の画室へ入ってしまった。翌日は礼心のつもりか婆やと一緒に働いていたが、夕方になると七十歳をすぎて動作のおそい婆やが画室へきて、

「もう一晩泊めてもよろしいでしょうか」

と頼むのだった。

「なにか事情があるらしいね。話したのか」

「いえ、口の堅いひとで何も申しませんが、素直で賢くて可愛いひとです。家政婦さんよりよく働いてくれます」

婆やのよいようにさせようと秀豊は思った。澄子がきて三、四日すると家の中に娘らしい声がして、秀豊は耳を立てることがあった。ある日も散歩の帰りに庭をまわると二人の話す声がした。

「先生はずっとおひとりで暮らしていらっしゃるのですか」

「そうですよ。御長女はお嫁にいらしたし、御長男は別居していらっしゃるし、奥様は早くからいらっしゃらないのでね」

「おひとりでおさびしくないのかしら。先生はまだ五十歳位でしょう」

「あらまあ、先生におっしゃってごらんなさい」

婆やと同時に、秀豊も喉の奥からあふれる笑いを殺した。彼は六十八歳であった。庭から座敷へ上がると声を立てて笑った。近年腹の底から邪心もなく笑ったのは初めてであった。他人に気難かしいと思われるほど冗談をいうこともないのであった。澄子が来て半月ほどすると、無償《ただ》で働かすことも出来ないと考えて、秀豊は彼女に長くいる気があるかどうか訊ねた。それについて保護者の了解も得なければなるまいと思った。澄子は一身上のことになると急に黙ってうなだれてしまったが、秀豊はまだやっと二十歳の娘にも深い悩みがあるのかと考えて、自分の遠い日の二十歳を噛みしめてみるのであった。

澄子は木庭家に馴染むと、秀豊の画室の掃除や支度の手伝いをした。ある時彼の描いた一個のレモンと林檎を見て、長いことじっとしていた。色紙は二、三日画室の床の間に掛けてあったが、澄子は折り折り眺めていた。

「赤い林檎とレモンと二つだけおいてある小さな絵が、どうしてきびしく美しいのでしょう。この小さな枠の中が一つの世界みたいですね」

彼女が呟くようにいうのを聞いて、秀豊は良いことをいうなと思った。この子の感受性は豊かで、絵を素直に受けいれているのであった。彼は自分の絵をもっと見せたい気がした。なんというか聞いたらおもしろいだろうと思った。

「絵が好きなのだね」

「よく分かりません。本物の絵をあまり見たことがないから」

それほどゆとりのある生活ではなかったと彼女は言った。早くに亡くなった父は土浦の中学の教師をしていたが、二年前には母も亡くなってひとりになった。澄子は電機会社に勤めながら英語学院の夜間部へ通っていたが、教師の矢野原が目をかけてくれて特別に勉強をみてくれた。それが間違いのもとであった。彼は東京の予備校の教師になって東京へゆく時、澄子を道づれにした。上京してみて独身と思っていた彼に妻子のあることが分かった。彼の世話してくれたアパートへ着いてから、彼の自宅を訪ねてみると彼の妻は大きなお腹で現われた。澄子はそれからどこを歩いたか分からなかった。気がつくと疎林の外れの青い池の縁にいて、この家へつれてこられたのである。

彼女の話を聞いても秀豊はなにも言わなかった。悪い男だ、とも言わなかったし、忘れろとも言わなかった。彼女の傷は触れないのが一番よいと考えていた。事実澄子は三月あまりした今では暗い翳《かげ》が少しずつ薄れてきていた。

「散歩にゆくから、一緒においで」

秀豊は休みの日というのに行くところもない澄子を誘うと、彼女はよろこんでついてきた。秀豊は上野へ出て、行きつけの表具店へ寄った時、店の主人から「今日はほおずき市で」と聞かされると、急に浅草へ行ってみる気になった。澄子にほおずき市を見せようと思った。浅草の雷門から賑やかな仲見世へ入ってゆくと観音堂の境内に市が立って、鉢植えのほおずきが籠に入って涼しげに下がっている。ほおずきの実は青い袋や赤い袋をつけて甘酸っぱい匂いを思い出させる。澄子はたのしげに眺めていたが、秀豊に一鉢買ってもらうと大切に下げて歩いた。先生は口数は多くないが、やさしい心くばりをする人と思った。家政婦が怖がってそばへゆくのを嫌ったのは、彼ののぞむことが分からないで彼を苛々させてしまうからだと澄子は思った。秀豊は機嫌よくほおずき市を歩いて、夕食に天ぷらを食べ、それから六区の興行街へ出てぶらぶら歩いた。若い澄子にはぎょっとするような女の裸体の煽情的な絵看板が出ている。

人の出盛りの時間であったが、その時小さな事件が起きた。風態の悪い若い男が秀豊のそばへ寄ってきて、絵看板のわきへ連れていった。男は卑しい愛想笑いをうかべて、いかがわしいフィルムを見せる場所へ案内しようとすすめはじめた。澄子は秀豊のわきに立って不安な気持ちになった。男の執拗なすすめを秀豊はそっけない態度で払いのけた。上背のある、がっしりした彼は、髪もいくらか白いものがまじった位で堂々としている。男の仲間が一人寄ってきて、二人の男は秀豊を囲むようにして凄んだ。澄子は恐ろしさに慄えた。その時、秀豊は素早く掛けていた眼鏡を外して胸のポケットに納めた。

「お前たちどこの組の者だ。俺を知らないのか。新宿の茂木だ」

秀豊は太い声で言った。二人の男は出鼻をくじかれて顔を見合わせたが、明らかに位負けであった。一人が合い図すると、他の一人は態度を変えて詫びを言った。二人のやくざはそばを離れた。

秀豊は澄子をうながして国際劇場前の通りへ出ると、タクシーを呼びとめて澄子を先にして乗りこんだ。車は走り出した。

「もう大丈夫だ」

と秀豊は澄子の青い顔を見て言いながら、ポケットの眼鏡を出して掛けた。

「あの与太者が先生を殴るのかと思いました。どうして新宿の茂木だと言ったら、急にこそこそしたのでしょう」

「さあね、新宿の顔役と間違えたのだろう」

「先生、でたらめですか」

「でたらめさ。前に新宿のお兄さんをバーで見かけたことがあるので、咄嗟にでまかせな名を言ったのさ」

澄子は、あきれた、と声をあげ、秀豊は、

「怖かったね」

と彼女を見たので、二人は声を立てて笑った。車の運転手が、大した度胸でしたねと彼を褒めたが、秀豊は若い娘にとばっちりがなくてよかったと思った。正直のところ娘の前でいい恰好をしたかったのかもしれないと考えて、冷や汗が出た。彼は車を銀座の行きつけのバーへ向けた。こんな事件で興奮しなければ澄子をバーへつれてゆくことなどなかったに違いない。女たちは彼を取り囲んだ。

「先生、お珍しい。お嬢さんと御一緒なの」

「あら、お孫さんでしょう?」

女たちの冗談に、澄子は違いますと真顔で言った。ほおずきの鉢をカウンターの上に吊るすと、底につけた風鈴が鳴って女たちをよろこばせた。秀豊は浅草の武勇伝を口にするでもなく、ハイボールを飲んでいる。いつも静かで、彼女たちのお喋りを聞くだけであった。子供の頃ほおずきの種を出して、口の中で鳴らしてあそんだと女はお喋りした。澄子は私と同じだと思って聞いていた。次の客が入ってくると、女たちはさっと立ってゆく。残り香が漂うのを嗅ぎながら、澄子は裏切った男のことを思いうかべた。折りにふれて傷ついた心は疼くのであった。そんなとき抱擁力のある秀豊のそばにいると慰められた。女たちの中にいても変わらない彼は、一とき寛いでいた。世の中を知らない澄子が好奇心をのぞかせている顔を見ながら、人間にはいろんな世界があるのを知ったほうがよかろうと思った。花売りの少女が入ってきて秀豊に百円の花を売りつけて去っていった。短いカーネーション二本の花束で、澄子はおどろきながら、うれしそうに受け取った。次には流しの男が二人入ってきて流行歌を唄った。秀豊はうれしくも悲しくもなさそうに聴いていた。今夜、浅草の与太者がエロ・フィルムを見せようとしたのを思い出して、澄子を彼の娘とも孫とも見なかった彼等の勘を鋭いと思いながら、レモン・スカッシュを飲んでいる彼女の長い髪を眺めていた。

2

秋の制作に、彼は庭に立ってホースの水を撒いている澄子を描いた。人物を描くのは久しぶりで、日本画といっても生き生きした若い女の像は美人画とは違って、むしろ洋画に近いリアルな人間像であった。その作品を仕上げると、次作も柿の実を手にした娘をテーマに選んで描いた。秀豊は難かしいポーズを求めることはなく、ごく自然な澄子の動作や表情を眺めて筆をすすめるのであった。長い時間静止していても澄子は疲れたと言わなかった。

この家に秀豊の長女の辰子は時折りやって来て、金銭の計算の不得手な父の代わりに家計をみたり、季節の変わり目の衣類の出し入れをしたりして、父に小遣いをもらっていた。ある病院の医師をしている彼女の良人の、充分といえない給料の補いになっていた。父の絵の中に澄子が現われてから、辰子はなんとなくこの家へ来るのを邪魔されるようで気に入らなかった。画室を覗くと澄子がきてからすっかり整頓されて、手を出すすきもなくなっていた。

気難かしくて、気に入らないと人と口を利かない父の秀豊も、辰子には若返って見えた。父は絵の中に澄子を描くばかりか、何かにつけて彼女を呼び立てる。セーターにスカート姿の、白粉もつけない娘はいそいそとそばへきて用をした。二人の間は呼吸が合っていて、なにかあると辰子は感じた。池のそばから拾ってきたという、何処の馬の骨かわからない娘が独り者の父の世話をしているのを、辰子は警戒せずにいられなかった。そのことは彼女の兄の連介も同感で、

「若い娘に子供でも生ませたらどうするのだ」

と澄子の存在を気にしていた。

「まさかそんなこと。お父さまは六十八歳よ。あと少しで古稀の祝いよ。十三歳の孫もいますよ。世間の物笑いになるわ」

「チャップリンはその位の年で楽に子供を生ましているぞ。老いて作った子は可愛いというから、澄子とその子にたっぷり遺産を残すことになる」

連介は建設会社に勤めていたが、父の遺産をあてにして独立した会社を作ろうともくろんでいた。

「そう簡単に遺産が入るものですか。お父さんの先生の伊形画伯にあやかると、あと十七年は生きる勘定になるわ」

「遺産の先取りをしないと間に合わないか。ともかくあの子は親爺に取り入りすぎる。あんな面白くもない老人にくっつくのは、下心があるとしか思えないな」

「でもあの子を描いた絵は悪くないわ。モデルにだけはしておきたいわね。と言うことは身近の誰かと結婚させて、アルバイトに来させるということよ」

「確かに親父の絵は変わってきた」

兄妹の眺めてきた秀豊は孤独で寡黙な男であって、暗い激しい絵を描き、日本画に近代性をもたらした画家であった。暗さや激しさを抜けて澄んだ境地に入ってきたのは、ここ数年のことである。兄妹はそういう父の心の奥底を覗きながら、互いに口にしなかった。秀豊と離婚した彼らの母親もすでに亡くなっているからであった。兄妹にしても両親のトラブルのとばっちりを受けて、愛情豊かに育った人間と言えなかった。

辰子は澄子の結婚の相手に、父の家へ出入りする美術雑誌社の三園はどうかと考えた。年も三十前であり、秀豊の息のかかった娘なら、いやとは言うまい。辰子はまず澄子をきれいに飾る必要があると思った。

「お父さま、年末に澄子さんへお手当を出すか、着物を作ってあげるかしないといけませんね」

お手当、という辰子の声には皮肉な響きがこもっていた。六十八歳にもなって、世話をする女の年にも釣り合いというものがありますよ、と非難する調子であった。秀豊は大きい眼で辰子を見たが、黙っている。

「着物を一揃い作ってやりましょうか」

「任せるよ」

辰子は父からたっぷり金をもらうつもりであった。うまくすれば自分の長襦袢くらい浮くはずである。彼女は婆やを物陰に呼んで二人の関係をたずねてみた。秀豊は酒に強く、ウイスキーを飲んだあとも風呂へ入る。澄子は心配して外に待っているのであった。婆やにも澄子の尽くし方は並々でなく思えるが、そのへんのところは半信半疑である。澄子を相手に秀豊が思いがけず笑い声を立てると、婆やはどきりとする。たしかに前より機嫌もよく、澄子をそばから放さない。

「父からなにか高価な物を呉れてやった形跡はない？」

「さあ存じませんよ。一体どうなっておりますんですか」

「それは私が聞くことよ」

何かあったら耳打ちしてほしいと辰子は頼んだ。老いらくのなんとやらは物欲しげで嫌なことと思った。着物は正月間際に出来上がって、松の内二日の木庭家の新年の集まりに澄子を飾った。彼女は初め晴れ着を固辞していたが、辰子は笑いながら、

「父が色々お世話になるお礼なのよ。それに良い絵を描いてもらえるかもしれないでしょ」

そういうと澄子は頷いた。彼女は秀豊からこの冬はスキー講習会にでも行ってはどうかとすすめられた。友達もいなくて可哀そうだと思うのだろうが、澄子はスキーは嫌いですと断わった。好きも嫌いもスキーをしたことはなかったが、土浦の電機会社に勤めていた頃、ゆとりのある連中がこれみよ

がしにスキー服を着て出かけるのをみて反感を覚えた。彼女はこの冬は木庭家で正月の料理を作り、家庭の雰囲気を味わうのがたのしみであった。自分のなにげない動作や、ちょっとした仕草に秀豊の目が止まって、絵の中に生かされてゆくのもうれしかった。それは秀豊が彼女を気に入ってくれる証拠であった。

正月二日の集まりに澄子の初めて着た紅梅の訪問着はよく似合って、客の目を惹いた。和服を着るために髪を一つに束ねてみると、澄子は顔のおもむきも変わって、大人びてみえた。美術雑誌社に勤める三園は前から澄子を見て知っていたが、この日の晴れ姿にじっと目をそそいだ。辰子に縁談をほのめかされたからであった。木庭秀豊がどこかから連れてきて、珠のように慈しみながら描いている娘だと思っていたが、ふいに自分の相手として目の前におくと、絵の中の娘が動き出したようで胸が騒いだ。美しく飾った娘ざかりの澄子は清楚で、秀豊から奪ってもよいのかと不安でさえあった。

「どうやら三園さん、澄子さんを気に入ったらしいわ」

辰子は連介に囁いた。兄妹はそれぞれ一家をあげて来ている上に、年始の客も絶えない中で、澄子は客をもてなしながら可憐な一輪の花であった。辰子は自分で選んだ紅梅の着物に満足しながら、三園が澄子に惹かれるのは木庭家の大きな日本間を背景にしているからで、さびれた池のほとりにぼんやり立っている娘ではこうはいくまいと思った。

客たちの間に近頃の東京の夜景の美しさを口にする者があって、どこから見た景色がよいかと話し合うと、三園は言った。

「それはやはり東京タワーの入った夜景でしょう。ホテルの十階あたりのレストランから眺めるといいですね」

「夜景というのはいいものだ」

秀豊の声を聞きながら、澄子はいつか先生のお伴をして東京の夜景を見たいと思った。三園はそばへ料理を運んできた澄子に、

「今度案内しましょうか」

と声をかけた。辰子はそばからお願いしてよ、と口を添えた。その夜、客の帰ったのは遅い時間で、秀豊はかなり酔っていた。ひとりで寝室へ入るのもおぼつかないので、澄子は肩を貸して連れていって、半ば正体のなくなった彼から着物を脱がした。年をとってもがっしりした男の体は思ったより重たく、扱いにくい。いいんだ、ひとりでするから、と言いながら彼は無器用に足を投げ出していた。この二十年間、ひとの世話にならないのだ、などと嘯《うそぶ》きながら、彼女の着せるパジャマに手を通した。

「先生、ちゃんとお布団の上に休まなくては駄目です」

「ああ分かった。かみさんのように言うな。澄子も早くお休み」

彼をやっとベッドに寝かして毛布を掛けようとすると、彼の腕が伸びて澄子の首に巻きつき、引き寄せられ、彼の厚い胸許に澄子の顔は押しつけられた。澄子は頬をつけてじっとした。ほんの一、二分そうしていると、秀豊の寝息が聴こえてきた。本当に眠ってしまったと知ると、澄子はかっと胸が熱くなりながら顔を上げて、男の肩をゆさぶったが、目を覚まさない。秀豊の体臭は忘れていた男の体臭であって、それ以外の何ものでもなかった。取り残された怨みと、妙に物哀しいさみしさにおそわれて、彼女はひったりと眠っている男の胸へ顔を押しつけた。

　春先のある日、澄子は秀豊の用事で銀座にある美術雑誌社の三園を訪ねることになった。三園が澄子を気に入って交際したがっていると辰子から聞いていたので、澄子は気が重かったが、秀豊はその話に触れたことはなかった。今日になって急にその用事を言いつけて、帰りはゆっくり遊んでおいでと言った。先生も自分を外へ出す気だろうか、そんなことはあるまい、と迷いながら、他人の家に住むことの不安を噛みしめた。武蔵野のおもかげのある木庭家から銀座へ向かうと、東京の広さを感じさせられる。秀豊に頼まれた封筒を三園へ渡すと、用事はすんでしまった。彼は澄子の来るのを心待ちしていたらしく、一緒に外へ出て銀座裏を歩きはじめた。

「この辺にデパートがありますか。先生のお好きなものを食料品売り場で買ってゆきたいのです」

「あとで行きましょう」

と三園は言ったきり、ビルの地下にある喫茶店へ連れていった。

「秀豊先生は家では気難かしいでしょう?」

「いいえ、おおらかな方ですわ」

「そうかな。仕事にきびしいし、無駄口を利かない上に大きな眼でじっと見るから、みんな縮み上がるのじゃありませんか」

　三園は笑いながら言った。

「先生はお仕事の時は誰も寄せつけませんけど、あとは冗談を言って笑わせるんです。私先生のところへきて初めて大きな声で笑うようになったわ」

「信じられないな。酒が入っても先生はあまり喋りませんよ。僕らの騒ぐのを見ているだけだ。君が来て変わったのかな」

彼は不思議そうに澄子を見て、そう言えば先生は人物像を描くようになって画風も明るく、艶やかさを増したのだといった。

「以前の先生の絵は違っていましたか」

「そう、もっと深く重たいものだったね。凄いような絵があった。『夕立』という絵はちょっとヴラマンク張りの、近代性のあるものだ」

なにも知らない澄子の顔を彼は覗きこんだ。

「先生は戦後に夫人を離別して、それから暗い絵に没頭したらしい。僕も人に聞いたのだが」

「お子様があるのに、なぜ離別したのかしら」

「美しい夫人だったそうですがね。先生は従軍画家で南方へ征ったりして、日本に落ち着いていなかったらしい。よく知らないが、夫人に間違いがあったのじゃないか。ともかく子供をおいて去ったのだから」

間違い、という曖昧な言葉を澄子はかみしめて、理解することが出来た。夫人は良人の留守に彼を裏切るようなことをしたのだ。秀豊はどんなだったか。澄子は余計なことを聞いてしまったと思った。

「木庭秀豊はともかく良い絵を描いてきたのだ。まあいいでしょう」

三園は気を変えて言った。やがて地下室を出ると外は夜であった。これから東京の夜景を見ようと彼は誘って、ぼんやり考えこんだ彼女を連れて、ホテルの屋上に近いレストランへ行った。窓のそばの席につくと、夜の闇の中に東京タワーが灯をつけた姿で浮かび上がって、暗い道路に車が光を流しながら走ってゆく。都会の灯のきらめきは、家のない彼女に旅情を抱かせる。この景色も秀豊と一緒だったらどんなに愉しいだろう、と考えて彼女はどきっとした。日本画の大家を自分のような拾われた娘が想ってなんになるだろうと思った。三園は料理や飲みものをうまそうに口にした。

「君の正月の着物はよく似合ったな。先生は描いたろう?」

澄子は微笑しただけであった。秀豊は期待に反して、なにも描かなかったのだった。

「先生はよほど君を気に入っているらしい。いつまでモデルになるつもりなの?」

「そんなこと知らない。私お手伝いです」

「辰子夫人は君が将来もモデルになることを承知して、つきあってくれというから」

「それはどういうことですか」

澄子の心に痛いようなものが走った。辰子は彼女を秀豊のそばから引き離して、モデルにだけ通えというのだろうか。

「そのことはまあいい。僕らは時々気楽にデートしないか」

「先生も御承知なのかしら」

「勿論さ、こうして君を寄こしたろう。先生は君の親代わりになるらしいからね」

男は満足そうであった。彼女の知らないところでどんな話が成立しているのか、澄子は思い巡らしていた。辰子は自分の存在を気に入らないらしいから追い出そうとするにしろ、秀豊まで同じとは考えられなかった。誰もが素姓の知れない彼女を警戒したり、利用したりしようとする。もうすぐ二十一歳になる澄子は若い三園の計算を感じて、自分の周囲を見廻さずにいられなかった。

3

澄子が池のほとりから拾われてきて一年を過ぎた初夏になると、秀豊は秋の展覧会の出品のために、澄子を池のあたりや疎林の中へ立たせてデッサンを始めた。そのうち青く濁った池の面に見入る女の像と決まった。こうして風景の中に物思いする女として描いてもおかしくないほど、澄子のなかに愁いのようなものが出てきた。三園は時折り仕事にかこつけて現われて澄子を誘ったが、三度に一度しか応じないので、さすがの彼も辰子に向かって、

「澄子さんは先生を崇拝しているらしいが、巨匠をあこがれるにしては度が過ぎませんか」

と訴えた。

「年頃の娘はちゃんとした青年と結婚するのが当たり前よ。父から話を決めてもらいましょう。世間体もあるし、第一娘さんの一生を過つことは出来ないわ」

辰子は秋までに話を決めたいと考えて、父にもそのことを強く言った。秀豊と澄子は毎日池のあたりで下絵に時間を費やしたあと、疲れ休めにぶらぶら散歩して帰ったが、彼は三園について一言も言わなかった。それが澄子には不満であった。その日は夏の薄暮れの町に焼き鳥の屋台の出たのをみて、秀豊は焼き鳥を一本もらった。澄子もすすめられて口にして、モツの美味さを味わった。串から引き抜いて食べ、満足して引き返した。

「木庭秀豊が屋台の焼き鳥を食べていると知ったら、人はなんというかしら」

「うまそうだな、と言うだろう」

「うそ。婆やさんが見たら目を白黒するでしょうね。先生は二重人格ね」

「辰子なら声を上げるか。しかし屋台の焼き鳥を急いで食べるのはうまいな」

秀豊は澄子といると不思議に心が解けて快活になった。年齢や地位にこだわるのを忘れて自然にふるまえる。小鳥が肩に乗っているような愉しい気分であった。このよろこびを捨てなければならないのかと、若い三園を嫉ましく思った。急に澄子の足が止まって、短い声を上げた。彼女の眼は前方へ据えられて、そこに三十四、五歳の男が立ってこちらを見ていた。彼女の手は秀豊の腕にかかって、急に方向を変えて歩きはじめた。秀豊はなにも聞かずに自然に歩きながら、澄子の青ざめた顔を気にした。しばらくして彼女は呟いた。

「さっきのひと、随いてきませんか」

「見えないようだ。ひどく驚いていたね」

「先生だって驚くでしょう、私を騙した男ですもの。一駅先に住んでいるはずなのに。分かったかしら」

「勿論分ったろうさ。あの男なら四、五日前にも家のわきに立っていた」

澄子は彼の腕を掴む手に力を入れた。矢野原はなんのために彼女を探したのだろう。彼女はもう一年前の騙されて土浦から出てきた小娘ではなかった。それとも未練があるのだろうか。男は前よりいくらか痩せてみえた。君に会いたがっているのだろう、と秀豊は澄子の反応をみた。彼女は眼を光らせ、顔を興奮させた。家に戻ると、澄子は自分の部屋へ入ってしまった。

秀豊は時折り外から酒を飲んで帰ることもあるし、家の中で酔って寝ることもある。澄子が細い肩に彼を抱えるようにして寝室へつれていって、パジャマに替えさせてベッドへ押しこむ。秀豊は酒さえ飲めば寝付きは早かった。ベッドに倒れて酔ったまぎれに澄子の肩を抱いて、若い女の肌の匂いを嗅ぎながら眼を瞑るのは御馳走であった。ある日は胸にほどよい重さを抱きながら一、二分の夢をみる。酔っていて男の役に立たない気やすさとあきらめもある。こんな若い女を自由にするのは罪深い。彼は妻のあやまちを知った時から、家庭の中では何事も起こすまい、女は遊びの中の道具だと割り切っていた。

「ほんとに、酔っぱらいっていやあね」

澄子はぶつぶつ言いながら彼を寝かせ、男の髪を撫で上げたり、頬を両手で挟んでいることもある。バカだな、口づけでもすればいいのに。彼は眠ったふりをしながら、そのうち本当に快い夢路へ誘いこまれてゆくのであった。

矢野原から電話がきて、澄子は会うことを承知した。秀豊はなにも言わなかったが、しっかりしていると言ってもようやく二十一歳になった娘に、心許なさを感じた。彼女にとっては郷里まで捨てた初めての男であったし、この一年間心の中に棲み続けていたのかもしれない。彼女は男に会いにゆく時、言った。

「遅くならないうちに帰りますから」

「行っておいで」

彼は画室の外から挨拶する澄子の顔を見なかった。話がつく前に、彼女は男の力に負けてずるずると泊まるかもしれない。するともう二度と帰ってはこないだろう。秀豊はようやく下絵の仕上がった「池」を眺めた。池のそばに足をとめた娘は長い髪をうしろに纏めて垂らして、クリーム色の服を着ている。わずか一年で女は美しく匂う姿になるものである。これまでにして、どの道手放すのかと思うと秀豊は気落ちがした。澄子の去ったあとで下絵をまとめても魂のない絵になりそうである。彼女の張りのある涼しい声や、生き生きした可愛い仕草にふれる愉しみもなくなってしまうだろう。彼は古稀に近い、世間からは棺桶に足を突っ込みかけた男といわれそうな年になっても、女への感情というものは若い時代とさして変わらないのに内心おどろいていた。欲情の衰えがあると、愛情は一層純粋に燃えるのを知った。それを彼は絵の中へ生かそうとした。彼の仕事が彼の若々しい精神を保ってくれるのかもしれなかった。

辰子の前で、澄子をおれの女にしたい、と言わないのは、彼女の若さをいとおしんで、絵の中で眺めようと決めた彼の分別であった。まったくのところ、二十一歳の娘と戯れることに含羞があった。愉しくてわくわくすると、人生の終わり近くに魔がさしたのかと気難かしく口を締めることもあった。妻に背かれてから、愛情などに惑わされるとは思ってもいなかったのである。彼は夕方から酒を飲みはじめたが、酔わなかった。いつものように黙っていると、愉しい笑いはいよいよ遠のいていった。

婆やがつまみ物を運んできて、

「旦那様どうなさいました。お気分でも悪いのですか」

と気にして訊ねた。

そのころ男と会った澄子は駅の近くの喫茶店へ連れてゆかれた。

「どうして私の居場所が分かったの」

「アパートの荷物を運送屋が運んでいった時から、覚えていた。しかし日本画家の木庭とは思わなかった」

矢野原はそう言った。ある時駅の近くで彼女と画家を見かけて、随けていったのだった。女は信じられないほど美しく垢ぬけていて彼をおどろかした。木庭のモデルになっていることも近所で聞いて知った。こうして間近に見ても、土浦の英語学院へ通って、素直に彼のあとに随いてきた女の子とは思えない。

「君は本当に綺麗になった。木庭画伯が目をかけているそうじゃないか」

「それで、なにか御用ですか」

そう言う澄子の顔を、矢野原は暗く燃える目でみつめた。彼の身辺は面白いこともなく、相変わらず予備校で教えながら、それも正規の教師ではなかった。彼は妻とうまくゆかずに別居している話をはじめた。

「生まれたお子さんは男の子?」

「いや、女の子だ。妻が育てている」

あの時澄子が彼の家へ来さえしなければ、妻とは別れるつもりだったと彼は言った。それでなければ澄子を呼びよせるはずはないのだ、とも言った。

「私はなにも知らなかったから、絶望して、死のうかと思ったわ」

「まだ二十歳だものな。君が居なくなった時は心配した」

「でもその時すぐ木庭へ訪ねてこなかったわ」

彼は絶句したが、すぐなにかと言いわけをはじめた。君のことは一日も忘れなかった、妻ときっぱり別れるつもりだとも矢野原は言った。彼の目は燃えながら彼女の顔や胸にそそがれていた。

「奥さまと別れても、今の私と関係はないでしょう。私達はとうに終わったのだし、私は木庭に養われているのですもの」

「君と木庭画伯の関係は、どうなのだ」

矢野原の目は光った。

「あなたの想像する通りよ。先生は私の自殺するところを助けてくれて、あなたを結婚不履行で訴えろと言ったわ。とても激しい気性の人だから」

彼のひるんだ顔へ澄子は目を当てていた。矢野原は急に気を変えて、その辺で食事をしようと立ち上がり、喫茶店を出て彼女を鳥料理やへ連れていった。彼はそこで酒を飲みはじめ、気のほぐれた澄子も焼き鳥を食べた。

「木庭画伯の邸は大きな構えだな。金があるんだろう?」

彼は酔ったふりをして訊ねた。

「金を借りられないかな。子供が病気をしている。君、少しは都合がつくだろう」

「私、お金なんて無いもの」

「頼んでみてくれないか。困っているのだ」

彼女はだんだん厚かましくなった男の顔から目をそらした。これが夢中になって結婚しようとした男かと、ぞっとした。

「金がないったって、君はあの老人に身を任せているのだろう?」

「お金のことを言っても無駄よ」

彼女は女中を呼んで、自分の食べた焼き鳥の分を支払って立ち上がった。おい、待てよ、また会わないか、時々会わないか。男はうしろから未練らしく声をかけた。

澄子は木庭家に戻ると、秀豊に挨拶する前に風呂を浴びた。ついでに髪を洗ってから奥へ行った。

秀豊はいつもの通りの姿でウイスキーを飲んでいる。澄子はわけも分からずに胸が熱くなって、自分の居たい場所はこの家にしかないと思った。

「どうだったね。食事はしたのか」

秀豊は思ったより早く帰った澄子をみて、ほっとしていた。

「鳥料理やで焼き鳥を十本食べました。自分の分は自分で払ったの、私」

彼女は潔癖な少女のように言ったので、秀豊はほうと感嘆して、男は金を出さなかったかと訊ねた。

「出すものですか。終いにお金を貸してくれと言い出しちゃって。幻滅だわ」

「澄子は金を貸してやったのか」

「誰が、そんなこと! あんな人と思わなかった。初めから二度と会わないつもりでしたけど、一人になって歩いていたら、いやあな気持ちでした」

これで済んだという明るい喋り方をしていたが、風呂の中で泣いたのか彼女の眼は少し紅かった。

いじらしい気がして秀豊はいつの時の澄子よりも可愛かった。それからまた飲みはじめた。酔いが初めて心地よく全身へ廻ってきた。明日から新しい仕事にかかろうとする期待も湧き上がった。

「あと十年は仕事をしたいな。伊形先生にあやかると十七年は生きられる」

秀豊は残りの月日を数えながら、それまで澄子が離れずにいるとは思わなかった。しかし一年でも三年でもよい、そばにおいて自分の女にして暮らしたかった。君はいつまで家にいて描かせる気かと問うと、「一生」と彼女は答えた。一生だって、馬鹿を言うな、人間、先のことは分かるものか。彼は酔いながら、だんだん分からなくなって、

「澄子、よく帰ってきた。もうどこへも行くんじゃない」

と繰り返していた。そのうち彼は澄子に抱えられて寝室へ入った。

「こんなに酔って駄目じゃないの、先生」

澄子は馴れた手付きでパジャマに着替えさせていた。今日はなぜ酔ったのだろう、と秀豊は呟いた。惜しいことをした。明日からは違う。澄子を愛してこの腕に巻いて寝る。一年でもいいぞ。彼は澄子の首へ手をまわして自分の胸へ女の頬を押しあてながら、夢の中へ入っていった。

二つの棺

朝の町はまだ静かだった。高田馬場から私鉄で二つ目の中井駅のわきに川が流れている。妙止寺川というのだったか、さして広い川ではないが、昔はこの川で染めた布を水洗いしている風景をよく見かけたものだった。高田馬場あたりは染色工場が多い。男が川へ入って長い布を引くと布は水にたゆたって、余分な糊気を落すのである。川向いの住宅地は高台へと続いている。石段の伸びた四の坂の角に瀟洒な日本風の邸宅があって、故林芙美子邸である。恭子はこの道を上ってゆかないと、Ｆの家へゆく道順が分らない。それで急ぐ時もタクシーをここで降りて遠廻りに歩く。狭い石段を足早に不幸のあった家へ向いながら、急いでももう間に合いはしないのに、と思った。今朝早く雑誌社の知人から電話があって、

「お聞きですか。昨夜おそくF氏の夫人が急死されました」

と聞いた一瞬のおどろき。あ、彼女は死を選んだ、と思った。作家のＦがなくなったのは昨日の朝であった。

「心筋梗塞でした。長年の看護で過労だったのでしょう」

「すぐまいります。知らせて下さってありがとう」

恭子は受話器をおいたあと、夏というのに肌が粟立つような衝撃をおぼえた。Fが亡くなった同じ日の夜に夫人があとを追う、そのおどろきはおどろきとして、H子夫人らしいと思いはじめた。恭子はFと若い頃からの文学仲間だが、夫人ととりわけ親しくしていたわけではない。しかしFが死ねば夫人も半ば死ぬことになるだろうと思っていた。


Fは六尺豊か、という古い形容のあう大柄な男で、髪がふっさりして、北海道人らしい茫洋としたところと繊細な神経を合せ持っていて、すがすがしい人物だった。初めて訪ねてきた時は椎名麟三氏と一緒で、この人は小柄だが、Fは扉の上に頭が当りそうにみえた。戦後あまりたっていない頃で、焼け残った恭子の家の書架のドストエフスキー全集を貴重なもののように確かめていた。彼らは同人雑誌の誘いにきたのであった。Fは私小説をどう思うか、と恭子に訊ねて、その答えを充分聞かないうちに、自身の意見を言った。彼らの口から実存主義という言葉を初めて聞いたが、椎名氏の声は低くて確かりしていた。ふたりながら人間的に擦れたところのない、文学青年の情熱を失わない若々しさで、これから新しい仕事をしようと意気込んでいた。話合うと、Fと恭子は同い年であった。

「それで、生れた日は」と聞きあうと、彼の方が早かった。恭子はよかった、と思った。こんな堂々とした男を弟分に持っては叶わないからだった。ふたりより幾歳か年長の椎名氏はわらっていた。

その後彼らは揃って実存主義小説の旗手になり、Fは新聞小説を書く人気作家になっていったが、次第に観念主義をたどるようになって、日毎読む小説にも展開の苦しさを恭子は感じるようになった。

彼の本質の物語性の豊かさはまだ花開こうとしなかった。仕事の過重と低迷が重なったのか、Fは当時文学者の間にはやりになった覚醒剤をもちいるようになった。この薬は眠気を払い、頭が冴えて、閃きをもたらすという魔力を持っていて、抜けられなくなってゆく。文学仲間のもう一人は薬で心臓が衰弱して、外出しても駅のベンチに横になることが再三だといった。恭子は気にかかって、Fの尊敬する林芙美子邸をたずねて相談した。ちょっと行ってみよう、と林芙美子女史は立上った。彼女の家にはいつもたくさんの文学関係の人々が来ていたが、その合間をぬって庭下駄を履いた。広い庭から裏木戸へ出て石段を上ってゆくと、二、三分のところにFの家がある。

出迎えたH子夫人を一瞥して恭子はおかしいと思った。いつも快活な夫人はにこやかに女客を通して、間もなくFも現れたが、夫妻は二人ながら衰弱して、神経だけむきだしな顔をしていた。戦後の数年というものは文学復興期で、どの作家も仕事は多かった。Fの健康の具合は思わしくなく、夫人ともども薬の幻覚を見ていた。二人はその模様を語りはじめて、絶えず天井から微粒子が降ってくるといった。

「こう、ひら、ひら、ひら、と絶えまなし天井の埃りが舞ってきて、時折光ったものがきらっ、きらっ、としながらまじって落ちてきて……」

夫妻は天井に目を据えて、そこから舞いおちる微粒子のかたちを両手をふるわせながら示した。恭子たちはその手許を追いながら、宙へ目をやり、幻覚の妖しさに誘われた。夫妻は一体となって次元の違う闇に堕ちようとしていた。Fに付き添いながら、夫人はFに殉じようとしていた。彼と夫人は元々文学仲間だったようで、夫人は自分のゆめを彼に託してきたに違いない。純粋なFと、年上の包容力のある夫人とが同体であることに、恭子は滅びるも生きのびるも一つというぎりぎりを見た。この日の帰り、彼らを憂えた林芙美子女史も、たくさんの仕事を抱えていて、切り死するような激しさで、間もなく一瞬の発作のあと亡くなったのである。

中井の四の坂を登ってゆくと、女主のいない邸は森閑として音一つない。長い歳月だけが目の前をよぎってゆく。Ｆの幻覚の付《つけ》はきつくて、長く彼を苦しめた。実存主義文学が尾を引き、まだ物語《ドラマ》としての小説世界に踏みきれていなかった。Ｈ子夫人はそんな時、からっとして言い言いした。生活なぞはいざとなれば屋台を引いても親子四人くらい、なんとかなります。好きなように書いてみたら良いのです、と。恭子はそういうときの夫人を潔い、胆のすわったひとだと思った。その後、旧い仲間たちはそれぞれの文脈の中で仕事を進めながら、時折会った。互いの家を集り場所にする。ひとりは秋声の文学研究に打込み、ひとりは私小説の世界に立て籠り、ひとりは市井の人間に焦点をあて、Ｆはスケールの大きい長篇を書きはじめた。そのどれともちがう一隅に恭子もいた。Ｆが後半生の宿痾になった糖尿病を患ったとすれば、その頃からの酒と無理のせいだろう。彼はようやく物語の鉱脈を掘りあてながら、揺れていた。別の地味な文学の道を捨てきれなかった。時々きらっとした短篇を書いた。

「今度の、良いわよ」

というと、ほんとかなあ、と照れながら受けとめていた。彼は論じる時も、批評する時も、むきになったから、情熱をこめて貶されると、告白を聞くように胸に響いた。

ある日恭子の家で集りがあって、いつものように談笑に賑わっているとき、家の者が、一時間も前から家のわきに車が停っているという。恭子は出てみて目を瞠った。H子夫人と、長男に迎えた愛らしい嫁とが、灯を消した車の中にじっと待っていたのであった。医師から酒の制限を受けながら、彼は雰囲気に酔うと忽ち忘れてしまうのだった。いや、忘れない証拠に迎えに来させて、わずかに心にブレーキをかけている。夫人たちはこの団欒に加わり、Fは照れて、うちの小母さんが、と夫人を呼んだ。大きな身体の彼が病気だなどと誰も感じもしなかったし、彼自身も気にもしないふりだったが、暗い車の中にいた夫人はどんなだったか。やがて彼は一足早く帰ることになり、彼のそばでは小柄にみえる夫人と、車を運転する初々しいお嫁さんに支えられて帰っていった。あとに残る者は口をあけて見送っていた。甘ったれな奴、と仲間は言いながらうらやんだ。夫の出先まで迎えにゆくなどうれしい役割りではないのに、H子夫人はそれをした。そして少しもいやみでないのは、小母さん、といわれてわらう彼女の度量にちがいない。

中井の台地の上にあるF家は奥深い地形の家である。幾度か建て替えられて、母屋の奥に広い日本間の仕事部屋があり、大柄な彼にふさわしい造りだが、しばらく覗いていない。F家の門を入る時、胸をしめつけられる。今にも出迎える人がいない。朝だが沓脱に来客の履物があって、ざわついている。夫人の急を聞いて駆けつけた人が多いのだろう。ふいに引返したい気持になったが、若夫人に出迎えられて恭子はあとからついて行った。

奥の日本間は二間明け放されて、先客が四、五人いる。廊下から座敷を一瞥した時の光景は強烈であった。奥の間に白木の棺が安置されてFが眠っている。その傍らに真横に蒲団がのべられて、昨夜おそく息を引取った夫人が横たわり、顔に白布がかけてある。そばへ寄って坐りながら、目をあげると、わきの白木の棺に遺体が置かれている。これはどういうことだろう。夫人は起き上って、生前の良人のために挨拶をしなければならないのに。あれほど行届いたひとなのに、何も彼も捨ててしまった。枕辺の人が白布を除くと、急死した夫人は少しの衰えもなくて、生前のままの顔で眠っている。おどろきがこちらの胸に溜められていて、悲しみにつながらない。十数年も糖尿病を病んだ厄介な病人とつきあってきた夫人の眠りに、御苦労さまと言うしかないのかもしれない。人にうながされてFの棺の前へゆき、棺の蓋のところを開いて対面する。ふっさりした白銀色の髪をもつ顔は長い闘病にやつれて、嘗ての直情な、多感な表情はなく、見知らぬ顔にみえるが、頬に微かに笑みがあって、お別れをいっている。

彼の棺の下に横たわる夫人は、やはり後追いの死と言えよう。昨夜は仮通夜の客が帰ったあと、身近かな人だけになった。葬儀の相談もすんで、肩から力が抜けていた。長年看護に明け暮れた夫人は自分の時間というものを持たなかった。Fは目が次第に悪くなってからは片時も妻を放さなかった。死が真近にあって、やがて目前にきたのを凝視していた。臨終に近い夜には昼と夜の見境をなくしながら、絶えず夫人を呼んだ。夫人に手を摑んでもらうことが慰めになった。

「すまないな。あと一日か二日のことだ」

彼の目は眼底出血の古血が瞳孔に拡散して、血曇りがおきて霞む。見えない。死だけが確実に近づく。夫人は幾夜も眠らずに、気力で支えた。気持は張り詰めて弦のようにりんとしていた。このとき夫人も死の支度を自然に受け容れていたかもしれない。

Fは永い眠りについた。彼の葬送の準備も終えて掘炬燵に寛いで、夜食を摂りかけていた夫人は突然心臓発作にみまわれた。その場に偶然医師が居たから、すばやい処置がとられたが、彼女を生に引戻すことは不可能だった。誰も予測しない早さで夫人は逝ってしまったのだ。

恭子は二つの遺体の前に坐っていた。やがて葬儀社の人達がきて、新しい白木の棺を運び入れ、夫人の遺体を静かに棺におさめた。F夫妻に愛された若夫人が姑の美しい訪問着を抱えてきて、亡骸に掛けた。棺はFの棺の下へわずかに低く並べておかれた。白木を掩《おお》う錦は、男は白銀の錦、女は朱の錦であった。一対は痛ましいというより静かであった。


恭子は十数年も前に、やはり棺が二つ並んだ光景を見た日のことを思い出した。長い間忘れていて、ゆくりなく蘇らせた記憶である。

上野の稲荷町の大通りを入ると、寺町というのか寺の並ぶ一劃《いっかく》がある。その一つに恭子の母の実家の寺があって、恭子の祖父母も伯父もこの墓に眠っている。町中のことで、戦後に区劃整理があったのか寺も墓地も狭くなって、各家の墓地は同じ区劃に分けられて幾列にも並んでいる。墓石の大きさも高さも似たようなもので、よく言えば貧富の差がなく、ありていに言えば墓地の団地サイズである。墓詣りも人が多いと一方通行で、墓の前が狭いから、拝んだ者は引返さずに遠廻りして次の列の墓の前を通って戻ってくる。寺は本堂も住居も戦災のあと鉄筋コンクリートで建てられて、寺の機能性からいえば役立っているのだろう。

この寺である時亡くなった伯父の法事があった。午前中の集りなので恭子は遅れるのを気にして車を頼んだ。郊外から途中の混雑を見込んできてみると、日曜日の朝のせいか車は早々と着いて、寺にはまだ誰も来ていなかった。控え室へ上ろうとしているとき、外に粗末な霊柩車が着いて棺が運び出されたのであった。本堂と住居の間の渡り廊下に面したところに扉があって、そこは遺体の安置室とみえる。いや、ふだんは何に使われているか分らない。その暗室へ棺が運ばれてゆく。付添ってきたのは商家の主人らしい初老の男と、まだ三十歳くらいの息子とであった。棺は二体であった。狭いコンクリートの壁の室に白木の棺が並ぶと、わきは人一人通るのがやっとで、住職が枕許の台に燈明を灯した。父親のほうは陰鬱な顔で、すぐ外へ出て、霊柩車が去ったあとの門に立っていたが、若い男は棺の一つに手をかけて、ぼんやり燈明を見ていた。恭子は見るとなくこの光景を見てしまった。二つの棺は事故に違いないと思った。若い男は気付いて内から扉を締めた。恭子は見てはならないものを覗き見したぶしつけに気付いて、急いで控え室の座敷へ入った。住職の奥さんがお茶を運んできた。顔見知りのひとであったから訊ねた。

「二人も亡くなられたのですね。事故でしょうか」

「事故、といえば事故でしょうか。檀家に御不幸がありましてね」

「これからお通夜ですか」

「いいえ、おひと方の遺体は三時に火葬場へゆきます。あとの遺体は千葉のお身内が夕方までに引取りにみえます」

恭子は不審な気持で、寺の奥さんの顔をじっと見た。他人ならばなぜ一対に並べなければならないのか。奥さんはかすかに狼狽して目をそらせた。恭子は顔をよせて訊ねた。

「ひとりは若い男の方の奥さんですか」

「よくお分りですねえ。病気勝ちの、おとなしい方でした」

「なんとなく様子ありげですから。お商売のお家ですね」

「老舗ですが、実は内々に間違いがありましてね。事故と申しましょうか」

奥さんの目と恭子の目は近々と見合った。寺の座敷の冷えた空気のなかで互いの目がちかちかした。

「若奥さんと店の人が亡くなりまして、新聞に出ないとよろしいのですが」

表に人声がすると、奥さんは弾かれたように立っていった。恭子も立上って障子の硝子越しに廊下を見た。父親は帰るところだった。外に迎えの商用の車がきていた。息子は見送るでもなく半開きの扉の前に立ったままであった。車が去るとたばこを取り出して火をつけた。どこを見るともなく茫然とけむりを吐き出している。

一対の棺の男と女は、どんな経緯からか、どんな方法でか、死を選んだとみえる。恭子はもう一度垣間見たい気がしたが、動けなかった。検死のあとの遺体かもしれない。一日か、半日前には、まだあたたかい肉体で情死の約束をしたかもしれない。彼らの魂はまだ安置室にたゆたっているに違いない。それもあと三時間ほどで別々に引裂かれて、灰になりにゆく。

玄関に聞き覚えの声がして、今日の法事の施主の従兄夫妻と老いた伯母が来たのであった。この日は伯父の忌日で、伯父もそれなりに波瀾があった。寺はいろいろな死を見るところとみえる。挨拶を交している間に次々と身内の者の顔が揃ってゆく。気がつくと渡り廊下に立った若い男はいない。時間になって、集った人たちは本堂へゆくために渡り廊下へ出て、二、三段高い本堂へ上ってゆくが、誰も扉の奥に棺が二つ眠っているなど、思いもしない。若い男は扉のそばの小さな椅子に掛けているかもしれないし、外へ出ていったかもしれない。生きているうちは恋かもしれないが、死ねば忽ち引き裂かれてゆく遺体を、それも世の中の決りなのだと考えなければならない。死んだ若い妻は、夫に詫び続けたかもしれないのだ。残された夫を見たせいか、情死した者も、残った者も、痛ましいのだった。

本堂での住職の読経の間、思いがけない出来事に頭の中はゆれていた。先刻父親の乗っていった車の胴に「金宝堂」と書いてあった。どこかで聞いた名だと思いめぐらしたが、記憶に浮ばなかった。読経を聞きながら恭子は廊下へ目をやった。若い夫は閉された安置室にはいないだろう。燈明の点る仄暗い室に今あるのは二つの白木の棺ばかりだ、と思うと、一瞥しただけの棺が長々と伸びてくる。あとしばらくの間並んでいられる棺から、小さな音や、囁きが洩れて、それは読経の声の下で微かにわらっているようにきこえた。

法要は終った。集った者たちは玄関へ出て、本堂の横を通って墓地へおまいりにゆく。いつ来ても殺風景な、狭苦しい墓地である。死んだ若い妻もこの墓地のどこかの墓石の下に埋められるのだろう。死の一ときしか彼女の自由はなかったろう。狭い墓道を歩きながら、ここに眠る骨たちはくっつきあっているからさびしくないかもしれぬと思った。

「金宝堂って、知らない」

前をゆく従妹に聞いた。

「知らないわ。なんなの」

まったくなんなのだろう。店を知ったところではじまらないのに、死んだ者が次第に哀れに思えてくる。一対の死は幸せな後生を感じさせてはくれないのだった。

その日から数年あとである。金宝堂を見つけた。本郷湯島の台地に数年間住んでいたことのある恭子は、湯島天神から広小路あたりをよく歩いた。前にも見ていたのだろう、切通し坂下の通りに金宝堂の看板が出ていた。眼鏡とレンズを商う大きな店構えで、昔は宝石を扱ったのかもしれない。真中に飾り窓があって左右から店へ入るが、わきに仕入れ口もあるから卸しもしているのかと思う。店は落着いた感じで店員の姿は見えるが、用もないのに入ってゆくわけにゆかない。とっさに買物も思いつかなかったので、しばらくウインドウの前にいたが主人の顔は見えなくて、そのまま帰ってきてしまった。

それからまた日が流れた。伯父のところの法事があって稲荷町の寺へゆくことはあるが、渡り廊下の扉の中はいつも思い出すわけではなく、忘れてしまっていることもある。それでいて上野へゆく時など切通しのあたりを通ると、反射的に町の看板を見る。夏ごとに信州の山小屋へゆく朝は、車で通りながら、意識もしないのに目がぱっと窓越しに上へ向く。古風な看板のある二階の窓のあたりに霊気でも籠っているような妙な気分になる。金宝堂の前を過ぎてしまえばまた忘れてしまうのだった。

年の暮、雑誌社の取材で上野から本郷を廻ったことがあった。親しい女性のMさんが担当であった。上野の池之端をすぎて根津神社から本郷の菊坂までまわって、湯島切通しへ降りてくる車の中で目がいった。当然見えてくる場所に、その店がない。無意識だったが顔を窓によせていたとみえる。通りすぎてから気がついた。白っぽいビルディングが建っていて、金宝堂と記してあったようだし、眼鏡の店でもあった。振返って車のうしろの硝子窓越しに確かめていた。不本意な気がした。老舗らしい店構えが心に残っていて特別の感情を抱いていたのに、ありふれた小ぶりなビルディングになってしまって、風情というものがない。旧い家系に残るいのちや、歴史や、家風まで消しとんでいってしまった。恭子が知らずに目をあげて確かめていたのは、家というものの在りかと、そこに在ったひとの姿と、生きた人間の息吹だろう。家居の翳やひずみに泣く者もいるだろうと思いもした。家はそういうものだった。白っぽいビルディングは家ではない。

通りを曲ったところに古い店付の小さな天ぷらやがあって、その二階に昼食の座敷がとってあった。Mさんの心遣いだろう。湯島天神の木立が座敷の窓から仰げるから、あの店もすぐ近くかもしれない。中年過ぎの細立ちのおかみさんが挨拶にきたので訊ねると、戦後ずっと住んでいるという。

「表通りの金宝堂は、いつからビルディングになったのですか」

と恭子は聞いてみた。

「一、二年前でしょうか。このあたりも変りました。湯島天神のまわりにも大きなラブ・ホテルが軒並み建つありさまで」

湯島天神に近い仲坂は広いゆったりした傾斜の坂で静かだったが、今はラブ・ホテルの町になっている。湯島の高台から上野の町へ降りる傾斜地には、急な細い石段や、石段に沿った家や、途中に横町があって、下町の住宅地であった。今はどうなっているだろう。

「金宝堂に若い奥さんがいたでしょう。亡くなったひとです」

「よく御存じですね。お知合いでしょうか」

おかみさんは顔をひたと向けた。

「お寺が一緒で、見かけたものですから」

「弱い方で、出養生をしていらしたですよ」

商家は家が職場だから病人が出ると別宅へおかれることが多い。今ならアパートだろうが、その頃は崖下の小さな家かもしれない。若い夫も時には一緒にいたろうか。

「うちからも食べ物を運びましたよ」

「若くて亡くなったようで、気の毒ですね」

「商家のお嫁さんは丈夫でないと勤まりません。あちらも両親がいることですし、そりゃたいへんです。主人でも優しくしてくれませんと、生きてる瀬がありません」

「子供さんはなかったのかしら」

「あればよかったのですが。ひとりでひっそり休んでいて、さびしかったでしょうね。後添いの奥さんには二人出来ましたよ」

「両親はまだ健在で」

「まだ健在で、ぴんしゃんして」

おかみさんは苦笑して、恭子の前から下っていった。喋り出すとなにを言うか分らないと思ったのかもしれない。恭子の顔をみて、Mさんが物問いたげにする。恭子にも話すほどの詳しいことは分っていない。月日が流れて、建物が新しくなって家の相が変ってしまい、青年は壮年になってどんどん過去は過ぎてゆき、今の生活があって未来へ続いてゆく。恭子も見覚えのある金宝堂の店を失ったから、二度と顔をあげて過去を探すこともなくなるだろうと思った。家に憑いた霊もようやく自由になって消滅するに違いないのだ。

Mさんがあとの時間をどうするか、と訊ねた。恭子は近くの坂の横町へ入ってみて、台地の崖を仰ぎながら歩いてみたいと思った。まだそこらに古い町の匂いが残っているかもしれなかった。

一年前の夏のことである。恭子の毎夏過す山小屋は中軽井沢にあって、Fの山荘は浅間山の麓の北軽井沢に近いところにある。かなり離れていることだし、お互いの仕事の邪魔をすることはないのだが、この時は事情が違っていた。Fが新聞小説を書き上げたところで、健康が思わしくなく、遺書のつもりで書いた、とあとがきに記したからであった。新聞小説には気力の衰えは感じられなかったが、病状は進んで入院退院を繰返したと聞いた。目も思わしくないという。見舞いたい、と知らせると、山裾の食糧品店まで買物がてら迎えにゆく、と夫人は言ってくれた。

約束の時間、H子夫人はその売場に来ていた。山から週に一度降りてきて買物をするという。必要に迫られてか夫人は車の運転をするようになっていた。髪を掻き上げた夫人のひろい額が白い。目はいつもにこやかだった。車を運転して浅間山への山道を迂回しながら、夫人は話した。Fは入院していたが、検査の続くのに堪えかねて、しきりに山へ来たいと言い、医師もようやく折れたという。余病があって、糖分をとってはいけない、塩分もいけない、カロリーにも制限があって、おびただしい薬をのまなければならない。夫婦二人きりで酸素ボンベを持って山荘へきた。暑い夏をなんとかやり過そうとするFの願いが、山へ向わせたのだ。山荘は浅間牧場に近い、林の中の分譲地の一画にあった。人里離れたところで、管理事務所にも日用品はミルクと新聞しかないという。山荘は林の中の一軒家だが、瀟洒な二階建てで前庭に野の花が咲いている。一階の居間は吹き抜けで、階段がまわっていた。彼はどこに休んでいるのだろう。夫人が急いでお茶の支度をしようとすると、階上から待ちかねたようにFの声で、恭子の名を呼んでいる。

「行ってもいいでしょうか」

恭子はスリッパでのめりながら、急いで階段を上った。吹き抜けの奥の部屋の前庭に向いた窓際にベッドがあって、彼は横たわっていた。目の曇りが霽《は》れていれば飽かず前庭から表の径を見ているだろうし、人が通らなくても小鳥や栗鼠を眺めるに違いない。Fはベッドに横たわりながら、入っていった恭子を迎えた。目の薄れた人に声をかけながら、こんにちは、と言うとき、手を差し出すと、彼も気配に手を差し出した。

「私が見えて」

「ええ。ぼんやりと輪郭が見える」

彼は笑顔になって、そう言った。痩せてはいたが、顔に表情があった。夫人が家を出ていってから、戻るまでの小一時間は長かったろう。目は明るさの判別はするが、ほとんど見えないという。ある時期には血曇りが薄らいで見えてくるという。新聞小説を書き続けるときも大きな枡に毛筆で書かないと、自分の字が確かめられない。彼の毛筆の字は闊達で見事なのを恭子は知っていた。時たま毛筆の便りをもらったが、字を確かめるために、とは知らなかった。

ベッドのある部屋は広くて、片側に大きな机と書棚があった。夫人がお茶を運んできて、うしろのベランダを指して、Fはそこから自然林を眺めるのが好きなのだ、と教えた。薄れた目で透明な自然をとらえるのだろうか。珍しい鳥もくるだろう。日頃、目を粗末にしてなにも見ていない自分に恭子は気付いた。Fは息の長い長篇小説を書き続けて、故郷の北海道に材をとりながら雄大な現代史を仕上げた。十数年も糖尿病に苦しみながら今度も仕事をした。半年の命と宣告されながら乗り越えた。今はおまけの日々と彼はいう。夫人の介添えでベッドの上に起きた。髪が一層白くなっている。夫人が紅茶を手渡すと、手に持ちながら、外気を運んできた仲間を確かめるように顔を向けた。病院をぬけ出してきて、容態が悪くなったらどうするか、自分でも心許ないけれど、好きにさせてもらったという。

「山荘の夜はなにか聴いているの。私は町場育ちだから、外が真暗で静かだと、気になるのよ」

「静かなのはいいよ。時々息子や孫たちが来ると、さみしいなどと言っていられない騒ぎになる」

彼は珍しく孫のことを言った。恭子は仲間の間で孫の話を聞いたことがなかった。話したくも恭子には子も孫もいない。仲間の一人がポルトガルのリスボンの海を見に、息子と連れ立ってゆくと聞いた時、いいな、と思った。息子と旅をする情景にあこがれた。Fとはこれまで文学のことのほか話をしなかった。彼を見舞って、孫の話をしてなんになろう。しかし病んで、焦点の定まらない病人にふさわしい話題は何だろうか。晩年の長篇を終えて、一生の幕を閉じる気になっているらしいことにも気付いた。彼は物語を充分書いたから、これからは心のおもむくままを吐露して、いのちのしたたりを一行ずつ書いてもらいたい。心がひらけて別の文学の道が見えてくるかもしれない。それこそ彼がずっと望んできた本道ではないのか。

「そのうち、短い、みじかいものを、口述してはどうかしら。そばにこの上ないひとが付いていることだし」

「それは、だめだなあ」

彼は言下にいった。文章は書きながら創るもので、口述は文体や思惟を完全に生かすことは出来ない。長い病中も一日に五行、十行と凝縮した時間を維持してやってきたのだ。彼はそういった。恭子は顔をあかくして、そうよね、と頷いた。Fの凄絶ともいえる日々を覗いた気がした。

窓から入る風は恭子の山小屋より涼しく、山の近さを感じさせた。ガウンを着た彼の手にケーキ皿がのると、酒の好きな、酔うとたのしい彼が、ケーキを食べた。ケーキを置いて紅茶を持つとき、手がふるえて、あてどない目になる。夫人が手をそえる。

一ときして帰る時間を計った。疲れはしないかと気になった。

「きっと恭子さんのほうが先に山を降りるだろう。ぼくは秋風の吹くまでいる。ここだと呼吸が楽だから」

「じゃ、帰るまでにもう一度来ましょう。その時は私の顔がもっとよく見えるわ」

「そうだね。そろそろストーブを焚いているかな。ここは秋が早い」

恭子は別れを告げて階段を降りはじめた。人が車に乗って帰ってゆくまでFは二階のベッドの上から窓越しに見送るという。前庭へ出て振返ると彼の肩と顔が見えた。手を振ったが、それはむなしい行為だった。

夫人は車で恭子を送ってくるのだった。恐縮すると、いえ、たまの遠出で、と夫人は言った。車は走り出して林を抜けてゆく。車が山荘を出た時から、彼は夫人の帰りを待つのだろう。夫人は気丈で、明るかった。愚痴は一言もなかった。今からはそれが恭子の心頼みになった。Fはあなたに頼っている、あの大きなひとが、と笑って言うと、彼女も笑っていった。

「年上女房で……」

わずかにはにかみながら、そう言った。山をめぐってゆき、崖のカーブにかかると、夫人は真剣にハンドルを切った。下界の木々は午後の日の中で暮れかけていた。

Fは一年あとに亡くなった。そこまで保ったのは生命力と、まわりの思いの厚さだろう。一ときはかなり良くなった。彼の晩年の作品がある賞を受けて、夫人が代りに壇の上で賞状を受け取ったのは、Fの感謝の贐《はなむけ》かもしれない。それから五カ月あとにあの日がきた。

二つの棺はしばらくの間恭子の目から消えなくなった。雨の降りしきる通夜の晩も、寺での小雨のぱらつく葬儀の日も、落合の火葬場へ行った時の光景も、目に灼きついている。ふだんならば夏のことで信州へ行っている時期だったが、恭子のところの小型の老犬が十四歳半で急に発病し、哀しげに彼女を仰いで訴えながら、翌日には息を引取った。犬は恭子のそばにいつもいた動物であったから、寝ても起きてもさみしく、やりきれなくて、旅どころか一歩も外へ出なかった。そこへ追打の知らせが一つ、また一つ、やってきたのだ。死別のショックは人も動物も変らないし、また馴れるということもない。

一対の棺は以前に見た光景を思い出させた。暗い水槽からぽっかり浮んでくるように見えてきた。

人間は年とともに頭脳の中の何万の記憶のスイッチを消していって、失ったあとの底のほうから残った記憶が蘇るのかもしれない。

Fが亡くなっても、悔みをいう相手がいない。なんだか締まらないし、二つの死は重い。集った者は憂いととまどいを抱いてぼんやりしている。憂いながら美化して受けとめようとしている。遺族も、「おふくろらしい死に方でした」といった。そう思わなければあきらめがつかないだろう。Fが死んだ時、これからお母さんの思うように生きて下さい、と息子はねぎらった。そうさせてもらうわ、と彼女は言った。机の上には一生溜めた思いを吐き出すためのノートが置いてあったという。やはりH子夫人は残ってFとの人生に何かをつけ加えてもらいたかった。

落合の火葬場までゆくのは恭子はつらかった。遺体の焼かれるのを見るのは誰の場合もつらいが、今度もつらい。ずいぶんと長い友達だった。欲をいえば「葉蔭の露」くらいの佳い短篇をあと一つ書いてほしかった。焼香の間、そう思った。火葬場へくると、いよいよお別れである。ざわめきが起きて、人が寄ってゆく。読経が聴える。Fの棺に別れを惜んだ人は、隣の棺へ移ってゆく。となりの棺の人はこちらへくる。やはり異様であった。恭子は足が疎んで、仲間のAと端しへ端しへと退っていった。もう充分だった。あちらの棺には女性たちが寄って、お別れをしている。あいつは一人で黄泉路をゆくのがいやだから、H子さんを呼んだのだ、と誰かが通夜の席で言ったのだった。

人はさまざまな終り方をする。二つの棺が並ぶのも一つの終りである。良いも悪いも、あとに残った者の身勝手に抱く思いと感傷だろう。白木の棺は係りの男の手で蓋をされ、並んで窯の中へ押してゆかれ、扉は閉じられた。二つの幽魂は、やがて鴛鴦《オシドリ》になって飛び去っていったかもしれない。

ヒースの丘

　ロンドンのキングス・クロス駅に着くと、広い駅舎の屋根の下には幾條ものレールが伸びて、列車が並んでいる。朝の構内には旅立つ人の緊張した顔がある。

　木島と恭子は案内役の宮内のあとからついていった。まだ若くて大きな体軀の宮内は、恭子のボストンバッグを軽々と運んでくれた。オックスフォードに一年近く留学中の宮内も、エディンバラ行の列車は初めてだという。座席は日本の新幹線のグリーン車よりゆったりしていて、四人掛けに三人である。

「思ったより空いていますね」

　宮内はほっとしていた。となりのホームに入ってきた列車から、ロンドンの町中では見かけない近郊からの田舎びた人たちが降りてくるのを、恭子は見ていた。

　定刻午前十時に特急インターシティ号はホームを発車した。晴れた五月の朝で、ロンドンのくすんだ町をあとにしてゆく。ロンドンは久しぶりである。大学教師の木島と、いくらか物を書く恭子とは、時たま外国へ骨休めに出かけるが、いつもパリの定宿に泊って、前後に小旅行をするのが精々だった。今年は教え子の宮内がいるせいで、イギリス行になった。木島は二年あまり前に大手術をして、まだ薄氷を踏むところがあるし、恭子もめまいがしたりして、だんだんと旅が億劫になっている。もう歩けない。ロンドンはやめにしたい、と口の先まで出ていたが、木島は言った。

「エディンバラへ行ってみないか。メアリ・スチュアートの城もあるし、景色も良いだろう。それにヨークの町も仲々趣きがあるそうだ」

その時、彼女はふいに目をみひらいた。

「ヨークなら、もしかして『嵐ヶ丘』へ行けないかしら」

「むろん行けるだろう」

恭子は、決めた、と思った。一生の終りに近い旅に『嵐ヶ丘』へ行くことが出来たら本望である。まだ若かった昔、物を書くきっかけになったのは、ブロンテ姉妹の小説を読んだからである。エミリー・ブロンテの『嵐ヶ丘』のすさまじい男女の愛執と、復讐とは、胸に灼きついていたし、シャーロット・ブロンテの『ジェーン・エア』は、男と女の愛に燃えた会話のどの一行も暗記して忘れなかった。昔の情念をもたらすような感情が蘇ってくる。

「ヒースの繁る丘も、姉妹の牧師館も、この目で見られるわね」

「見られるとしても、少しは歩かなければ駄目だろう」

「むろん歩くに決ってます」

木島は苦笑しながら、女は眩暈がすると言っても、街の飾り窓に額をぶつけて欲しいものを見ているからねえ、といった。

出発の前に病院で木島は旅行の許可を得た。医師はそのあと恭子を診て、

「リンパ腺が少々腫れています」

と目聡く見た。しかし検査をするには時間がなかったので、帰国早々と決めた。不安がなくはなかったが、

「よかった、大したこともなくて」

というのは彼女自身で、今を糊塗すれば、あとはどうでもいい、どうにかなるというのが常だった。

ロンドンへ来るのは二十年ぶりであったが、四日目に彼らは予定通りインターシティ号の客になった。列車は町を離れて青い丘陵地をひた走る。これから行く未知のスコットランドの都が両手をひろげて待つようである。

「エディンバラの例のガイドと連絡はついたの」

木島はシートに寛いで、宮内に訊ねた。

「会社の課長と電話で話しました。ガイドのイゼキという人は押さえたそうです。公認のガイドではなさそうですが」

「名前は分らないだろうね。いや、違っても元々だから」

木島はそう言った。ロンドンへきて最初の晩だったが、宮内が知人に紹介されたガイドの名をいうと、木島はこだわった。エディンバラに宗広百合がイゼキ某と住んでいる、と以前聞いたからである。

エディンバラにいま日本人がどの位いるか分らないが、イゼキという名はそうはいない気がした。

「その人物と、知合ですか」

宮内は気にして聞いた。

「昔知っていた女性が、その名前の男と住んでいると聞いた。十二、三年も前の話で、ロンドンからアイルランドへ行って、その後エディンバラに流れていったという風聞だった」

「その人は、玉井先生の前の奥さんじゃありませんか」

「よく知ってるね」と木島は思わず言った。

「学部で知らない者はいないでしょう、伝説ですから。玉井先生の奥さんは美術学部に籍のあったころから美人で、才気勝れていて、学生のあこがれだったようですね。ぼくはよく覚えていませんが」

恭子も、宗広百合を思い出していた。明眸というのはああいう女性をいうのだろう。黒い大きな瞳は光って、意志的で、背はすらりとして、動作は明るかった。彼女は大学院の途中で常勤講師の玉井と結婚した。恭子が彼女を見たのは、頼まれ仲人で木島と結婚式に出た前後であったが、似合の新夫婦に思えた。百合は結婚しても大学院を続けていて、グラフィックの仕事もめざましいと恭子は聞いた。若い夫婦は中年過ぎた恭子の目には眩しく頼もしく、可能性に充ちていたのだ。玉井は助教授になると間もなくロンドンの科学研究所に一年の予定で招かれてゆき、やがて彼女も夫のあとから海を渡った。

「無理して自費で行ったそうだ。グラフィックの勉強がしたかったのだろう」

と木島は恭子へいった。百合の両親は早くに離婚していて、彼女は母に育てられたが、母にも死なれたのだった。金の無心は、再婚して妻も子もある父にせびったという。そのくらいのことはやりかねない、と木島は苦笑したのだ。彼の聞いているのはそこまでだった。夫婦の仲は睦まじいものと思っていたが、しばらくして二人はロンドンの生活を終えて去る日を目前にして、百合のところへ海を越えて若い男が飛び込んできたのだった。男は彼女がアルバイトで教えた学生だった。ふたりの間を知って玉井が妻を呼びよせたのか、彼女が自分からロンドンへ逃れていったのか、それは分らない。若い男に引ずられてロンドンをあとにしたが、ブリストルの海で死んだ、と噂が流れた。アイルランドに渡ったのを見た者がいて、玉井は男が働くらしい海のヨットハーバーまで探しにいった。さまざまな曲折はあったろうが、百合が日本を捨てたことで、玉井もあきらめがついたのだろう。彼が帰国してから、エディンバラにいるらしい、と風の便りに木島は聞いたが、月日が流れて、少しずつ噂の渦から消えていった。

木島がイゼキ某にこだわると、恭子のうちにも百合の顔が蘇ってきた。それにしても十三年は遠すぎた。

「玉井先生は温厚な人でしたね。顔は知っています」

宮内は神妙にいい、木島も頷いた。

「今は九州の大学で、平穏に暮しているよ。再婚して子供も出来た」

列車は快速にイギリスの草原を走り続けた。行く手になにがあろうと、歳月が人間の関係を風化してくれるだろう、と恭子は思った。いつからか列車の片側の青い平原にそって海が見えてきた。美しい北海が陽に光って、海岸線を列車はひた走る。恭子と二人の仲間は、うつけたように海に魅入った。

エディンバラへは午後おそく着いた。列車のホームに日本の電子関係の会社の課長が出迎えていた。宮内の知人の紹介で、課長の中川がホテルへ案内してくれた。駅から賑やかな街を走ってゆくと、ホテルはすぐである。古めかしいホテルのロビーから、ボーイの案内で先に荷物を置きに三階の部屋へ行き、恭子は落着いた部屋を確めながら窓へ目をやった途端、異様なものを見た。窓の目の前に石の城が聳えている。午後おそい薄陽の下で、ハムレットの父の幻霊がさまようような中世の暗い城砦《じょうさい》が迫ってくる。

「おお、怖い」

恭子は呟きながら、権謀術数に明け暮れた時代の城か、と仰いだ。木島も岩山の上の巨大な城構えに目をあてている。

「お城の見えない部屋に替えてほしいわ」

「ばかだな。ここではエディンバラ城が御馳走なんだ」

古い城を不気味に感じることはあるが、この城は冷たく威圧的である。

階下のロビーへ降りてゆくと、中川が部屋はどうか、と聞いた。結構です、と木島は答えた。宮内をまじえて彼らは喫茶室で休んだ。

「うちの会社は十年前からここで電子関係の部品をつくっています。工場は現地人がすべてです」

日本の企業がここまで進出していることを、男たちは語りあった。

喫茶室の入口に一人の男が現れた。黒っぽい服を着た、痩せて長身の男である。長髪の下の額は広く、目はやや窪んでいる。年齢は定かでない。恭子は一目でイゼキだ、と知った。人々の目も同時にそそがれる中で、彼は真直ぐに寄ってきた。観光のガイドと言うよりは画家か、彫刻家か、自由業の人間に見えた。彼の差し出す名刺には井関保《たもつ》と印してあった。今日は挨拶に来たが、スコットランドの日没は遅いから、充分城も、ロイヤル・マイルと呼ばれる中世の美しい建物の家並も見られます、と言った。

「君は、エディンバラは長いですか」

木島も井関に目をそそいでいた。

「ここへきて十二年になります」

「日本人とつきあう機会は、多いですか」

「仕事で時折」

言葉は丁寧で、静かだった。お茶を済すと、彼らは車で街へ出て、古都を巡っていったが、どこからも城が見えた。女王エリザベス二世がエディンバラにきて泊る宮殿の前から、一直線の道路は井関が言うように見事に風格があった。昔は威風堂々の軍人が城へ向ったのだろう。行き着く先は城の門で、高い岩壁に三方囲まれた城郭《じょうかく》の門前の広場へ出る。衛兵が立つ。

「ああこの広場がタータン・チェックのスカートをはいた兵士のお祭りのあるところでしょう」

恭子はここまでで、内部の城も礼拝堂も見たくなかったが、観光客はこの国の象徴である城を観なければならない。どこの国の城も戦さの匂いがするものだが、エディンバラ城はとりわけ戦闘的な、血なまぐさい過去が立ってくる。武器がやたら多い。王の居間も、メアリのお産の部屋も、心やわらぐものがない。思わず井関に言った。

「このお城には優美さがありませんわね。女王メアリの一生にもたのしいことはあったでしょうに」

「メアリの生涯は仲々すさまじかったですから。イングランド女王エリザベスに逆って再婚して、やがてその夫を謀殺するでしょう。それから愛人と結婚しますが、御承知のように結局はエリザベス女王の手で絞首刑に遭います。不運というかどうか」

「城の運命というのは、極楽と地獄の紙一重のようですね」

「そう、ドラマといえます」

二人の前を男たちは歩きながら、牢獄のあとを見にゆこうとしていた。恭子は彼といつ百合の話を交すことになるだろうか、と考えながら、スコットランドに埋没したような彼等は果して極楽であろうか、と考えていた。

城の地下を見て、裏手の営門を出ると崖上の出口である。黒く翳った城郭は巨大な牢獄のようだ。空にはまだ明るさがあって、眼下の町が一望である。その先は入江の海と対岸である。彼らは崖の際のベンチに掛けて、悠大な自然の風景を眺めた。風の快い季節だった。良い夕暮だなあ、と宮内が言った。

「きっとエディンバラの一番すばらしい季節でしょう」

「ここは冬が長いのです。凍てた冬は空気が針のように尖っていて、人間にじっとしている時をくれます」

井関はいった。中川が屋台からコカコーラを運んでくると、みんなに配った。明日のドライブのことも相談しなければならない。木島はベンチに憩いながら、そばに立つ井関に、前より親しい口調で話かけた。

「ぼくらを知っていますか」

「ええ、中川課長にお聞きしました」

「百合さんと一緒の井関さんでしょう。いま百合さんはどうしています」

井関は答えない。恭子は顔をあげて、彼の答えが遅い、と思った。

「あれは、亡くなりました」

彼らのコカコーラの瓶は一斉に止まった。恭子は井関を仰いだが、木島がなにをいっているか分らなかった。

「……一年二ヶ月になります」

周囲の人間より落着いた声に聴えた。

「知らなかった。病気でしたか」

「膵臓でした」

俯いたまま彼は答えた。エディンバラで何かが終った、と恭子は思い、今まで生活者に見えた男が、ふいにドラマの中の人間に還ってゆくのを感じた。

翌朝の出発は九時だった。少し早めにホテルのロビーへ出ていった恭子は、窓際に立っている井関を見た。

「お早ようございます」

昨日のことは何もなかったように彼は朝の挨拶をした。しかし長髪の下のやや窪んだ眼には翳があった。

「昨日は思いがけないことでしたわ。ドライブの間、百合さんの話をしないほうがいいでしょうか」

「自由になさって下さい。思い出していただくと、死んだ者の慰めになります」

男は呟くようにいった。

「昨夜は木島とブランデーを飲みながら、人間の死についてぼそぼそと喋りました。木島は二年ほど前に大きな手術をしましたし、私も医師から要注意の人間なので、これが最後の旅かしら、と内心思いながら、それでも旅に出た今は、たのしくと思っています。若くて亡くなった方が傷ましいわ」

「あれは最後まで気丈な病人でしたから、今も時折、死んだのは自分で、外から帰ってくるのは彼女のような気がしています」

「いいお話ですねえ。きっと愉しい暮しだったのでしょう」

「人にそう言って頂くのは初めてです。百合は大分前から疲れ易くなっていて、予感があったのでしょう、毎日を大事にしていました」

彼がなお何か言おうとした時、エレベーターが開いて木島と宮内が一緒に出てきた。今日は一日天気任せで、気ままなドライブに出るのだった。中川課長が配慮してくれたハイヤーが待っている。胴体のやたら長い、立派なロールスロイスで、運転手はうやうやしくドアを開いた。

「すごい車だ。ガソリンをくうなあ」

宮内は言った。座席は二列に向きあっている。車はニュータウンから北へ進んでゆき、入江の海に向うと、飛行機が東から西へ飛び去ってゆく。

「昨夜食べた舌ひらめは、どのあたりで獲れたのかな」

と宮内は晴れた青い海へ目をやった。昨夜はホテルの近くのレストランで食事をした。

「舌ひらめのムニエルは大きかったね」

「大食漢のぼくしか片付けられませんでしたね」

エディンバラに日本料理屋はあるか、と木島は聞き、井関は答えた。日本の企業の進出はこの都の表情をも少しずつ変えてゆくのだろう。夜のレストランの帰りに、恭子はまた照明を浴びたエディンバラ城を目にした。いよいよ幻霊をよぶ青白い城は不気味である。だが男たちはなにも感じないのか平気で歩いている。井関も百合もエディンバラへ来て、この城を受け容れた。城にこだわる自分がへんなのか、と恭子は考えていた。北の海に架かるフォース橋《ブリッジ》を渡り、スコットランドの自然を満喫していると、一時間ほどして静かなフォークランドの町の石畳の坂へ来た。いかにも由緒ありげな石造りの建物を見てゆくと、中央広場で車は停った。そこに紋章入りの城館と鉄の門がある。

「フォークランド・パレスです」

井関は一日のドライブの最初の息抜きをすすめようとしていた。彼らは今日セントアンドリュースのゴルフ発祥の地まで行くのだが、おかしなことに誰もゴルフをしなかった。

「ここは十六世紀半ば、スチュアート王家の狩り場でした」

広場には教会が建ち、中央には古風な聖者の口から噴水があふれ出ていた。古い清潔な町並に、アンティックの店と、骨董やがあるが、まだ店は開かないし、カフェも支度中だった。歴史のある石造りの建物は気品があった。

「ここへ来ると誰もほっとするだろうね。さすがに君は良い処を知っている」

「狩り場だっただけに周囲の草原が広々としていますし、昔のテニスコートもあります。石の家も朽ちずに面影をとどめていますが、住みにくいといえば、まあそうです」

「イギリスはどこも似たようなものじゃありませんか」

と宮内が問いかけた。

「ぼくらは、ロンドンを出てから放浪して、ずいぶんさまよいましたが、結局この町に落着きました。以来ずっと住んでいます」

「百合さんがここで暮したなんて」

恭子は胸をうたれながら、高い塔のある町を見廻した。男には悪いが、辛かったのではないか、という気がした。

「今はどうして暮しているのですか」

「むろん百合と住んでいますよ、そのまま何も変りません」

「どの辺りですか。よければお宅の前までででも伺いたいわ。亡くなった方が呼んでいる気がするんです」

彼女は不遠慮な申し出を木島は咎めるかと思ったが、自分の目で確かめずにいられなかった。

「時間の差しつかえがなければ寄って下さい。百合はよろこびます」

井関がそういうと、宮内は、ぼくもお寄りしていいですか、といった。木島はこのなりゆきに感慨深げだった。

教会わきの石畳の坂を降りてゆく間、人は通らない。坂道を一つ曲ったところに古びた二階家があって、彼は階段を上ってゆく。扉の鍵をあけると、そこは居間だった。ソファと暖炉があって、真中の卓は仕事机になるのか大きい。女の住んだ家らしく花模様のクッションがあったが、家の中はひっそりしている。井関は客を招き入れて、上下に開く窓をあけた。恭子は暖炉の上に飾られた数葉の写真立てに目をそそいだ。すべて百合のポートレートで、昔の彼女と変っていない。髪を短くして若々しく、教会でオルガンを弾いているもの、広場の祭りに立っているもの、井関と顔をよせてわらっているもの、どの服装も飾り気がなかった。壁に額縁に入った二号の絵が飾ってある。恭子はじっと見た。前に革絵をたのしんだことがあるが、これは『カテドラル』で、教会の内部が生き生きと描かれている。羊皮《ヤンピ》に下絵を描き、へらで肉付け《モデリング》してゆくのである。

「百合さんが皮革を、いつから」

「以前は二人ともグラフィックでしたが、ぼくが青を使うようになると、罷《や》めた、といって、それっきりでした。皮革の浮彫《レリーフ》は前に少ししたことがあるようです」

「一枚の皮を小刀で彫ってゆく?」

木島はじっと眺めた。

「皮のテクニックよりも、色彩がいいわねえ。しぶきで出した茶色かしら」

井関は頷いて、奥からハンドバッグを持ってきた。紫色の冴えた植物染料だった。濃い紫は日本的な、あまりに日本的な色だった。

「エディンバラの町へ行ってもこの色はありません。彼女の独創性を買って、持ってくるように、という工芸店もあるのですが、百合の創るのは限られた数ですから、商品と言えるかどうか。ぼくのグラフィックは、日本へ送って友人の画廊に飾っています」

彼は月のうち十日ほどガイドの仕事をして生活の資にしている、といった。百合と彼の楽しみはフォースの海で釣をすることだった。

「彼女は小さいころ父親の転勤先をまわって釣を覚えたようです。ぼくとも葛飾の水郷へよく釣にゆきました。ぼくの大学受験にアルバイトで来ていましたから。むろん彼女の方が先生です。ぼくらはずいぶん昔からの仲です」

井関は窓の椅子に掛けて、外へ目をやった。

「彼女が玉井先生と結婚すると、ぼくは自殺未遂をやらかしました。自分でもなにをするか分らない。いや、玉井先生が留学しなければよかったのか」

十三年前を、昨日のように思い出していた。

「ロンドンに留学中の玉井先生の処へ彼女が行ったのは、ぼくから遠ざかるためでした。玉井先生が呼び寄せたのかもしれない。先生には済まないことをしました。結局ぼくが追ってきたために、目茶苦茶にしました」

井関の声はだんだんと低くなっていった。

「ロンドンからブリストルの海へ出て、アイルランドへ渡ったのですが、逃避行がいつまで続くわけもないです。彼女は行けるところまで行ってみたいと言うし、ぼくも終りは海がいいと考えてました。行き当りばったりにあるヨットハーバーで働くうちに、長い夏が終ろうとするころ、玉井先生の友人がやってきましてね、先生は彼女を探しあぐねて、疲労困憊して日本へ帰ったと知りました」

玉井のおだやかな顔を、恭子も木島も、宮内まで思い浮べたのだった。百合と井関は罪の償いに、北海へ流れていったのだ。

「なにを愉しみに、暮しました?」

恭子は男はまだしも、女が哀れでならなかった。

「たまに、春のくる少し前、ロンドンへ出て絵を観るのがたのしみでした。百合はターナーが好きでしてね。彼の描いたヴェニスを見に行こうと約束しています」

彼は湯を沸して、珈琲を淹れた。彼の手許を訪問者はじっと見ていた。珈琲が配られて、一口啜ると、それはうまかった。井関は微笑した。

「あれはぼくの淹れた珈琲にうるさくて、文句を言います。今日はよく文句を言わなかったなあ」

時々具合が悪くなって、ベッドに横たわっても、あれこれ言う。気分の良い日にフォースブリッジを渡って海を見にゆき、ついでに城を見る。

「あの城はあと何百年生きるの。永劫?」

と聞いた。

「どれだけ生きても、ぼくらには関係ないさ」

「でもどちらかがエディンバラにいる限り、ついて廻るわ」

「城、きらいだったっけか」

「今日は暗い貌に見えるから」

はっきりと否定しながら、肉体を支えきれずに車の窓へ寄りかかった。

「帰ろうか」

「まだいいわよ。海と空を堪能したいから。もう一ぺん釣がしたいわ」

彼は口先にしろ、また行けるさ、とは言えなかった。

「ずいぶんフォースの海へ出たね」

「釣は私の方がうまかったわ」

「冗談いうなよ、女はこれだから」

彼が目を見開くと、彼女は痩せた頰を引攣らせてわらった。

そのあと彼女は外へ出ることもなくなって、時々老いた医師に診てもらったが、無理に入院しろとは言わなかった。老医師は彼女の染色を興味深く見た。

「実に優雅な、また複雑な色だ」

「日本にはデリケートな、深い、華やいだ色が、王朝の昔からありますわ」

「見に行きたくなるでしょう」

「いいえ」と彼女は短く否定した。

そのころから井関は外へ出る仕事を休んでいたが、彼女のよろこぶようにグラフィックのデザインを描くふりをした。ある夜、彼女の胸に痛みがくると、彼は一晩撫でつづけた。明け方、彼女は目をみひらいて、男の名をよんだ。

「保さん、長い間、ありがとう。たのしかったわ」

彼はぎゃっ、と声をあげたのか、おれをひとりにするな、と叫んだのだったか、瀕死の女の胸にかぶさったまま倒れこんだ。


翌日、リーズへ発った。

列車の中で恭子は昨日ドライブしたセントアンドリュースの自然を思い出そうとしたが、なんの印象も止どめなかった。ただ城館のある歴史の町と、暗く小さい石の家が目に浮んだ。堅牢な石畳の道を若い女が歩き、若い男が従いてゆく。男のほうが年下だったが、いつからか男が先に立つと、彼女はきらいながらあきらめはじめる。どこへゆくにも連れ立って、睦まじく腕を組んでゆく後姿が見える。一日のドライブが終った時、恭子は井関とも百合とも別れるのが辛かった。

お別れのお茶をのみながら、

「ハワースはどんな処ですの」

と恭子は訊ねた。

「ドラマ『嵐ヶ丘』があって、初めて人間性を取戻した土地です。これは百合が言った言葉ですが」

「よければ、ハワースへ御一緒しませんか」

恭子は我知らず言った。

「ありがとうございます。百合もよろこびますし、そうしたいのですが、明日は予定があって、インバネスからジョンオグローツという果ての海まで行きます」

井関はそう答えた。

「お留守の間、百合さんはさみしいでしょう」

「好きな物を作って、出てきます」

留守は心配ない、とでも言っている口調だった。ホテルのロビーで彼らは別れた。井関はドアを押して、夕暮近いエディンバラの町へ去っていった。

その時からまだ一日しか経っていない。

列車はリーズに向けて走っていた。

「井関さんはインバネスへ発ったかなあ」

と宮内は呟いた。

「細君の写真に向けて、行ってくるよと告げて出てくるのかなあ。彼のなかにはまだ細君の死はありませんね。濃密な十三年間だったのでしょうか。そんな夫婦ってありますか」

彼は木島と恭子を見比べた。

「ぼくはもうすぐ三十五になるし、日本へ帰ると結婚するんですが、これでいいのか、と昨夜は眠れませんでした」

「それじゃあ、罷めるか」

木島はあっさりといった。宮内は大きなからだを縮めて苦笑した。

「日本へ帰って、玉井先生に会った時、話しますか」

「分らんね。エディンバラの二人にとっても重い過去だったろうが、玉井君にとってもつらい過去だから、容易に話せるものじゃないよ」

珈琲でも飲まないか、と木島は気を変えて窓の外を見た。

列車は二時間あとにリーズ駅に着いた。大きな駅で、構内も広い。足弱な二人のために宮内がタクシーをチャーターした。本来ならローカル線に乗換えてキースリー駅まで行き、バスに乗ってブロンテ姉妹の住んだハワースの牧師館へ行くのが本筋だった。姉妹は嘗《か》つてその道をボンネットをかぶり、裾長い服を着て、馬車に揺られて往復したからである。しかしタクシーに頼るしかない。運転手は屈強な、陽気な男だった。車は地方都市リーズをあとに出てゆき、田舎へと向ってゆく。

エミリー・ブロンテの小説『嵐ヶ丘』と、シャーロット・ブロンテの『ジェーン・エア』と、恭子はどちらを先に読んだのだったか。まだ文学少女の身にはさながら一人の作家に思えたのかもしれない。今から百数十年も前、都会から隔絶した土地の牧師館に育ったシャーロットと、エミリーと、末妹のアンは、他にたのしみもなく、互いに物を書いて見せ合った。この世の果てともいう荒地のヒースの丘はドラマの背景にとって不足はなかった。一生灼きついたヒースの丘がもうすぐ近づいてくる。リーズの町を離れてすぐ、曇り空から雨が降り出してきた。かなり強い驟雨になって窓硝子に打ちつける。恭子はおやおやと思う。これも『嵐ヶ丘』にふさわしい歓迎なのかもしれない。

「なあに、罷《や》みますよ」

と宮内は言った。彼は運転手と話しながら、ハワースまでは一時間だと告げた。

「近頃はハワースもイギリスの観光地になったようで、人がたくさんブロンテ姉妹の跡を見物にくるようです」

「ハワースになにがあるの。彼女たちの父のつとめた教会と、牧師館と、ヒースの荒地だけでしょう」

「『嵐ヶ丘』が不朽の名作になったから」

車の道は空いていて、田舎びた建物や田園に近づくほどひっそりしてくる。雲が切れて明るみはじめ、一時間あとにハワースの丘の車置き場にきた時、雨は罷んで、水滴が少し残った。車を降りて、恭子は前のめりに細い石段を昇った。

「急《せ》くな」

と木島はいった。陽が射しはじめた石段を昇りきると、昔は馬車が通ったに違いない舗道の両側に家が並んで、道路は折れ曲りながら降ってゆく。坂の裾に田園がひろがる。恭子は立止り、息を詰めてまわりを見た。おどろいたことに石畳道を観光客がそぞろ歩いている。首にカメラをぶら下げている。左右にはレストランや土産物やが軒を並べて、山間の宿場のようである。さびれた、うら哀しい、人も通らないハワースはもうない。道の二股に分れた三角地に観光協会があった。

坂の中心に教会が建っている。想像したより大きいのは、近所の人々がミサをあげにくるからだろう。塔が建っている。教会の中も人が多くて、ステンドグラスのある礼拝堂にゆっくりとはいられない。教会のうしろは墓地である。その先に芝生の前庭があって、牧師館が建っている。石の塀にそってゆくと、二階建ての大きなブロンテ家に出る。石を組んだ壁に、白い窓が並ぶ。こんな風格のある牧師館とは思いもしなかった。

建物の真中の玄関を入って、木島がチケットを買う。人があとからあとから来る。恭子は周りを見なかった。玄関の正面は二階への階段で、左手は居間である。エミリーとシャーロットとアンが語った部屋は、夢ではない。姉妹三人の肖像が飾られているのは、弟ブランウエルの描いた絵だろうか。次女エミリーは華やいだ髪かたちに、若々しい瞳が際立つ。人を魅せずにおかない容貌は『嵐ヶ丘』のキャサリンを髣髴させる。幼馴染のヒースクリフを終生とりこにして死ぬキャサリンは、作者そのひとだろうか。

長女シャーロットは繊細なレース飾りが似合う清楚な面差である。『ジェーン・エア』に現れる意志的な主人公ロチェスターと、華奢で、しかも勁《つよ》いジェーンとは、身分を越えて真実を語りあう。彼女の凛々しさと、やさしい面影がそこにある。

居間のソファに、恭子はじっと目をとめた。エミリーが病んで、姉に抱かれて二階のベッドから階段を運ばれてきて、ソファに横たわる。

「苦しい?」と姉が聞く。

「いいえ」と妹がいう。終りはせめてみんなのそばに居たかったのだろう。痩せ細ったエミリーがその夜死ぬのは、ヒースクリフに抱かれたキャサリンの死と重なる。恭子には百合とも、井関とも重なる。

冬のきびしい土地でブロンテ姉妹は次々と早逝してゆく。二階には姉妹の衣裳や、道具や、飾り物や、原稿が残されている。恭子は見てゆくうちに我を忘れた。人にぶつかっても詫びたかどうか。二人の連れはとうに見失っていた。資料室には姉妹のこまやかな文字の手紙や原稿がある。シャーロットは晩年牧師補のニコルズと短い結婚生活をおくるが、永遠の人とはついに報われない片恋いであった。

資料室には世界各国の翻訳書や、映画や演劇のスチールが並ぶ。エミリーが生きていたらどうだったか。恭子は長い歳月を生き続ける作品をおそれた。

資料室を出ると、木島と宮内は待ちくたびれていた。教会の前のメインストリートはやはり人が出ている。教会わきのパブに彼らは入った。弟のブランウエルが酒に浸った店である。奥のテーブルで食事をした。暗い、混んだ酒場で、そのあたりにブランウエルがいてもふしぎはない。恭子は大皿に盛った野菜と肉を食べたが、牧師館の賄い女の作る料理と似ていたかもしれない。

駐車場には運転手が待っていて、ドアをあけた。車は里を離れて、来た道とは逆の平原から次第に丘へ向っていった。丘がひろがり、見渡す限りの原野にヒースが一面生えひろがる。ヒースの丘である。植物は地を掩いながら、黒っぽい。しばらくして車は停った。見晴しの崖には柵がめぐらしてある。ヒースは花の季節ではないのか、紫色のつぼみさえなく、一年に一度荒地を蘇生させる可憐な紫の絨毯は見られない。若いヒースクリフとキャサリンはヒースムアへ散歩にきて二人だけの一ときを語らう。ほかにどんな愉しみがあるだろう。手にとるとヒースは這い松か、ひばのように痛い。長い歳月が過ぎても『嵐ヶ丘』は『嵐ヶ丘』のまま荒涼として、開墾の兆もない。紫の花のしとねだけが生の証しかもしれない。

恭子はヒースの道へ入っていった。車が一台去ってゆくのが見えた。道は狭まってきて、車は無理だった。近くに人はいない。

「ヒースの丘というのは、どこまで続くのかなあ」

宮内は感嘆した。果てしもない荒野である。男と女の愛の怨みが凝って、不毛になったのかもしれない。

「この先に、主人公たちの家のモデルになったトップウィズンス家があって、人の住まない廃墟らしいけど、ぜひ見たいわ」

彼女は木島の方を見た。死んだ女を抱いている男の面影を見たかった。

「どこにも家は見えない」

木島はまわりを見廻した。宮内は自動車を廻しにいった運転手のところへ聞きにいったが、引返してきた。その時恭子はひとりでヒースの小道を五、六十メートル歩いていた。

「運転手の話だと、トップウィズンス家までは往復二時間以上かかるそうですよ。なにしろこっちの観光客は散歩と称して、みんな歩けや歩けのようです」

恭子は廃墟なりと見たかった。ヒースの丘の彼方に人のかたまりが確かに歩いていた。

「先生は車の中で待っているでしょうが、行けますか」

「ヒースの丘にいると、人の幻影が見えてくるのね。そういう時間が好きですね。でも五百メートル行けるかどうか。私にはもう無理ね」

彼女はヒースを手に摑んで、元の道へ戻っていった。木島は柵にもたれて、風に吹かれながら、遠い平原を眺めていた。

「気が済んだか」

と彼は言った。宮内は車を呼びに歩いていった。『嵐ヶ丘』ともやがてお別れか、と恭子は思った。

「旅に来て、ここまで来られてよかったわ。生きているうち『嵐ヶ丘』が見られたのですもの。ただもう少し若かったら、あなたとも健脚を競って、トップウィズンスまで行けたのに、残念ね。二人でヒースの丘をせっせと歩きながら、キャサリンやヒースクリフを追いたいし、百合さんや井関さんにやさしく話かけたい。なぜかしらないけど、私は百合さんが哀れでしかたがない。愛しあったとしても、異郷の果ての死は、哀しいわね」

木島は柵から身を起した。

「エディンバラ城も、ヒースの丘も見た。よかったじゃないか。これで充分さ。旅ってのは、人との関りもふしぎだが、自然との巡りあいがいいね。心がやすまる。明日はいよいよヨークか」

空はまた翳りをおびてきて、ヒースの丘を重くつつみはじめた。車がのろのろと近づいてくるのを、二人は見ていた。

好きな小説というのはずいぶんあるが、今読んでも変らずに好きだと言えるものがどれだけあるか、分らない。それに立派な小説だけれど繰返して読む気が起らない、というのもある。そんな中でブロンテ姉妹の小説は昔も今も変らず好きだし、読み返してみて飽きることもない。姉妹の小説、姉シャーロットの『ジェイン・エア』と、妹エミリの『嵐が丘』のどちらか一つを読むと、私はきまってあとの一つも読みたくなる。二作は同じ作者の書いたものと言っても嘘と思えない。二人とも寡作で、他にこれという作品もないから、この二作を見比べるのだが、同じ土壌の生れを私は自分勝手に一つにして、色濃く感じてしまうのである。

小説も特異だが、この姉妹の環境も変っている。二つの小説から絶えず聴えてくるのは、英国ヨークシャーの荒涼たる山間の僻地を吹きすさぶ風で、ヒースの丘に孤立した牧師館が姉妹の家である。姉は一八一六年に、妹は二年あとに生れているから、今から百四、五十年前の彼女たちを想像しなければならないが、末妹アンを含めた三姉妹は、閉された世界で物を書く才華にめぐまれて育った。肺患の家系で（たぶん栄養失調で）、母も姉二人も死んでしまい、峻烈な父親の許で少女たちは壁新聞を出したりしてわずかに愉しむのだから、完成した小説が並みのものであるはずはない。彼女たちの生立ちは『ジェイン・エア』の暗鬱な少女時代にもうかがえるが、過酷で乏しい慈善学校育ちの十八歳のわが女主人公ジェインは、そのまま作者シャーロットでもある。ジェインは自らの意志で、ロチスター家へ家庭教師にゆく。

ジェインとロチスターの二人の出会いから、この小説は真の開幕となる。ヒロインは痩せて小さい、青白い顔の娘であり、それに配する男性は太い眉のいかつい顔とがっしりした体軀を持つ、四十歳ほどの無愛想な人物である。その口から出るのは気短かな、突き放すように冷淡な、あるときは皮肉な言葉である。世の中の苦渋を知りつくした男性と、孤独で無垢な女性とは互いの感性の鋭さ、洞察力の確かさで、この世のものならぬ会話をはじめる。いわば知的なあそびでもある。私はこの会話の一つ一つを暗誦してたのしまずにいられなかった。人を信じないロチスターが相手をみる時、暗く腹立しげで、突きさすような言葉を浴びせる。それに対して彼女の声はつつましく、かしこく、少しも怯《ひる》まない。

大木のように不恰好で、色の黒い、いかめしいロチスター氏が魅力的なのはなぜだろう。小説の中の男性にもいろいろのタイプがあって、林芙美子の『浮雲』の高岡を好きだという女性読者が多いのに頭を傾げる批評家がいたが、私もあの女たらしの高岡がきらいではない。しかしロチスター氏にははるか及ばない。彼は頭脳の限りをつくしてジェインを試み、惹きつけようとするが、このたくらみも小説的である。読んでいると、美しくもなく、家柄とてない若い女ジェインが、真実のみを道しる

べにして確かに生きてゆくさまに打たれる。彼女はかよわい肉体を越えた意志で、

「私は、独立の意志を持った、自由な個人です」

と言いきって、強い支配者に向きあう。自分は純粋だからあなたより上だ、ともいう。ロチスターには他の誰にも見えない彼女のすばらしさが見えている。

「あなたは独創的だ。あなたは大胆だ。あなたの精神は活発で、あなたの瞳は洞察する」

と彼は感嘆している。封建社会のがんじがらめの中に生きている一世紀以上前の人間たちの、この自由な魂に感動する。そうして愛が叶うまでの二人のありようは作者の若若しい願望によっていきいきと描かれている。


私はこの小説を一番初めに読んだのがいつだったか覚えていないが、手許にある一番古い本は昭和二十二年発行の十一谷義三郎訳の前後編二冊である。戦後のぺらぺらの仙花紙で、紙の色は茶っぽくざらざらな上に、印刷が不鮮明である。おまけに長い小説で、この著者シャーロット・ブロンテは同人雑誌で苦労したことがないから、書きに書いて、やや冗漫な部分もある。しかし次に出た他の訳者の本を買い求めてみておどろいたのは、後半のジェインの放浪時代がばっさり切り捨てられていることだった。いくら渋くて読みづらい部分でも切り捨てはひどいと思った。初めの本で訳者の訳し癖までおぼえて、翻訳調の愛の言葉を暗誦してしまうと、それはそれで独特で悪くない。多くの恋愛小説の愛の場面が歯の浮くような口説が、小難しい内向的な描写で書かれているとすれば、この二人の運命的な出会いと自由奔放な会話はすばらしい。百年以前に生きた人間の血の高鳴りをおぼえると、荒涼たるヒースの丘で精神の世界に生きて燃焼しつくした一人の女性作家を思わずにいられない。

妹エミリの書いた、たった一つの小説『嵐が丘』は怖《おそろ》しい小説である。愛執と復讐を描いてこれ以上のものを読んだことがない。若い時この小説を読んで、ヒースクリッフの執念に凝った一生のすさまじさにふるえたものだった。この小説の背景は姉妹たちの育ったヨークシアの荒野の苛烈な自然であって、その光景なしにヒースクリッフのすごさは生きない。この主人公は作者の父を連想させるといわれ、暴君で、感受性と執着心が極めて強かった父と伝えられる。すると意志のとりわけ強いエミリ自身もその性格を受けついでいることになるだろうか。架空の人物を頭の上のほうで想像して纏めるほど生易しい小説ではないから、異常なまでのヒースクリッフも、彼と愛を誓う幼馴染のキャサリンも、二人ながらエミリの分身かもしれない。

最愛のキャサリンを死なせるヒースクリッフの苦悩を描いて、たいていの小説はそこで終るのだが、この小説はそこから起き直っている。歌舞伎のお化けものがヒュードロドロとおどろに鳴って、妖《あや》しい声が地の底から湧き立ってくるように、『嵐が丘』にもキャサリンの亡霊が現れる。それは子供で、小さな顔が窓の中を覗きこみ、

「入れて下さい、私を入れて下さい！」

と啜り泣く。泊り合せた男の手を小さい冷たい手が摑んで放さない。それを知ったヒースクリッフが、

「キャシイ、はいっておいで！　はいっておいで！」

と叫ぶ姿は哀切である。

一生に一作だけ不滅の名作を書いて死んでいったエミリ・ブロンテは、三十歳の生涯で、彼女もま

た肺患で逝くのだが、姉と妹に支えられながら最後まで病いに打克とうとして横臥を拒む姿はすさまじい。エミリの青春の怨みも、人生の夢も、すべては『嵐ヶ丘』に凝っていったと私には思える。小説とは一体なんだろう。エミリにとっても、シャーロットにとっても、『嵐ヶ丘』と『ジェイン・エア』は真にその一作を生きた証しとして命と引替えに残したのだろうか。だから今も生き続けて私たちの心をゆさぶるのだろうかと思うと、小説にたずさわることに怖れをおぼえずにいられない。ブロンテ姉妹は読む度にそんな思いを抱かせる小説を残したのである。

解説

山下多恵子

芝木好子の文学について

芝木好子は、一九九一（平成三）年八月二十五日、七十七歳で亡くなった。

この年の四月半ばに、前年末から入院していた国立がんセンターを退院。五月半ばに、また病院に戻っている。このわずかな期間に二十枚余の原稿を書いており、それが未完のまま遺稿となった（『新潮』一九九一年十一月号に掲載）。最後の入院中、「もう書くことが出来ないならば、生きていても仕方がない」と言って、夫である大島清を困らせた（津村節子「最後の夏」『新潮』一九九一年十一月号）という。

葬儀に参列した青山光二は、棺の中の彼女と対面し「文字通り一所懸命な長距離レースを不断の努力で駈けぬけたようなこの人の生涯を想い（略）賛嘆の気持ちを抱かずにはいられなかった」（「死顔」『文學界』一九九一年十月号）と記し、さらに「妻をいい作家にしようと初期から思いきめて、つねに文えとなり、取材のための旅行などにもたいてい同行」（同）していた夫・大島清の気持ちを思い遣っている。

芝木好子にとって、書くことが生きることであった。交流のあった林芙美子を偲んで「林さんのやうに書いて書いて書きまくつて、死にたいものと念じてゐます」（「林芙美子の死を悼みて」『文芸首都』一九五一年八月）と、若い日に記した、その気持ちのままに、死の間際まで書き続けた。

彼女の作品世界は大きく三つに分けることができる。

洲崎《すさき》という土地を舞台とした、哀しくやるせないけれども、どこかたくましくも見える女性たちの姿を描いた、〈洲崎もの〉と呼ばれる一群の小説。

作者の祖母・母・そして作者自身の、三代の女性を描いた自伝小説。

画家・陶芸家・舞踊家・音楽家・華道家・染織家など、芸術・芸能に生きる女性のひたむきな姿を描いた、芸術家小説。

共通するのは、そこに昭和という時代のおもむきと、様々な愛のかたちが描かれていることである。「昭和」と「恋愛」は、芝木好子の小説の重要なモチーフとなっている。

ところで、彼女について、奥野健男は次のように書いている。

「宇野千代、林芙美子、平林たい子、佐多稲子などそれまでの女流作家は、幼い頃から逆境に育ったり、子供の頃から行商や奉公に出たり、恋愛、家出、失恋、男性遍歴、革命運動など波瀾万丈の半生を生き、その体験をもとに、体を張って小説を書いた。それらの先輩にくらべ、芝木好子の半生は、小説の題材になるには余りにも平静で幸福であった」（『冬の椿』解説〈集英社文庫〉一九八七年一月）。

日本には、「私小説」という伝統的な小説のかたちがある。その名のとおり、「私《わたくし》」の周辺のことを題材に、飾らぬ文体で描いた小説のことで、一時期日本文学の主流を占めた。奥野が引用した女流作家も、この系列に入れることができるだろう。彼女たちはそれぞれ複雑な事情を抱えて、その境遇を執筆のエネルギーとし、自らの小説の題材ともした。しかし芝木好子は「小説の題材になるには余りにも平静で幸福」な生活を送ったために、「私小説的体験主義を尊ぶ文壇から、いい意味でも悪い意味でも〝奥様作家〟だなどと陰口を叩かれ」ることもあった（西尾幹二『光琳の櫛』解説〈新潮文庫〉一九八五年五月）という。

波乱に満ちた女流作家たちの人生と比べ、芝木好子は、生い立ちも結婚後の生活も、たしかに恵まれていたと言えるだろう。和歌や日本画や茶道に通じた呉服商の父を持ち、両親に連れられてたびた び歌舞伎を見に行くような少女時代を送った。十八歳で父を、二十歳で母を亡くした後、五年間の勤務経験（丸の内の三菱経済研究所でタイピストとして働いていた）を経て大島清（経済学者。三菱経済研究所員・東亜研究所員・東京教育大学教授・筑波大学副学長等を歴任）と結婚。夫の理解のもと、執筆を続け、その合間に夫婦で海外旅行に出かける、というような生活は、傍からはやはり「奥様」のように見えたであろう。

しかし岩橋邦枝が指摘するように、「境遇に恵まれているぶんハンディをつけて見られ、創作上の困難や悩みは生活に苦労する書きてよりもむしろ大きかったかもしれない」（「思い出すこと」『新潮』一九九一年十一月号）。

体験や心境をそのまま綴るのではなく、架空の人物を造形し、その人物に魂を入れ、自分の気持ちを仮託する、という書き方に、身を削る思いをしたことも、たびたびあったようである。次の文章からは、彼女が創作に没入する様子が伝わってくる。

長編を一つ書き終えるとたいそう疲れて、いつも二、三キロ痩せる。一年なり一年半なりの間精神を集中して、ある世界に没入しているせいかもしれない。私などは不器用のせいかまわりが見えなくなってしまうので、書いている間身体の調子が悪くなったり、感情的になったりする。（エッセイ「旅に想う」）

私の仕事の量はしれていて、一本の連載小説があればそれ一つで終ってしまう。小説の中にいる限り現実の私はなくなって、主人公とともに呼吸してゆくから、いつももう一つの私を生きていることになる。（エッセイ「年の瀬」）

この小説（一九六六年に河出書房新社より刊行の『葛飾の女』――編者注）のあとがきを先頃読み返してみると、当時山に籠って無我夢中で仕事にとりかかったわが身が思い出されて、なんともいえない、肩をすぼめるような気分になる。一夏憑かれたような小説の世界に染っていて、なにを食べたか、誰に会ったか、おぼえがないほど、朝から夜まで小説の中へのめりこんでいった、と記してある。夢の中にも女主人公の真紀が現われるので、翌日は彼女にみちびかれて書きつぐ、という有様だったのだ。（エッセイ「山荘にて」）

小説の「世界に没入」し、「現実の私はなくなって、主人公とともに呼吸してゆく」――そんな「憑かれたような」日々。執筆中、夢の中にも主人公があらわれた、と彼女は言う。芝木好子は、「作家」というひとつの客観的立場を超え、登場人物とともに生きたのである。「もう一つの私を生きている」というのは、実感であったろう。

造形した人物をとおして、もうひとりの私と、もう一つの人生を生きる――それは、登場人物に「憑かれた」というよりも、彼女自身が作品の中に入り込み、登場人物にのりうつったかのようでもある。

芝木好子は私小説という方法をとらなかった。しかしある意味、私小説作家以上に、自らの作品に「己」を賭けた作家だった、と言えるだろう。

作家・芝木好子を世に知らしめたのは、昭和二十九年から三十年にかけて書かれた、「洲崎パラダイス」「洲崎の女」などの〈洲崎もの〉と言われる小説である。戦後の荒廃が尾を引く東京の、いわゆる赤線地帯（売春を目的とした特殊飲食店街。警察では、その地域を地図に赤線で囲んで示していたために、このように呼ばれたという。昭和三十一年制定、三十二年施行の「売春防止法」によって廃止）に住んでいた女性たちの姿を描いたものであった。

洲崎との出会いを、芝木はこんなふうに言っている。――小説に行き詰まって、悩んでいたある日、銀座から、あてもなく下町をめぐるバスに乗って、日が暮れた洲崎に降り立ったのが、この世界とのふれあいのはじまりだった。その地で何人かの女性に会い、彼女たちの生活や感情に触れ、哀歓をともにしているうちに、その世界を書くようになった（『芝木好子作品集』第一巻あとがき〈読売新聞社、一九七五年十月〉より要約）――と。

洲崎は、苦労知らずの「奥様作家」と言われた芝木好子にとって、全く異質の世界だった。そこにあえて踏み込んでみようと思ったのは、なぜだったのか。

そこには、戦後という時代が大きく関係しているだろう、と大島清は言っている。春をひさぐ女性たちは、「戦後」から生まれた子でもあった。社会の底辺で、すさんだ生活をしながら、今日を明日に繋いで生きる女性たち――そこに芝木は、したたかさすら感じさせる、一筋縄ではいかない「人間」の本質を見た。

洲崎の女たちの、「理屈では片付かない男女の情愛」（『洲崎パラダイス』解説〈集英社文庫〉一九九四年九月）を、芝木は「女としてのやるせない哀切や悲しさ、時に腹立たしさ、いらだたしさを秘めて」（同）書いたのであろう、と大島は述べている。

彼は、これら〈洲崎もの〉と言われる作品が、「戦後彼女の仕事の出発点となった」（同）と言う。戦後の混乱が収まってきた時期に、洲崎を書くことで、「作家としての新しい道を見出そうとしていた」（同）のではないか、と。

戦後、作家としてどちらの方向に行こうか模索する中で、自分とは異質の、未知の世界を描いたことは、芝木好子の果敢な挑戦でもあった。

それらは、世相に合っていたのか、よく読まれ、映画にもなった。川島雄三監督の「洲崎パラダイス赤信号」（一九五六年、日活）も溝口健二監督の「赤線地帯」（一九五六年、大映）も、芝木好子の〈洲崎もの〉を原作としている。人物造型の確かさ、筋運びのうまさ、時代背景の緻密な書き込みが、映像化に向いていたのだろう。

〈洲崎もの〉で一世を風靡した彼女は、昭和三十年代半ばからの数年間を、自伝的作品を書くことに費やした。

昭和三十五年から三十七年（四十六歳から四十八歳）にかけて書かれた「湯葉」「隅田川」「丸の内八号館」の三篇に登場するのは、作者の分身と思われる恭子・その母の秋津・そのまた母の蕗の、三人の女性たちである。単純に捉えるならば、明治から昭和に到る女性の三代記ということになるのだろう。

三作の中でも、「湯葉」はテレビの連続ドラマにもなり（昭和四十二年十月から半年間、二十六回にわたって、TBSで林美智子主演で放映された）、作家芝木好子の名を一層確かなものにした。

物語は、没落士族の娘・蕗が、遠縁の湯葉を作る「美濃屋」に、養女にやられるところから始まる。父に連れられて来たその日、初めて湯葉というものを食べて、その美味しさに感激し、当主・吉衛の湯葉への思い入れにも感じ入って、小さな身体で一所懸命働く。やがてそこの長男の嫁となって、家業を支えるべく奮闘するが、愛人を持つ夫や、彼に接近しすぎる姑や、家業を継がず家を出た息子との葛藤を経て、さらにはおとなしかった娘の衝撃的な行動を契機に、店を畳むに到る。作者は、滅びゆくものとともにひたむきに生きた祖母の姿を、静かに肯定しつつ偲んでいるように思われる。

ところで芝木好子は、二十七歳のときに「青果の市」で芥川賞を受賞している。題名から分かるように、東京築地の青果市場の仲買人として働く、八重という若い女性を主人公とした小説である。八重は商売のあまり得意でない父に代わって、大勢の家族を養うため、朝から夜まで、男たちに混じって働きづめに働く。戦争中の経済統制の中で苦闘し、先行きに不安を感じながらも、前を向く主人公・八重は、「湯葉」の蕗と重なる。

「湯葉」が書かれたのは、昭和三十五年。「青果の市」からは十八年の歳月が経っている。そしてその間には、〈洲崎もの〉が書かれている。時代の混乱の中で、芝木好子の筆はどう動き、なにを表現しようとしたのだろうか。

「青果の市」と「湯葉」の間に、〈洲崎もの〉が入り込んでいる事実は、芝木好子の軌跡を考えるとき、なかなか興味深いものがある。

〈洲崎もの〉は、作家としての行詰まりを打ち破ろうとするものだった。そして「湯葉」を初めとする自伝三部作〈実際には、その後昭和三十八年に、これらに続くと思われる「華燭」「今生」の二篇を発表している。自分の結婚とその後のことを書いたものである〉もまた、〈洲崎もの〉から脱却し、自分自身のテーマに向き合うための試みであったと思われる。芝木好子自身は、次のように書いている。

長い作家生活のなかには幾度となく行詰りがあって、まわりを壁でふさがれたような八方ふさがりにあうことがある。なにを、どうやって書いたら前へ進めるのかわからない。結局は自分自身で壁をつき破るしかないが、『湯葉』三部作もその一つで、血縁に立ちかえって自身をみつめてみようと考えたのであった。小説としてのフィクションはあるが、ここには肉親がさまざまに生きることになった。平凡としか言いようのない私の生い立ちにも、東京という土壌があって人間がからみあっている。母より長く生きて心の支えになってくれた祖母がいるし、文学的素質をうけついだ父もいる。また人には青春があって、それは短く、たちまちはるかなものとなってしまうことに愛惜を抱かずにいられない。人が青春を惜しむのは、そこに若さのあかしがあって、再びかえらないからであろう。（『芝木好子作品集』第一巻　あとがき）

「八方ふさがり」の内容を、具体的には書いていないが、壁を突き破るために「血縁に立ちかえって自身をみつめてみようと考えた」「平凡としか言いようのない私の生い立ち」という部分に、心境を探るヒントがあるように思われる。

〈洲崎もの〉で悲惨な境遇に身を落とした人たちの人生を描きながら、彼女は同じ女性である自分の来し方・行く末についても思ったことであろう。洲崎の女性たちの運命は、誰に降りかかってもおかしくないことだった。

彼女はこうしている自分の、存在理由を知りたくなったのではないだろうか。なぜ、どのような流れの中で、いま自分はここにいるのか。ものを書きたいという自分はどこから来たのか。ルーツをたどり、その流れの上にこれからの生き方を模索してみたかった、ということなのではないかと思う。作家として書き続けることは、自らの原点をたえず検証するということかもしれない。

そのように自分を見つめたときに、「平凡としか言いようのない私の生い立ちにも、東京という土壌があって人間がからみあっている」と、しみじみと感じるのである。
それに続く「母より長く生きて心の支えになってくれた祖母」のことは「湯葉」に、「文学的素質をうけついだ父」は「隅田川」に、「人には青春があって……云々」の、彼女の青春は「丸の内八号館」に書いた。

家族の歴史を追うことで、今ここにいる私、書いている私の意味を、確認したのではないだろうか。ひとまず自らの文学の原点である、芥川賞受賞作品に立ち返った、という見方もできるであろう。彼女の筆が、次に向かったのは、芸術芸能の世界であった。そしてこの芸術家小説にこそ、芝木好子の真骨頂が発揮されているように思う。

昭和四十年以降の作品群は、豊穣というしかない。「葛飾の女」の日本画、「面影」の人形面、「青磁砧」の陶芸、「雪舞い」の地唄舞い、「群青の湖」の染色……自伝三部作を書き切った芝木好子は、つづいて芸術・芸能に魅せられた人々をとおして、日本の美の原点を探ろうとしているかのようである。

芝木好子が生きた東京は、関東大震災から東京大空襲を経て、生き物のように変わっていった。彼女は、移り変わる日々を見つめるうちに、この国にとって最も普遍的な「美」のかたちを、芸術や伝統芸能の内に探そうとしたのではないかと思われる。

芝木は、文学以外の芸術の世界を、よく観察する作家であった。対象の本質をとらえる感性と、伝統を理解するための知性を、ふたつながら持ち合わせていた。そしてそれぞれに固有の美的世界を、物語として結晶させるために、全身全霊で打ち込む人であった。そこには、趣味人で茶道・和歌・義太夫等をたしなんだ父の影響もあっただろう。

彼女は没頭した。「面影」では人間国宝の人形作家に教えを請い、「青磁砧」では陶芸家の窯場に通い、「雪舞い」を書くために地唄舞を習った。「貝紫幻想」を書くときには、貝紫を研究していた遠方の染色学の教授に、何度も納得のいくまで電話で尋ねた。「葛飾の女」では、女主人公の入水する場所を求めて、あちこちの川辺を歩いている。

そこまでのめり込んだのは、彼女が芸術・芸能の世界を愛していたからにほかならない。芸術に恋した女たちは、芝木好子の分身だったのであろう。彼女自身は次のように述懐している。


私小説を書かない作家は、題材をそとに借りながら内的な世界をふくらまして、主人公とともに作家自身も生きようとする。私などもそうした気持で一作、一作を書き続け、書き溜めてきた。借りてきた題材に美を求めるものが多いのは、作者の私がそこに心を引かれるからであろう。

（『芝木好子作品集』第四巻　あとがき）


洲崎もの・自伝三部作・芸術家小説と、芝木好子の作品世界は円熟味を増していく。彼女は様々な男女のかたちや、交差する感情を、リアルに繊細に描いた。

恋するとき、ドラマが生まれる。泡立ち、沸き立つ感情が生まれ、それが小さな波となり、やがて怒濤に巻き込まれもする。

彼女は多くの場合、男女の関係を安易に運ぼうとしない。野放図に結びつけようとしない。抑制が効いているのである。抑えているから、ある時点で解き放たれたときに、思いや言葉が一気にあふれ、よりドラマチックな場面となる。

文章表現も同様である。説明しすぎたり、扇情的な言い方に持っていかず、文章に含みを持たせていて、それが作品に余情をもたらしている。

「十九歳」(『冬の梅』〈新潮社〉一九九一年)という印象深い短篇がある。その解説に高橋英夫が、「恐ろしい空襲の下、二人は防空壕に避難して、いわば心と心がふれあった。しかしそこまでだった(略)昔の思いびととの再会という文学的なモチーフを無理なく軽々と仕上げて」いる(『冬の梅』解説〈新潮文庫〉一九九四年)、と書いているのは、やや浅薄な読み方と言えるだろう。芝木は赤裸々な表現はしなかったけれども、防空壕を出た後に、ふたりに何があったかは、十分暗示されているからである。「心と心がふれあった」だけでは終わらなかった、という設定だからこそ、再会の場面のさりげない会話が特別な意味を持ってくるのであるし、主人公とともに、読者の胸も疼くのである。

読者は、芝木好子があえて描こうとしなかった部分を「読み解く」楽しみも与えられている、ということである。

さて、上田三四二は「芝木氏の主人公たちは生きようとしている」(「女流芸術家の力学——芝木好子の近作」『海』一九八〇年八月)と書いている。芝木文学の核心を突いているといえよう。上田はまた、こうも言っている。「芝木好子の主人公たちは、みな、懸命に生きる人たちである。生を拒絶したり、嫌悪したり、またいたずらに懐疑したりすることなく、生きがいに向かって顔をあげ、いわば体を張

って生きようとしている」(『面影』解説〈集英社文庫〉一九七七年十一月)

彼女の文学に一貫して流れる生への意志を、「向日性」という言葉で表現してもいいだろう。文字どおり「生きようとしている」女を描いた作品に、〈洲崎もの〉の面影を残す「仮寝」(『文學界』一九五六年十二月号)がある。酒場で働く女と、貧しい大学生の、一夜の物語である。就職に失敗して世をはかなみ、酒をあおって嘔吐する学生を見て、女は言う「死ぬなんて馬鹿だわ、就職に落ちたくらいで死んだりしたら恥かしいわ、あたしはそう思う」。彼女にとって「生きていることがどんなにくだらなく、つまらないことにもせよ、死ぬよりは意味があった」。父親は戦死し、母と赤ん坊だったきょうだいは東京大空襲の火の海の中に消えて、十歳の自分だけが生き残った過去を持つ彼女が、何があっても生きていようとしているのである。

芝木作品に見られる「向日性」は、彼女が他の多くの女流作家と違い、自らの生活を破綻させることなく、紙の上に物語を作ることのできる人だったということが関係しているように思う。文学に情熱を捧げるあまり家庭を破壊してしまうような作家も少なくない中、芝木好子は家庭と文学を両立させることのできた、希有な作家の一人であった。

このことには、彼女のおおらかな人柄も関係していよう。芝木好子について、八木義徳は「実に下町の女だ。(略)言葉の歯切れがいい。表情と身振りがゆたかだ。そして性格にお俠《きゃん》なところがある。そのくせ一面妙に羞ずかしがり屋のところがある。気性はさっくりしていて、あたたかい」(「弔辞」『文學界』一九九一年十月号)と述べ、岩橋邦枝は「東京の下町っ子らしい粋なかただった。よく気のつく優しい人情家」だった(「思い出すこと」『新潮』一九九一年十一月号)と言い、大原富枝は「勝気で、気性がはげしくて、生き生きと歯切れよくしゃべったり、笑ったりした、いかにも下町娘らしかった」(「芝木さんとの五十年」『群像』一九九一年十一月号)と回想している。

下町生まれの、情に厚いお転婆娘のようだった芝木好子が、文学への情熱を生涯持続し、生きることにひたむきな主人公を書き続けることができたのには、作家である妻を深く理解し尊敬し愛した夫・大島清の存在が大きかったように思われる。

妻亡き後にしたためた文章——「模範的」な死だった妻の思い出とともに」(『新潮45』一九九二年十月号)——が残っている。妻・好子は死に近づいたことを知り「ずっと死を見つめている(略)静かに迎えようとしている」かのようであった。夫はその傍らを一時も離れなかった。そして「見とることができたことを有難く」「忘れ難い思い出である」と書く。

文末の数行は、この著名な経済学者が、妻とその文学を如何に大切に思い、その死を悼んでいるかを伝えて、読む者の心にひたひたと沁みてくる。——「いま残された私は八十歳に近い老人であり、もうそう長く生きることもないし、長く生きることを望んでもいない。妻はこれからの短い私の老い先きを心のうちに一緒に居るものと思っている。私にとっては心が唯一者である。死んで土にかえるとき、妻ともども消え去るものと思っている」

知的で理解のある夫に守られて、平安の中で執筆できたことは幸いであった。小説の主人公と自分の呼吸がぴたりと重なったとき、彼女は恍惚としたことであろう。その愉悦の時間に会いたくて、書き続けていたのだったかもしれない。

たぐいまれなストーリーテラー——芝木好子の小説世界は、「読む」ことの楽しさ、「想う」ことの喜びを、きっと思い出させてくれることだろう。

＊

この本に収めた一〇の短篇について

〈母と娘〉

顔

『玉の緒』（一九八一〈昭和五六〉年五月、河出書房新社）所収。初出『文藝』（一九八〇〈昭和五五〉年一月号）。河出文庫版『玉の緒』のあとがきに、著者は次のような文章を寄せている。〈「顔」を書くときは、幸せによって美しくなる女と、老いて衰えてゆく女とを向き合せた（略）女の顔の美しさはうつろうから、これまで作者の私は小説の女主人公に美貌を求めたことはない。心のありようによって生きる姿を描きたいと考えてきた〉自分の顔に自信がなく、美しい母の存在をいつも意識して生きてきた女。男を愛し、愛されることで、日に日に生き生きと美しくなっていき、加齢による容貌の衰えから憂鬱に沈む母をいたわり思い遣る。人を美しく見せるものは、骨のかたちや肉の付き方ではなく、まさに「心のありよう」なのかもしれない。彫刻の森で見た「余計なものを洗い落して、精神だけで立っている男女像」が、彼女の（おそらく芝木好子にとっても）男女の理想の姿なのだろう。それは深い部分で「互いをよびあっている」からだ。

女家族

『下町の空』（一九六八〈昭和四三〉年十月、講談社）所収。初出『小説新潮』（一九六六〈昭和四一〉年二月号）。母と娘、それぞれの恋愛。母は娘を祝福しても、娘は父以外の異性を母の恋人として受け入れることは難しい。母には「女」であるよりも、「母」であってもらいたいからだ。若返りなまめいて「女」になっていった母が、やがて娘の気持ちと将来をおもんぱかって恋をあきらめる。急激に老けて、つやもはりもなくした母を見たときに、「二人の子供を夢中で育てていた」母が「いつかこの家に一人になる」日を思い、母の幸福とは何であったか、娘は考え込まずにはいられなかったであろう。

〈秘密〉

舞台のあと

『下町の空』（一九六八〈昭和四三〉年十月、講談社）所収。初出『別冊小説新潮』（一九六七〈昭和四二〉年七月号）。日本舞踊の家元の女が、親のない少年を引き取って育てる。すじのいい少年に「自分の健康も、情熱も、あますことなくそそぎこ」み、いつしか互いになくてはならない存在になっていく。十三年後、家元襲名でふたりで踊る出し物のテーマは、〈姦通〉であった。五十一歳の女は、二十六歳の男を「情にこがれる男にして踊らせ」ようと、「稽古の間だけ」の「内緒ごと」を結ぶ。女の中に息づくのは、女性か母性か。舞台を成功裏に終えた後、新しい家元となった男と彼を慕う若い女を一緒にさせなくては、と考える。しかし身も心も「情にこがれる男」となった彼が、そのまま若い女の方へ行くだろうか。彼女は、彼が若い女と接近することに平静でいられるだろうか。作者は、ふたりの「その後」を読者に委ねて、物語の幕を閉じる。

翡翠

『落葉の季節』（一九八五〈昭和六〇〉年十二月、読売新聞社）所収。初出『別冊小説新潮』（一九六四〈昭和三九〉年十月号）。夫は、多忙のあまり妻の淋しさに気づかない。語らずとも、示さずとも、妻は理解してくれている、と思っている。夫の暢気さは、妻への信頼からきている。だが妻の目には、それが自分への無関心としか映らない。夫への不信から、彼女は別の男にふと心が傾く。男が心の隙間に入ってきた、というよりも、彼女が潜り込ませたのである。夫を誤解し、揺れて荒れる妻の心を、「翡翠」という小道具を用いて、巧みに表現して、アメリカの短篇の名手オー・ヘンリーの小品のようなおもむきである。最終行で夫が見た窓の向こうの「明るい空」は、そのままの色を保ち続けるだろうか。

〈歓楽街の女・その後〉

洲崎パラダイス

『洲崎パラダイス』（一九五五〈昭和三〇〉年十二月、大日本雄弁会講談社）所収。初出『中央公論』（一九五四〈昭和二九〉年十月号）。『洲崎パラダイス』（「洲崎パラダイス」など六篇を所収）のあとがきに、著者は次のように書く。〈東京の下町に生れた私は、古い東京の町への愛着がひとしお深いのかもしれない。いわば私にとっての故郷は東京の町々なのである。洲崎は滅びてゆく町のさびしさを宿している、その意味で私には忘れ難いし、なつかしい場所である〉「滅びてゆく町」にやってきた男と女。枕の下に流れる川の音を聞きながら、「あああ、あたしたち、この河の外にいるのねえ、やっぱりここへ来たんだわねえ」という女の言葉は、このような場所でしか生き得ない者の、あきらめの気持ちを伝えて、哀切である。気弱で、甲斐性がなくて、我が儘で、しかしどこか憎めない若い男を、やや持て余しながらも、別れることができない。生活力のあるたくましい男に見そめられ、養われる寸前までいきながら、結局また、若い彼の方へ帰って行く。女のしたたかさと弱さを、戦後の風俗や人情を絡めて、味わい深く描いている。

雪女

『海の匂い』（一九六五〈昭和四〇〉年二月、冬樹社）所収。初出『小説新潮』（一九六四〈昭和三九〉年二月号）。離婚してすさんだ生活をしていた男の前に、やさしくおとなしくたおやかな女が現れ、結婚する。ある日、家庭的で献身的な彼女が、洲崎で働いていたことを知り、男は悩み憤り、残酷な言葉を投げつけずにはおられない。雪国を出て、東京の夜の町で生きてきた女が、ようやくつかんだささやかな日々であったが、夫の責めに堪えきれず、去って行く。秘密を知られた雪女のように、このまま姿を消してしまうのか。しかし友人との会話から、妻が妊娠していたことに気づいた男は、女を探し当て「これから直ぐ家へ帰ろう」と言い、妻の手を引く。誰にも自分の背中に続く遠い日々がある。

その過去が無惨なものであっても、消しゴムで消すようにはいかない。男の子でなければ生まない、という言葉に、虐げられてきた女の万感の思いが込められているだろう。しかしふたりは「いつかトンネルの向うへ出るに違いない」。洲崎の女のその後を描いた本作からは、彼女たちに幸せをつかんでほしい、という作者の思いも、仄見えるような気がする。

〈傷ついた女・再生させる男〉

女の庭

『女の庭』（一九七二〈昭和四七〉年六月、読売新聞社）所収。恋愛に傷ついている女と傷ついたことのある男が出会う。新生を願う女は、設計士である男に部屋の改装を依頼する。徐々に親しくなるふたり。だがその後も女は、以前から関係のあった男に、なおも迷い傷つけられている。女を追って京都に行った男の、一緒に東京へ帰ろう、という言葉に、女はほんの少し明日が見えたように思う。男は彼女の心を、いたわり慰めるために、改装する部屋の飾り棚の中に、ある仕掛けを作ろうと思いつく。最後の段落でその計画を知った読者は、男の優しさに、胸を熱くするであろう。

二人の縁

『女の庭』（一九七二〈昭和四七〉年六月、読売新聞社）所収。六十八歳の画家と二十一歳の娘。男は女をかわいいと思い、女は男を尊敬し、頼もしく思う。男が女をかわいいと思うのは、彼女が若いからではない。正直で飾らず、控え目で自分を抑えながら、画家への好意を隠さない。その純情がかわいいのである。そして持って生まれた容貌の美しさは、その気立てによって、さらに輝き、画家の創作意欲を刺激するのである。年齢は離れていても、心はすぐ近くにある。そして互いに「性」を感じながら、抑えている。男の子どもたちの視線や思惑もあるが、しかしどうやら近い日に、二人の思いは遂げられそうである。

〈作者の周辺〉

二つの棺

『紫の山』（一九八三〈昭和五八〉年十月、講談社）所収。初出『海』（一九八二〈昭和五七〉年三月号）。二つの棺にまつわる男女の愛のかたちを描く。古い文学仲間の船山馨が亡くなったその日の夜に、彼の妻が突然の心臓発作で、まさに後を追うように亡くなった。いのちぎりぎりの激しさでものを書く人間と、彼の文学を愛し、期待し、献身的に支えてきた妻の死。それは心中のようにも見えたであろう。二つの棺の傍らにいて、作者は同じように二つの棺が並んでいた光景を思い出す。それは、世を忍ぶ男女が心中したものであった。生きるも死ぬも一心同体の船山夫妻と、道ならぬ恋に死を選び、すぐに引き離されて、それぞれの家族に引き取られて行くであろう男女。それぞれに、すさまじくも、ものがなしいものを作者は感じている。

ヒースの丘

『冬の梅』（一九九一〈平成三〉年十一月、新潮社）所収。初出『文學界』（同年一月号）。完成された作品としては、最後のものである。芝木好子は、夫とヨーロッパ方面に七回旅行している。長篇を仕上げては旅行し、その旅を活力としてまた原稿に取り組む、というふうであったようだ。この小説を書く半年前にも、夫とイギリス・フランスに旅行しているが、本篇はイギリスでの出来事を私小説風に書いたものである。「恭子」という主人公を登場させてはいるが、彼女自身の体験であろう。エディンバラでは、若い男女の燃えるような愛の顚末——不倫の果てに異国で寄り添って暮らした男女。そこで死ななければならなかった女（井関百合）と残された男——に深い同情を寄せている。長年の夢だった「嵐ヶ丘」に立ったときには、彼女は「我を忘れ」て、ブロンテ姉妹の世界に入り込む。人生で六十五冊もの本を書いた彼女の、小説への夢は『嵐ヶ丘』や『ジェーン・エア』によってはぐくまれた（附録として掲載した「ブロンテ姉妹の世界」を参照されたい）。いま恭子（＝芝木好子）は、そう遠くない日の自分の死を予感しながら、時空を超えてブロンテ姉妹と語らっているかのようである。

「ヒースの丘」のその後については、「遺稿」として『新潮』一九九一年十一月号に掲載されているが、未完である。ロンドンからパリへ。作品の最後は、藤田嗣治《レオナード・フジタ》がランス市に作った礼拝堂の壁画に、東洋人を配したことの意味を考えている。国籍を捨てたフジタの「東洋への嫌悪」なのか、それとも「断ち切れない郷愁」なのか、と。もしや郷愁か、と思ったとき、彼女（主人公の恭子）は、「なぜかまた、井関百合の異郷での死に涙をおぼえた」と書いている。

芝木好子　略年譜

＊本略年譜は、主に次の各年譜をもとに作成しました。
一、小田切進編「芝木好子年譜」〈昭和五十一年まで〉（『筑摩現代文学大系63　芝木好子　有吉佐和子集』一九七六年六月）二、芝木好子自筆「年譜」〈平成元年まで〉（『下町の空』講談社文庫　一九八九年四月※後記の自筆年譜より、やや詳細）三、「年譜」〈昭和六十二年までは芝木好子の自筆、昭和六十三年以降は芝木幸子編〉（『芝木好子名作選』下巻　新潮社　一九九七年十月）四、東京都近代文学博物館編「芝木好子著作年譜」（『芝木好子と昭和の時代』一九九八年六月）

大正三年（一九一四）〈0歳〉
五月七日、東京府北豊島郡王子町（現・東京都北区王子）に、父芝木倉次郎・母か禰の長女として生まれる。父は浅草区馬道町（現・東京都台東区浅草）に、呉服商を営む。のちに妹の幸子・美津子が生まれる。

大正九年（一九二〇）〈6歳〉
浅草区東仲町（現・台東区雷門）に転居。

昭和二年（一九二七）〈13歳〉
四月、東京府立第一高等女学校（現・都立白鷗高等学校）に入学。

昭和七年（一九三二）〈18歳〉
三月、東京府立第一高等女学校を卒業。四月、ＹＷＣＡの駿河台女学院に入学、欧文タイプや英語を学ぶ。八月、父死去。

昭和八年（一九三三）〈19歳〉

三月、駿河台女学院を卒業。以後数年間、ＹＷＣＡ文学講座で横光利一・小林秀雄・舟橋聖一らの講義を受講。豊島区雑司が谷に転居。

昭和十年（一九三五）〈21歳〉

三月、母死去。以後母方の祖母中林さき（「湯葉」の主人公、蕗のモデル）の庇護を受ける。丸の内の三菱経済研究所に勤めるかたわら、瑞丘千砂子のペンネームで『若草』『令女界』に投稿。たびたび入選して『令女界』選者の林芙美子から「林芙美子賞」をもらう。

昭和十一年（一九三六）〈22歳〉

本郷区（現・文京区）湯島天神町に転居。

昭和十三年（一九三八）〈24歳〉

『令女界』や『若草』で知り合った同人たちと、綴じ込みの回覧雑誌を作る。『文芸首都』同人となる。

昭和十五年（一九四〇）〈26歳〉

『文芸首都』に発表した「ふたば記」（筆名：瑞丘千砂子）で第十一回芥川賞の予選候補となる。三菱経済研究所を退職。

昭和十六年（一九四一）〈27歳〉

五月、経済学者大島清と結婚、杉並区馬橋（現・高円寺北）に住む。『文芸首都』十月号に「青果の市」を発表。

昭和十七年（一九四二）〈28歳〉

二月、「青果の市」により第十四回芥川賞受賞。七月、『青果の市』（文藝春秋社）刊行。

昭和十八年（一九四三）〈29歳〉

一月、『旅立ち』（生活社）刊行。七月、大東亜省（芝木は拓務省と書いているが、拓務省は昭和十七年十月まで。

拓務省時代に依頼されたのかもしれない）の委嘱で、川上喜久子らと満州開拓地を一ヶ月間見学。
昭和二十一年（一九四六）〈32歳〉
七月、『希望』（和田堀書店）、『流れる日』（萬里閣）刊行。十月、『かの日』（前田出版社）刊行。十二月、『女一人』（文化書院）刊行。
昭和二十二年（一九四七）〈33歳〉
一月、『波紋』（京都印書館）刊行。六月、『真実』（世界社）刊行。
昭和二十三年（一九四八）〈34歳〉
『文芸時代』同人となる。四月、『六年の夢』（労働文化社）刊行。十月、『流離の唄』（婦人春秋社）刊行。十二月、『愛情区区』（パトス社）刊行。
昭和二十五年（一九五〇）〈36歳〉
『緑の小筥』（偕成社）刊行。
昭和三十年（一九五五）〈41歳〉
十一月、『夜光の女』（河出書房）刊行。十二月、『洲崎パラダイス』（大日本雄弁会講談社）刊行。
昭和三十一年（一九五六）〈42歳〉
二月、アジア文化財団の招きで、由起しげ子、曽野綾子、三宅艶子と東南アジアを一ヶ月間旅行。三月、『女の青春』（角川書店）刊行。
昭和三十二年（一九五七）〈43歳〉
二月、『海のない町』（現代社）刊行。十二月『慕情の旅』（現代社）刊行。
昭和三十四年（一九五九）〈45歳〉
二月、『仮面の女』（講談社）刊行。十一月、『薔薇の木にバラの花咲く』（光文社）刊行。

昭和三十六年（一九六一）〈47歳〉
二月、「湯葉」（前年九月、『群像』に発表）により第十二回女流文学者賞を受賞。十月『湯葉・隅田川』（講談社）刊行。
昭和三十八年（一九六三）〈49歳〉
三月、『狂った時計』（集英社）刊行。五月から夫とヨーロッパ、アメリカを二ヶ月間旅行。
昭和三十九年（一九六四）〈50歳〉
一月、『跳んでる娘』（東方社）刊行。三月、『丸の内八号館』（講談社）刊行。七月、『流れる日』（東方社）刊行（注：一九四六年萬里閣から出版されたものとは構成が異なる）。十二月『夜の鶴』（河出書房新社）刊行。
昭和四十年（一九六五）〈51歳〉
二月、『海の匂い』（冬樹社）刊行。十一月、『夜の鶴』により第十二回小説新潮賞を受賞。
昭和四十一年（一九六六）〈52歳〉
一月、『奇妙な仲』（東方社）刊行。五月、『葛飾の女』（河出書房新社）刊行。
昭和四十二年（一九六七）〈53歳〉
三月、『巴里の門』（新潮社）刊行。六月、『女家族』（東方社）刊行。九月、『築地川』（講談社）刊行。十二月、『染彩』（中央公論社）刊行。
昭和四十三年（一九六八）〈54歳〉
四月、日本文芸家協会理事に就任。六月、『壺井栄・芝木好子集』（日本文学全集76・集英社）刊行。十月、『下町の空』（講談社）刊行。
昭和四十四年（一九六九）〈55歳〉
七月、『明日を知らず』（河出書房新社）刊行。十月、『面影』（筑摩書房）刊行。
昭和四十五年（一九七〇）〈56歳〉

二月、『冬の椿』（講談社）刊行。

昭和四十六年（一九七一）〈57歳〉

二月、『幻華』（文藝春秋）刊行。

昭和四十七年（一九七二）〈58歳〉

一月、『青磁砧』（講談社）刊行。六月『女の庭』（読売新聞社）刊行。九月、『青磁砧』により第十一回女流文学賞を受賞。同月、夫と一ヶ月間ヨーロッパ旅行。

昭和四十八年（一九七三）〈59歳〉

八月、随筆集『心づくし』（読売新聞社）刊行。十二月、『女の橋』（新潮社）刊行。

昭和四十九年（一九七四）〈60歳〉

五月、『日本の伝統美を訪ねて』（日本交通公社）刊行。九月、妹二人と、インド・ネパールを旅行。

昭和五十年（一九七五）〈61歳〉

一月、『火の山にて飛ぶ鳥』（中央公論社）刊行。三月、『鹿のくる庭』（中央公論社）刊行。十月、「芝木好子作品集」全五巻（読売新聞社）刊行（五十一年二月完結）

昭和五十一年（一九七六）〈62歳〉

六月、『芝木好子・有吉佐和子集』（筑摩現代文学大系63・筑摩書房）刊行。十月、日本女流文学者会会長に就任（～五十七年十月）。十一月、台北、マカオへ旅行。十二月、『黄色い皇帝』（文藝春秋）刊行。

昭和五十二年（一九七七）〈63歳〉

二月、随筆集『杏の花』（芸術生活社）刊行。六月、夫とヨーロッパへ二十日間の旅。十一月、『牡丹の庭』（講談社）刊行。

昭和五十三年（一九七八）〈64歳〉

十一月、随筆集『折々の旅』（読売新聞社）刊行。

昭和五十四年（一九七九）〈65歳〉
四月台北へ旅行。六月、『光琳の櫛』（新潮社）刊行。十月、夫とヨーロッパから東欧を旅行。十一月、『女の肖像』（新潮社）刊行。

昭和五十五年（一九八〇）〈66歳〉
三月、女流作家グループとシンガポールへ旅行。四月、『羽搏く鳥』（中央公論社）刊行。

昭和五十六年（一九八一）〈67歳〉
五月、『玉の緒』（河出書房新社）刊行。日本ペンクラブ理事に就任。六月、韓国へ旅行。九月、夫とパリ、チューリッヒ、ルクセンブルクへ二十日間旅行。

昭和五十七年（一九八二）〈68歳〉
三月、日本芸術院賞恩賜賞を受賞。四月、『貝紫幻想』（河出書房新社）刊行。十月、妹二人とスイスへ旅行。十一月、女流作家グループと台北へ旅行。

昭和五十八年（一九八三）〈69歳〉
二月、メキシコへ旅行。十月、『紫の山』（講談社）刊行。十一月、日本芸術院会員となる。

昭和五十九年（一九八四）〈70歳〉
二月、上海蘇州へ旅行。三月、『隅田川暮色』（文藝春秋）刊行。六月『隅田川暮色』により第十六回日本文学大賞を受賞。七月、夫と北欧へ旅行。九月、『ガラスの壁』（新潮社）刊行。

昭和六十年（一九八五）〈71歳〉
四月、『京の小袖』（講談社）刊行。五月、ニューヨーク、ボストンへ旅行。六月、広州、桂林へ旅行。十二月、『落葉の季節』（読売新聞社）刊行。

昭和六十一年（一九八六）〈72歳〉
二月、随筆集『春の散歩』（講談社）刊行。五月、勲三等瑞宝章受章。

昭和六十二年（一九八七）〈73歳〉

一月、東京都文化賞受賞。三月、『雪舞い』（新潮社）刊行。五月、トルコへ15日間の旅行。六月、葛飾区水元公園に「葛飾の女」の文学碑が建つ。七月、日本ペンクラブ副会長に就任。十月、随筆集『華やぐとき』（読売新聞社）刊行。十一月『昭和文学全集　第19巻（中里恒子・芝木好子・大原富枝・河野多恵子・大庭みな子）』（小学館）刊行。

昭和六十三年（一九八八）〈74歳〉

一月「雪舞い」（『新潮』昭和五十九年十一月号〜昭和六十二年二月号）により第二十九回毎日芸術賞を受賞。五月、『奈良の里』（文藝春秋）刊行。十二月、随筆集『美の季節』（朝日新聞社）刊行。

平成元年（一九八九）〈75歳〉

十一月、文化功労者となる。

平成二年（一九九〇）〈76歳〉

五月末〜六月、夫とイギリス、フランスへ旅行。六月、『群青の湖』（講談社）刊行。国立がんセンターに入院。七月、退院。八月、軽井沢にて静養。十一月、女流作家グループと伊豆へ旅行。十二月、国立がんセンターに再入院。

平成三年（一九九一）〈77歳〉

一月、「ヒースの丘」を『文學界』に発表。四月、退院。五月、再入院。八月二十五日、乳ガンのため死去。享年七十七歳。同二十七日、千日谷会堂にて葬儀。勲二等瑞宝章を受章。『新潮』十一月号に遺稿が掲載される。十一月、『冬の梅』（新潮社）刊行。

底本

顔　『玉の緒』　河出書房新社　一九八一年五月
女家族　『下町の空』　講談社文庫　一九八九年四月
舞台のあと　『下町の空』　講談社文庫　一九八九年四月
翡翠　『落葉の季節』　読売新聞社　一九八五年十二月
洲崎パラダイス　『洲崎パラダイス』　講談社　一九五五年十二月
雪女　『海の匂い』　集英社文庫　一九九〇年八月
女の庭　『女の庭』　読売新聞社　一九七二年六月
二人の縁　『女の庭』　読売新聞社　一九七二年六月
二つの棺　『紫の山』　講談社　一九八三年十月
ヒースの丘　『冬の梅』　新潮社　一九九一年十一月
ブロンテ姉妹の世界　『海』　中央公論社　一九七六年三月

しばきよしこ

1914年、東京生まれ。1942年、「青果の市」で第14回芥川賞を受賞。昭和という激動の時代を背景に、愛すること・生きることにひたむきな女性を、愛情と共感を込めて描いた。特飲街に生きる女性たちに心を寄せた『洲崎パラダイス』、自らの血脈をたどる「湯葉」（女流文学者賞）「隅田川」「丸の内八号館」、愛と美を求めて苦悩しつつも前を向く女性たちを、つややかな筆致で描いた『青磁砧』（女流文学賞）『隅田川暮色』（日本文学大賞）『雪舞い』（毎日芸術賞）など。1986年勲三等瑞宝章（没後勲二等瑞宝章）を受章。日本芸術院会員。文化功労者。1991年没。

やました たえこ

1953年、岩手県雫石町生まれ。

国際啄木学会理事。日本ペンクラブ会員。日本近代文学会会員。

著書に『海の蠍』『忘れな草』『裸足の女』『啄木と郁雨』『朝の随想　あふれる』『かなしき時は君を思へり』。

編書に『土に書いた言葉　吉野せいアンソロジー』、『おん身は花の姿にて　網野菊アンソロジー』（未知谷）がある。

恋する昭和
芝木好子アンソロジー

2021年8月25日初版印刷
2021年9月15日初版発行

著者　芝木好子
編者　山下多恵子
発行者　飯島徹
発行所　未知谷
東京都千代田区神田猿楽町 2 丁目 5-9　〒 101-0064
Tel. 03-5281-3751 / Fax. 03-5281-3752
［振替］　00130-4-653627

組版　柏木薫
印刷所　ディグ
製本所　牧製本

Publisher Michitani Co. Ltd., Tokyo
Printed in Japan
ISBN 978-4-89642-647-2　C0093